THE PHOTOGRAPHER'S WIFE

SUZANNE JOINSON

摄影师的妻子

〔英〕

苏珊·乔伊森 著

骆佳圆 译

浙江出版联合集团

浙江文艺出版社

献给我的海边拾遗人——伍德罗与斯考特

献给本

此路无归，得失须远虑

——利奥诺拉·卡林顿，《窃听器》[1]

① 20世纪70年代出版的超现实主义作品。（本书脚注均为译者注。）

一

耶路撒冷，1920 年

火车上，普鲁对面的男子想把金丝雀放出车窗，动作笨手笨脚。鸟儿扑棱着黄色的翅膀，明亮的黑眼珠露出责备的眼光，随后——呼的一声，飞走了。空荡荡的鸟笼摆在男人面前的桌上。这是一个完美的穹顶鸟笼，为了让小鸟摇荡，佯装飞翔，笼子中央悬着一座小巧的木秋千。普鲁很想伸手摸摸它，却没这个胆量。

尽管他们是火车上仅有的两名欧洲乘客，他却对她毫不在意。乘客中大部分是亚美尼亚人、埃及人和耶路撒冷人，至于余下的人，普鲁一眼分辨不出。她紧紧盯着他，想要赢得他的目光，但未能如愿。车厢里很冷，他却两颊通红，满头大汗。她猜他十有八九是个英国人。车门后的画框里印有如下文字：*在巴勒斯坦全境为君提供快捷舒适的旅行设施，连通埃及、叙利亚及无尽之远方*。且不论“无尽之远方”究竟是何方，但用“舒适”一词形容这趟火车并不十分恰当，况且，列车已滞留许久。乘务长不知所踪。关门的声音在车厢里隔着老远都能听到。空气凝滞，大家都等着。

年仅十一岁的普鲁这次出行却全凭一己之力。父亲准许她在一日之内往返法斯特酒店与一个名叫“伊布那”的村庄，为一座马穆鲁克塔楼做摄影取材。总的来说，一切顺利。她没有受伤，没遭毒手，没有人和她主动搭话。她那台心爱的伊士曼柯达相机也没被土匪劫走。诚然，一场突如其来的暴雪把她淋得湿寒交迫，好在她已经坐上返程的火车，满心盼望耶路撒冷可以多些温暖和友好。

手提箱的吊牌从男人头顶的行李架上垂下来，她由此得知这个男人从开罗出发，途经亚历山大和坎塔拉。吊牌上的笔迹清晰，油墨乌黑，一看到它，普鲁便推断出了此人的来路。她之前偷听到他对乘务长说自己要去耶路撒冷。那么，他无疑就是那名新来的飞行员了。那位与埃莉诺拉推心置腹的*知心好友*。火车上没有其他英国人，按计划，这名飞行员现在也差不多该到了。这个秘密的发现给普鲁添了几分勇气，她再次尝试和他进行眼神交流，但他避开了她的目光。曾短暂消失的孤独感重新在她身上停落，一如窗外的暮色。

她看向窗外，火车头上冒出的蒸气逐渐消散，露出漫无边际的石头地和远处山峦若隐若现的轮廓。天穹纯澈而空旷。普鲁还不习惯这里稀疏的草木，她想念山楂花和湿树皮，想念瓢虫、毛茸茸的雏菊花茎和牛蒡叶子。她太想念它们了，这些回忆甚至让她感到恶心。假如她足够勇敢，就应当开口发问：*您好，先生，请问您就是爸爸聘来开飞机飞越耶路撒冷的人吗？*现在，她看他的眼神仿佛洞穿一切，但刚想开口，男人却突然惊跳到座位后面。

“我的天啊。”他说。窗外，一张脸贴在他座位旁的窗玻璃上，下唇在玻璃上拉得老长，牙床、牙齿全露在外面，但这张脸马上便消失了。应该是什么人摔落到铁轨上了。窗户上只留下一道口水印子和唾沫星。一瞬间，好像什么都没有发生。这名不知是不是埃莉诺拉朋友的男人把手指按在玻璃上的那摊污渍旁。车厢里突然爆发出一阵骚动，乘客们纷纷跑去火车头那一侧一探究竟。普鲁也跟了过去，她被挤在英国人的胳膊肘和一名亚美尼亚牧师的手杖之间。

车厢外，身着奇怪制服的士兵在躺在地上的男人身边围成一个圈，他们用宽大的靴子狠狠踢他的肚子。地上的人的头朝火车一侧扭过来，普鲁发现，每当靴子重击在他身上，他的舌头就会在嘴里一伸一缩。她为这个男人的遭遇皱起眉头。亚美尼亚牧师全然无视普鲁的存在，用手杖敲了敲英国人。

“你说，”他问道，“这是在干吗？”

“见鬼，我怎么会知道。”他答，不耐烦地抖了抖裤子，这才终于看见了普鲁。他瞪大眼睛，好像看见身边站了一个英国孩子是多大的稀罕事，虽然她明明一直都站在那儿。

一列队伍进入人们的视野。那是一队套着脚镣的囚犯，他们奄奄一息，蓬头垢面，卑躬屈膝。像这样的人，普鲁还是头一次见。她想，这些应该都是当地村民。清一色的男人。两名士兵把他们往前赶。士兵的制服很不同寻常——狂野西部的配枪腰带，系红丝带的宽檐帽。囚犯们从地上的男人身旁蹒跚而过，他们的肩上扛着什么东西。应该不是十字架吧？这不是一趟朝觐之行，是别的什么。现在，乘务长在普鲁身后的过道上开出一条路，每走一步，都要吹一声口哨。

“是英国宪兵队。”乘务长说，他吹着哨子，呼吸离普鲁很近。“他们逮到了一个非法犯罪团伙，要将他们示众，让大家看清这群人的嘴脸。”他的手在红丝绒的制服马甲上擦了擦，像要把自己弄干净。“但实在没这个必要。我们早就看清了他们的面目。”

英国人现在势必要和她聊上几句了，他已经盯着她看了一会儿了。*说话呀，我就在这里。*但他没有开口，而是闭上眼，仿佛要把自己和时下发生的一切隔绝。一个男人骑着马从衣衫褴褛、步履蹒跚的囚犯身边出现，也同样戴一顶稀奇古怪的、半带官方色彩的帽子。英国人睁开眼，挺直身子，普鲁发现他正凝视着马背上的男人。

囚犯们列队经过时也没有抬头，他们没有看见火车车窗里一张张瞠目结舌的面孔。四个男人把一架梯子扛在肩头，上面绑着一个人。普鲁想那个人一定是死了，否则胳膊和腿不会以那种角度垂挂着。这是她第一次亲眼看到死人。她很想把这一幕抓拍下来。

这场骚动渐渐平息后，英国人拿着包括鸟笼在内的所有行李，一言不发地搬去了另一节车厢。

*

法斯特酒店派来恭候普鲁的司机是一名上了年纪的英国军人，他叫吉本斯，胸前挂满勋章。

“又来了一个。”他说。他没有让普鲁把背包递来，因为他知道她不会把它交出来。两分钟前，耶路撒冷火车站的站台上还是一片喧嚣：影影绰绰的制服、长袍和硬壳太阳帽、包裹、行李——其中绝大部分是成捆的被单，堆得遍地都是。但一转眼，这些全不见了。现在天光渐暗，普鲁还饿着肚子，她受够了整场历险，为自己竟在马穆鲁克塔上浪费了一整条胶卷悔恨不已：一座光秃秃的塔，四周一片荒芜。司机朝着普鲁身后比手势。她转过身。只见那个英国人慢慢向他们走来，这一次，他终于免不了和她开口交谈。这样，她便有机会证实自己确信无疑的推论。

“你好。”他说，好像半小时前根本没在窗边见过她似的。他的旅行大衣皱皱巴巴。“我是空军上尉威廉·哈林顿。”

“嗯。我在火车上就猜出了你是谁。”普鲁说道。吉本斯拎起箱子，什么也没说，径直走向蒙尘的克鲁斯利车。

“我叫普鲁登斯·阿什顿。”她说，“你会在我爸爸手下工作。”见他没搭腔，她继续说道：“埃莉诺拉和我提起过你。传说中的捕鸟好手。”

听到这话，这个男人——威廉·哈林顿抖了抖身子，表示满意。

一起坐在后排，意味着两人都得紧紧抓住车门里的把手，才能不至于在颠簸的道路上和对方扑个满怀。

“埃莉诺拉最近可好？”威廉·哈林顿终于说了句话。他明显费了一番努力才能这样礼貌地与她交谈。

“她一切都好。”普鲁答道。她决定不透露更多，借保持神秘来惩罚这个男人。接着，她想捉弄他一番，故意不看他，说：“你肯定知道，她嫁给了那个了不起的摄影师，哈立德·拉苏尔。”

男人清了清嗓子，点点头，没再出声。普鲁看见他凝望着窗外的岩丘裸地飞速变幻为道路两旁的灰色石头房子。他面容憔悴，身形瘦削，她留意到他的一只手始终罩在耳上。来到耶路撒冷对他而言是否具有重大意义？她发现，大多数人都会为光临耶路撒冷赋予象征意味。他们计划已久，早早便开始畅游书海，朝思暮想。他们似乎都对这座城市抱有某种愿景，可真正抵达时却往往恼羞成怒。这里与他们的想象大相径庭。不过，对他来说，这趟旅程也许再平凡不过，令人疲惫乏味，历尽险阻。

“你为什么放走那只金丝雀？”她问。他哼了一声，好像对这个问题很不满，叹了口气。“我在开罗市场把它买来送给埃莉诺拉，但突然就觉得它不是件合适的礼物。”

余下的旅途是在沉默中度过的。普鲁从背包里抽出伊赫桑给她的那张纸，纸上列出了一串字符和对应释义。伊赫桑把这些至关重要的密码托付给她，她打着阿拉伯语课的幌子将它们默记下来。她把这张纸放在身边人看不见的位置，手指划过其中一行字。第一串字母是“alif”，一个不幸的瘦子，简直是在形容这个初来乍到的男人。晚些时候，她会把这个想法用密码写下来。

小轿车终于来了个急刹车。普鲁把纸折好，身子探出窗外。一块写着“考克金船运及旅行代理”的招牌安在法斯特酒店门前，遮阳棚下站着她的父亲，还是那套万年不变的行头，一身白色西装，头戴红色圆顶礼帽，正在驱赶一只在他脸旁飞旋的苍蝇。他身边站着德国来的鲍姆夫人。

“那个人，”普鲁觉得这话保准能让威廉·哈林顿大吃一惊，“是我爸爸的德国情妇。”

“哦。”他说道，睁大眼睛。她扭头朝雅法路尽头望去，看见埃莉诺拉正沿街走来。冬日午后低垂的日光照耀在她的大衣上，软毛尖似有火光燃烧。

“看。”普鲁说，“埃莉诺拉在那儿。”

“法斯特酒店到了。”司机同时说。威廉·哈林顿请普鲁先下车。她向父亲和他的情人挥手，在他们等着迎接新朋友时又向朝他们走来的埃莉诺拉招手。不过，普鲁没有停下脚步，她从他们身边飞奔而过，父亲在她身后喊了几句话，但她没听清，也未加理会，自顾自地继续前行。当她从酒店里回头向外看时，发现他们也已把她忘在脑后。

二

肖勒姆，1937 年

门外的男人一副伦敦人的打扮，西装虽皱，但价格不菲，肖勒姆居民从不会穿这样的衣服。当他试着拧动把手时，我从木门的门缝旁退开，屏息站在原地。他的声音轻易地从朽木中透过来。

“皮埃尔·米勒太太？”

哦，你找错人了。我诧异地意识到这个名字竟这么快就被我从记忆中抹去了。我又变回了普鲁登斯·阿什顿。成为皮埃尔太太之前，我曾叫这个名字，从今往后，也将以这个身份继续活下去。听见他拖着步子踩在松散的卵石滩上，我突然想起，这就是事先给我拍过电报的记者。我当时没有回信，喏，他现在亲自登门了。我摸了摸嘴唇，没涂口红；摸摸头，夹着卷发夹的头发藏在头巾里。我强迫自己垂下肩，打开门。他逆光而立，我看不清他的面容，只能看见一个高个子的不速之客。

“米勒太太，您好。”我还没来得及开口，他的一只脚已经跨进门槛，擦过我的肩膀，走进我用作画室的渔棚。“准备好接受《伯灵顿杂志》采访了吗？我的助理告诉我，一切都安排妥当了。”

在我身后的茅屋中央，我正为玛戈特的展览创作的主体雕塑的一部分被两根铁路枕木支撑起来：这是一块体积巨大、凹凸不平的马耳他石灰岩，我刚刚把一桶海水浇在这尊损毁的圣像雕塑上，多余的水在木质地板条间的缝隙里积成水洼。我不想让他看到这幅场面。

“不敢苟同。我的意思是，我没有收到任何确切消息。”

一只海鸥大摇大摆地迎面走来，一张一合的鸟喙像在乞食。海风如往常一样呼啸而过，令人耳聋目盲。

他退后一步，煞有介事地看着手中的资料，翻阅起一本《伯灵顿杂志》，好像这些能说明问题。在他背后，海潮正渐渐退回浑浊的大海。我扫视海岸，搜寻着斯奇普的身影，但没看见他。这个男人的做派像是在说：好了！我从伦敦千里迢迢来到这儿。怎么样？我们是不是该……？他在空中焦虑地挥了一拳。我叹了口气，把羊毛衫裹在身上。

“你可以在门口等我收拾完再进来吗？”

“当然。”

我在他面前关上门，走到石灰岩跟前，将手掌贴上它冰凉潮湿的表面。今天，它格外令人沮丧。几周以来，这块石头终日令我惊惶不安，莫名其妙地神经紧张——玛戈特对我的完工寄予厚望，每天都寄信询问进度，毫不理会我请求她在我准备万全前切勿叨扰的请求。而今天，我的内心发生了微妙的变化，或至少有了起色。我感觉自己还差一点就可以在这一大块令人生畏的石头上运筹帷幄。

我把手指伸进比利的工作靴的后跟里把它扯下来，又脱掉另一只。我喜欢穿着他厚实的靴子在渔棚里走来走去，还有他的袜子。我不介意一个男人的脚和我一样小，还与我同样身高。我套上自己的鞋，搜下头巾，快速地掰掉卷发夹，甩开头发。

谢谢您的配合，抱歉百忙之中打扰您，真的太感谢了。他想跟紧我，却被鹅卵石和白垩绊得踉踉跄跄。我无视了他的这些客套话，一边招呼他进小屋，一边在想：斯奇普早上穿羊毛衫出门了吗？今天的风可真猖狂啊。

以前的房主将小屋的名字——“塞西莉亚”刻在一块浮木上挂了起来。这块标志饱经狂风吹打，日夜哗啦作响。我应该把它摘下来，但到现在都还没动手。我关上了我们身后的门。喷溅的浪花在窗上拍打，在航标灯的灯光之下，我们懒散凌乱的生活和我作为母亲的懈怠马虎，全都暴露无遗。

“请坐吧。我来泡茶。”我不想表现得太友好，但至少得保持礼貌。我从唯一一把没坏的椅子上清理掉斯奇普吃剩的乌贼鱼骨，把积水桶里的水灌进水壶，好像一个素未谋面的男人坐在我家餐桌旁是件稀松平常的事。他的呼吸很浅，我还能闻到他身上混杂着须后水、烟草以及药品的味道。

“万分感谢。”他又说了一次。

“知道了。是啊，谁会拒绝《伯灵顿杂志》的采访呢。”

他的个子太高，在这小房间里很难伸展，腿也勉强才伸到桌子下面。斯奇普收集的小玩意摊得到处都是：海螺壳、蟹骨、白垩石。海草或海里的腐物一如既往发出恶臭。屋子里的东西都受潮了，我的一副文胸还从垫子下露了出来。“塞西莉亚”以前是一间废弃的火车车厢，如今扩建成一座一居室的临时木屋。屋里的内壁上还能隐隐看见过去车厢墙板上的装饰性的丝绒绸缎。比利——我的房东，现在已经成了我的情人——第一次领我看房时，我还觉得这里富有浪漫气息，虽然我也说不清怎么会冒出这种念头，不过那都是夏天的事了。那时，没有黏腻的红藻发出恶臭，也没有丝毫征兆表明海涌雾会一连数月在低空徘徊。我把文胸掖到垫子下面，看到他正挤出一副表情，假装他很欣赏“塞西莉亚”的古朴，甚至还想夸我在凹凸不平的卵石滩上帮儿子用烂木头盖房子也是个明智之举。

“那我们开始吧？”我想催他抓紧时间。我拂着身上脏兮兮的黄裙子，在他对面一张不稳的椅子上坐下，装作没看见我们面前那碗脱了水的苹果。

“当然，当然。”他在笔记本里用我能看清的字迹写道：1937 年 10 月 4 日，普鲁登斯·米勒采访手记。

我头一回将他仔细打量了一番。他的脖子上生了严重的皮疹或别的皮肤问题。也许是道旧伤疤，每个人都有的。在某种意义上，他和艺术圈的那群人属于同一类人。他们总是对我那不检点的丈夫——皮埃尔百般逢迎。他们全都一个样：无论是画廊老板、评论家、艺术商，还是记者，他们张着小小的鸟喙啄你，等你给他们投食。我脑中闪过一个念头：这会不会是皮埃尔的一手安排？他和《伯林顿杂志》的人是不是走得很近？派一个陌生男人假借采访之名让我不得安宁确实像他的作风，而这个男人代表着我决心与之了断的过去的一切。他是展览里形形色色的人群，是伦敦城无休无止的噪音，是那双凑得太近的眼睛，时而出现在特拉法加广场上山度士唱片二楼的接待室里，时而浮现于苏豪区的海格力斯柱旁。他是拉斯伯恩广场麦束酒吧[①]里摇摇晃晃的吊灯。正是在那里，我在六个酩酊大醉、令人作呕的超现实主义者面前脱掉了衣服。那儿的头牌雪莉也和我们在一起。在场包括皮

① 伦敦当时的著名脱衣舞酒吧。

埃尔在内的男人，全部陶醉于眼前的艳景，他们欢呼：好极了！再来一个！皮埃尔那一晚被人蒙上了眼，所以他根本看不见，真是个傻瓜。

“你刚到肖勒姆没多久，我说的对吗？”男人提问。然而，他的神色并不坦诚，也不常直视我的眼睛。

“我来这儿才几个月。”我的喉头发紧。

“我想，乡下的生活很不一样吧？”

“当然。”

他的笔悬在纸上，却一个字也没写。他在椅子里换了个姿势。“你目前正在创作的这幅作品叫什么名字？”

我告诉他我的想法一直在变，但这不等于说我还没有定题。作品的标题是一个自行演化的过程。它时而是《楼梯井》，时而叫《螺旋》，有时又更名为《宇宙之轴》。后来，我决定要么彻底拒绝书面化的标题，要么干脆就更文绉绉一些，最后，索性叫它《圣海伦娜和悬挑楼梯》。这件作品还包含一件附属雕塑，题目暂定为《吊人》。我一直在研究人头和吊绳间的角度关系，想精确地还原人被吊挂时的场面，但对此我只字未提。

“我听说这块石灰岩是你从马耳他运过来的。是真的吗？”

“是的。我父亲驻扎在那儿。他安排人把各种毁坏或废弃的圣像送到我这儿来。在马耳他，弃置的圣像雕塑数不胜数。”

“整件事运作起来是不是很麻烦？”

“完全不会。他们只把它们当成船底的压舱物，甚至连钱都不收。不过从朴次茅斯运到这儿来倒是花了我一笔大价钱。这笔钱可以说差点让我破产了。”

“你为什么选择进行雕塑创作？”他像一只试图了解事态的狗，仰着头，竖起耳朵。

"哦，我被偷偷塞进了斯莱德的艺术班。丈夫对我有一定激励作用，不过我很快就开始独立创作。小时候，当我还在耶路撒冷的时候，就对那些石头着了迷。"我向他粲然一笑，我总能在必要的时候逢场作戏。他的笔记本上依然没有记录任何东西。

他探过身，看着我的眼睛："你什么时候去的耶路撒冷？"

"十一岁的时候。不过只有短短半年。但那段记忆一直铭记于心。"

"你住在圣城的哪里？"我假装没听见。那种熟悉的感觉再一次爬上心间，我仿佛感到他的手指顺着我的耳根、手腕内侧蠕动，一路伸到我的大腿根……那些我不愿被人触碰的地方。

一串贝壳哗啦啦地敲在玻璃上，我们都吓了一跳。从挤奶凳上勉强能立稳的无线电里传来一阵杂音，旋即又陷入沉眠。男人提出的每个问题都直刺心房。这群狡猾的记者。净问些烦人的问题。去年，一个傲慢的女记者在新伯灵顿美术馆的展览上也向我抛出过类似的尖锐质询。那个时候，超现实主义掀起的轩然大波还未平息，成为全城热议的话题。超现实主义者激怒了所有人：构成主义者们骂声一片，艺术评论家四处搜集伤风败俗的新闻，用以在专栏里捍卫高地，声讨文明的腐朽和艺术的堕落。处于风暴眼的皮埃尔又气又恼，逼我在恩迪尔街上的一座舞台上坐镇，礼堂里阴风阵阵，我又得在媒体面前发声。《每日邮报》称那天的我"令人作呕"。我真不想待在那儿，一个头戴红色邮筒帽的女人无视在场的男人，把所有问题的矛头都指向我。房子是你作品中的常见题材，但它们不是处于半摧毁状态就是一片废墟。它们如同出于某些耻于开口的原因而进行的隐秘创造。这些房子似乎随时会被风卷走。请问这是你在为自己标记领地吗？"可能吧。"（我还能怎么回答？）你在创作"家园"的时候，是否觉得自己像一个在和家具玩耍的小女孩？"或许如此。"所以你是否深陷过去无法抽身？是否无法摆脱自我的束缚？也许我只是想恢复家庭应有的秩序，这是我的想法。她接着说：你年纪轻轻就已经声名鹊起，能聊聊你现在的创作吗？尽管我已明显希望她就此打住，她仍然滔滔不绝，挑拨我的神经，终于，我站起来，对整个屋子的人怒吼："他生气了，吹呀吹呀，房子被吹了个稀巴烂。"[①] 我从台上爬下来，扬长而去。没有一个人跟上来，甚至连皮埃尔也没有追过来，这头老奸巨猾的禽兽。

"阿什顿女士，您是否曾下榻耶路撒冷的法斯特酒店？"他的话将我拉回当下，我的思绪重回"塞西莉亚"。乍一听，这是一个寻常的问题。我几乎要点头，但紧接着开始浑身发紧，仿佛一根针穿破了皮肤。

"我的夫姓是米勒。你为什么叫我阿什顿？"我们同时沉默了。透过"塞西莉亚"残缺的墙面，我能听到海潮的骚动。水壶发出一阵刺耳的尖啸。人们竟常常要指望一只水壶替他们解围！快四点了，我把几种茶拼配在一起。毕竟，我归根结底还是个英国人。我打开一罐过期的饼干，想办法找到了一块干燥的蛋糕和一罐果酱，将它们一股脑儿堆在托盘上，配一把脏兮兮的刀和两只有豁口的盘子。这堆东西让我自己都害怕，但有什么办法，我可没指望他上这儿来。如我所料，他什么也没吃。我板着脸倒茶。

"听说令尊去年去世了。对此我深表遗憾。"

我盯着他：说这个做什么？

"啊，对，一切都来得很突然。"我不想看他。《每日镜报》评

---

① 《三只小猪》中描写大灰狼吹倒房子的语句。

论我在布杂艺术博物馆展出的一件作品时，把我形容为一个“纤细”“脆弱”“漂亮”的“市政顾问兼建筑师查尔斯·阿什顿之女”，却对作品的艺术性避而不谈。父亲灰白的长胡须又浮现在我脑中，而我刚巧戴着他多年前送给我的项链。这是一条银丝细工项链，在联结处刻有这样的文字：我将金丝一端放入你手，请你将它编织成环，它将领你企及耶路撒冷城墙，那里建起通向天国的极乐之门。[①]

“抱歉，”我说，“我可能没听清你叫什么名字。”

他方才的表情一下子消失了，一种新的面目取而代之，我这才意识到我们此时正独处一室，他可以随性而为。我看了看窗外，只有荒凉的鹅卵石小路和空无人烟的海滩。我有一把锤子一直放在门口，它现在离我只有三四步远。他从桌子底下抽出腿，朝窗户走去。

“肖勒姆海滩。”他说，仿佛在自言自语。“平房镇，现在还有人这么叫吗？”

“一部分人。”

他转过身来看我。我幻想着在某一瞬间，我看到他的魂灵对我眨眼，但我不太相信这世上有魂灵。

“你是谁？”我问，他尚未向我表明身份，这一点已不容再忽视。门把手转了一下，斯奇普闯了进来，身上散发出盐和雨水交缠的气味。呼呼呼咻咻咻……他围着我绕圈，乌贼鱼骨制成的飞机在空中划过弧线。呼呼呼咻咻咻……看到这个男人，斯奇普猛地停住了脚步，他那白嫩的月亮般的小脸蛋周围鲜艳的红发总让我忍不住想拥他入怀。

“妈妈，海滩上有一只死掉的小海豹。”我伸出手想要爱抚他，但男孩一到六岁就开始让人捉摸不定。他溜到我背后，拽着我的手，

① 选自威廉·布莱克长诗《耶路撒冷》。

假装没有看见那个男人，尽管这一切对他而言只是一场表演。他又凑上我的鼻尖，和我大眼瞪小眼："它的眼睛里爬了小蚂蚁。"

"我可不觉得这片海峡有海豹出没。"我站起来关门，然后把背抵在门上，像是想把魔鬼拒之门外。我本想给斯奇普一个吻，不料却推了他，他一头栽在火炉旁的地板上，脚底板脏得不像样。我的心中充满愧疚。今早，我在第一缕朝霞中醒来，头脑清醒，正适合创作，于是我将他赶出家门，让他在我回来前自己去找点乐子。他抬起头看了一眼身后的男人，毫不掩饰眼底的嫌恶。我也是这种感觉，宝贝，我发誓。

"其实，这里的确有海豹。"男人仍凝视着窗外的大海。"我以前就在离这儿不远处上学，从前常常在冬天看到它们，翻过身，肚子朝天。"

"你看吧。"斯奇普说，他看陌生人的表情变了，喜欢起他来。"我就说嘛。"

"冒昧问一句。"男人说，他低头看着斯奇普的脚。"他出门不需要穿鞋吗？"

"恐怕他不会穿鞋的。他就是个野人，十足的巴巴利人后代。"我略微朝这个多管闲事的男人露出微笑，但这笑容是出于对儿子的爱，不是给他看的。

我感觉到这个男人正盯着我。由于每天几乎只靠抽烟、喝茶和啃面包度日，我已是骨瘦如柴。我猜自己看起来像个海滩一带稍带女人味的乡下蛮人，不过我很惊讶自己还会因为突然怀念起穿夏帕瑞丽连衣裙、戴晚礼服手套的旧时光而心酸。我的袜子又在脚踝上皱了起来，发型也没有收拾干净。

我着手把杯子和茶托叠在一起。"恐怕我没能帮上你什么忙，我想你回伦敦也还有很长一段路吧？”

带着你灿烂的笑容离开这儿吧。随便你怎么评价我的作品，我不在乎。我从竹篮里挑出一根细树枝掰断戳进火炉。男人像一段修好的栅栏那般挺得笔直，严肃而冷酷地看着我。

“我想和你聊聊你那位耶路撒冷的朋友。伊赫桑·塔梅利。”

“哦？”

只言片语在脑中鸣响：伊赫桑，伦敦，照片。亲爱的伊赫桑。我无意间瞟见墙上镜子里自己的那张脸，如此憔悴，如此慌乱，我简直认不出自己了。

“你怎么会认识伊赫桑的？顺便，你还没告诉我你叫什么名字。伊赫桑遇上麻烦了吗？”我努力想挤出微笑，可表情却如陶土一般支离破碎。

“恐怕比你想的还要糟。”

我试着回忆伊赫桑的最后一封来信是何时寄到的。亲爱的普鲁登斯，哈比提[1]，今天的风真大，窗框哗哗直响，得用大石块挡住门，防止它来回冲撞。旧城[2]像是被某种强力攫住，被抛入空中。他的信里里外外总谈天气。天气和梦境，都是些与现实无关的东西。宏愿啊，憧憬啊，他甚至能用一千种词描述一场沙尘暴。不过，我最后一次收到他的信到底是什么时候呢？时隔已久，已经有几年光景了。我的全部精力都用来周旋在皮埃尔、斯奇普和工作之间。艺术让人变得自私。那名男子突然像被什么东西蜇了一下似的从窗边退开。

“我在沃辛市的瓦尔内斯酒店租了间宾馆，省得往北跑回伦敦。

① ah habibti，阿拉伯语，意为挚友，挚爱的女孩。

② 耶路撒冷旧城，现代耶路撒冷市内一块面积为 0.9 平方公里的区域。1860 年前，旧城构成耶路撒冷整个城市，圣殿山、圣墓教堂等多处宗教圣地均分布于此。

你明天三点方便来一趟吗？”他的眼里满含倦意，“有些事想特别和你聊一聊。”

他一次只抬一只脚，在木质地板上来回踱步。

“我们不能现在聊吗？”这时，我才看见是什么让他吓了一跳：比利脚踩一双渔民橡胶鞋，弯下腰把自行车停靠在“塞西莉亚”门口吱呀作响的残破的篱笆前。他边起身，边拧干头发上的雨水，握紧的拳头总会让我想到铲子、铁锹那类东西。

“不，还是明天更合适。”不难想象这个男人私下里抹掉刮脸膏，吃牛排时细品舌尖上的血丝是种怎样的画面。我依旧摆出挑衅的架势一动不动地站在原地。我和斯奇普在一起很安全，甚至能调一头狮子去保护他。而现在比利就在门外，我感到一身轻松。

“瓦尔内斯宾馆下面有一个山洞，是个防空洞。”斯奇普转过头，抬眼望着男子。

“真的吗，是谁告诉你的？”我问。

“一个军用机场的飞行员。”

“你什么时候和飞行员说上话的？”

“妈妈，你在说什么傻话。我在机场和好多飞行员都说过话呢。”

“我以前也开过飞机。”男人说，他走到我身边，把手放进口袋，掏出一先令递给斯奇普，像是他刚从沙地里找到一颗牙。

“不，不行。”我摇头，可斯奇普一跃而起，一扫方才的乖戾。他抓过硬币，轻而易举地就被收买了。

“和你妈妈一起来瓦尔内斯，我会让经理带你去看走私者的山洞。”

斯奇普撒娇般地笑了。“哦哦，好啊，求你了。”他一只手环住我的腰紧紧抱住，小男孩常会对母亲表现出男人的占有欲。我轻轻抚摸斯奇普的脖子和耳朵。

“这件事关系到伊赫桑。”男人把大衣领子竖起来挡住脸，“三点，我在瓦尔内斯等你。”

我还没来得及追问，他已经打开门，从比利身边走过，低声咕哝了一句“下午好”。男人离开后，“塞西莉亚”一下子宽敞了许多，但比利进来，又把屋子填满了。他的眼睛瞪得大大的，写满了问号。

“那个人是谁？”

“一个想要采访我的记者。”

我本想走到窗口目送他走远，但没这么做。我的头脑在几段毫无关联的记忆中穿梭：耶路撒冷的一场宴会上，伊赫桑正在舞池中央与埃莉诺拉共舞，没有旁人。然后出现了一连串的阳台、房间、房门和走廊，紧接着出现了一个瘦高个的男人的形象，皮肤黝黑，迎着光线皱眉，不安的样子像是试图抓住一段被老照片勾起的回忆。

“已经有人知道你住在这儿了？”

“看起来是这样。”

比利斥责我：“你不是说要和过去了断吗？这不就是你来这儿的原因吗？”

我把手放在他浮肿的唇上。比利·卢德，我亲爱的拳击手。就算没有在搏击中受伤，他的脸也是雕塑家求之不得的恩赐。他的头骨像是在皮肤上刻上了印子，我常想象把手放在他的骨头上，改变他的面部肌理，从内部重塑他的容颜。我会产生这种稀奇古怪的念头，多半是因为我从没看见过他脸上不带疤的样子。他的脸上总是这里红一块、那里紫一块，活像张地图。有时候，他的额头上会肿起一个大包，手指按一下就疼。我吻他时，他的唾沫里有一股金属般的血味。每每我想搂他，他也常会躲闪。

他进到房间里，但没有站定。他转了一圈，像是在检查家里有没有东西被偷了，被调包了，或是不翼而飞了。“你接受了他的访谈？”

“只是稍微聊了两句。然后我就赶他走了。”

“但是为什么还要告诉他点什么？”他走到窗口往外看。

“为了能拿到搞创作的钱，有时候必须妥协。这是为了玛戈特的展览做宣传。他们喜欢从我这儿收买秘密。”

那张鼻青脸肿的、骨头被打烂了的脸看着我。“你不介意把秘密卖给他们？你和他们说实话吗？”

“比利，”我走到他跟前，手搭在他的背上。“我和他们说真话的时候，他们就没相信过。”

斯奇普跳上一张椅子，站姿仿佛贵族勘察领地。

“妈妈，这他妈的是一先令！”

“不许说脏话。”

我走过去，紧紧捏住斯奇普的手，一如所有的成年人，在孩子温热娇小的手掌心中找到慰藉。然而，这只是短暂的一瞬间，斯奇普随即挣脱了我，在椅子上蹦跳着欣赏起手中的硬币，去布莱顿看场电影应该足够了，转眼，他已从我身边飞离。比利依旧驻足窗边，对我俩的动静视而不见。他摆出雄性生物警告捕食者的姿态：两腿微张，双拳握紧，脖颈下青筋直冒，指甲深深嵌进手掌的肉里。

此时是黎明前的低潮时刻，一切都黯然失色。房间里，空气都静止了，仿佛默片电影中一帧静止的画面。斯奇普。他还在酣睡。我看见他的一只脚从吊床上荡下来。我身上还残留着比利的气息，伴随着他的手按在我的肚子上，几乎要压出瘀青的痕迹。但他也离开了。他从不在这儿过夜。我想起床把无线电打开，但身体却在毯子里不得动弹，像是有重物压身。狂风力图将房子卷走，木板发出熟悉的嘎吱声。海鸥踩在房顶的声音一如既往地令人绝望。我确信还有老鼠躲在地板下的空隙当中。不过我早对这一切习以为常。

我一阵接一阵地打着瞌睡，每次都会陷入清晰的梦境：一间房间里，我的丈夫皮埃尔打开通向阳台的门——那是我们在拉塞尔酒店的套间——他看了我一眼，随即抽步踏入伦敦的空中，不知是起飞还是坠落。我辗转到侧卧的姿势，两膝蜷缩着贴在肚子上。这时，那个男人、记者、不速之客的脸，突然像幻灯片的投影般闪烁。然后，一切都清楚了。我终于完成了记忆的洗牌。他是那个飞行员，威廉·哈林顿，一个我的旧识，当然现在已经老了不少——我认识他。我从前认识过他。*我想聊聊你的那位朋友……伊赫桑·塔梅利*。伊赫桑的脸出现了，他站在楼梯顶上俯视我，搓手大笑，他的面孔很年轻，正值盛年。他站在埃莉诺拉·拉苏尔身边，她是那位大名鼎鼎的阿拉伯摄影师哈立德·拉苏尔的妻子。他们正就某个话题畅所欲言，放声大笑，但我听不清他们在说什么。埃莉诺拉嘴唇红润，脖子上挂着一条银质金丝雀吊坠。接着，又出现了另一间房间。我站在一座壁炉前，一袭白裙，有人正在画我。似乎还有窗帘，一支铅笔。

沃辛市，瓦尔内斯酒店。我去过那儿吗？应该没有。我不喜欢酒店，这些天来一直尽量避免出入宾馆，远离那些让人不安的临时住房。长窗帘，咔嗒一声就上了锁的房门，谎话连篇的镜子。我睁开眼，斯奇普的睫毛已经贴上了我的眼皮，他正趴在我脸上审视我。

“我以为你死了。”

“没有。”

“你看上去像个死人。”

“我活得好好的呢。”这个总会给我带礼物的小家伙张开小手，里面躺着一条完完整整的海星，它甚至还在蠕动。

“谁把它给你的？”

“我自己捡到的。”

我的这只“小野兽”胳膊肿着，冲我眨着眼，我在他纯洁、柔软、长着雀斑的小脸蛋上敲了一下，他躲开我，跑去找一个可以盛水的杯子，用来安置他的小海星，好让它活下去。

三

耶路撒冷，1920 年

威利[①]发现自己在一群穿便衣的人里显得格格不入。他穿老款西装，由于比以前瘦而肩膀部位松松垮垮地耷拉下来。他朝埃莉诺拉迈了一步，又赶紧停住，像是一个男人错进了别人的婚礼。

她现在已经改叫埃莉诺拉·拉苏尔太太了。他必须谨记这点。

他感觉自己的嘴唇上渗出汗滴。他们都被召集到一起，成为查尔斯·阿什顿照片中的一部分，这幅照片要留给后代的英国子民。它会纪录并保存负责耶路撒冷建筑规划及审美风格再设计者的团队形象。这张照片将会寄给《时代》杂志，届时，它会被阿什顿在伦敦创立的各种俱乐部，如旅行家俱乐部[②]、皇家地理协会等的每一位成员拜读。他摸着从胸口向上蔓延的伤疤，手指停留在脖颈间。埃莉诺拉背对他，

① “威利”即威廉·哈林顿。“威利”（Willie）为英文名“威廉”（William）的昵称，后文不再赘述。

② The Travellers，1819 年于伦敦蓓尔美尔创办的绅士俱乐部。蓓尔美尔在 19 世纪初曾是英伦美术活动中心，在 1920 年以会所云集而知名。

蹲在自己的摄影设备前。她的裙上系了腰带，尽管年华流逝，她男孩子气的样子却一点没变。欲火流过他的身子，逼得他收紧舌头，擦了擦额头。那份感情还留于心间，热度未减。他一边走到她面前，一边点烟。

“威廉·哈林顿。”她站在机器后面，用熟悉的声音说道。他完全看不见她的表情。“准备好被拍了？”

他往后退，手忙脚乱地点燃了香烟。他本来没打算站得这么近，这反而让他看不清她。她递给他一个讽刺的眼神，开始拨弄相机上的滑片。能看见她的脖子。他的脑中蹦出一个个单词：个人财产，有主之地。我有权拥有她。他看到这些词像图书管理员的日期记录般，蘸着红墨水盖在她薄薄的皮肤上。

“啊哈。”查尔斯·阿什顿来了，他戴圆顶帽，样子有点滑稽。“我现在有支精英中队了。”

他的母亲在信中写道：亲爱的威利，说实在的，这件事成不了，真的成不了，这么一桩门不当户不对的婚事，她母亲都快疯了。况且……不说了。她到底怎么了？你们一直那么亲密，宝贝，而且你就在她附近——不是吗？——开罗离耶路撒冷并不远。尽你所能把她劝回来吧。这项事业让他一连几周都热血沸腾，五脏六腑都像吸了鸦片。在开罗的最后几天，他情不自禁地想象埃莉诺拉被掩埋在巨大的具有宗教意味的圣石之下，被摄影器材给压垮，被深锁在圣城中心的一座老房子里。他模糊地想到四起的灰尘，一头驴，几只水罐，很难把耶路撒冷想象成别的样子。在他的想象中，她总是仰面朝天，把一条胳膊放在眼睛上。也会有些别的版本：她张着嘴，裙摆大张。无论如何，无论她落入多么危险的境地，威利都怀着将她解救出来的坚定信心。

没想到，埃莉诺拉竟然出现在这里，在法斯特酒店，掌控全局，指挥他们拍照。她把长发剪短，显得干练，住在伦敦的大城市的姑娘也留这样的发型，虽然她很少给人这种印象。拍照时，他们要站在酒店中央楼梯底侧。威利站在阿什顿身后，另外两个男人像天使一样站在阿什顿肩膀两旁。

“欢迎，欢迎各位的到来。”阿什顿说，“你们是我团队的一分子，我把诸位召集于此，以便你们互相认识。我们当中有几位技术测量员：绘图师蛮南蛮南和测量员普鲁山斯基。”两位“天使”点点头，转过头来朝威利微笑。

“至于城市的视觉艺术部分，请允许我向大家介绍，我聘请了埃莉诺拉·拉苏尔太太，杰出摄影师哈立德·拉苏尔的妻子，她本人也是一位优秀的摄影师。”埃莉诺拉从相机后抬起眼睛，向大家挥手，但她的手只在空中停留片刻便放了下去，仿佛在说，真抱歉，我不是我的丈夫。

“这位是我的飞行员，哈林顿上尉。一名经验丰富的、老练的飞行员。等开罗的飞机抵达这里时，他会协助埃莉诺拉完成城市航拍的工作。”

大家尴尬地面面相觑。“让我们向着现代化进程和修复工程迈进！”阿什顿宣布道。他结束了这次奇怪而短小的破冰演讲，向埃莉诺拉比了个手势。

“先生们，不要动。查尔斯，请看镜头。”埃莉诺拉说。时光暂停，所有人等她按下快门。然后，由于她想拍摄几个不同版本的照片，他们被要求继续待在原地别动。

当然，她比以前要成熟，但仍然保留着脆弱的特征。看到她没有面露疲态、情绪崩溃，也没有变得过于坚毅——那样更糟，威利松了一口气。他希望女人能像折翼天使般坚韧。至于她，她没有被他的伤疤吓倒。

看着她，威利回想起多年前的某一天，他们一起爬上了她父亲庄园里那棵最高的法国梧桐，搜寻一只行踪不定的鸟儿，一只金莺。威利，我相信，今天我们注定会找到它。她停下来歇会儿，头靠在树干上。他坐在旁边的树枝上，近到能伸手把一片叶子从她沾了泥的头发上拽下来。她的脸和胳膊上都挂着汗珠，他清楚地看到她连衣裙下小巧的乳房、锁骨上方的白皙肌肤。她父亲的声音穿过树林，吓飞了鸟儿，连虫子也吓得不敢动弹。他看见他俩坐在树上，气得哇哇大叫，埃莉诺拉背朝后掉了下去。她坠落的样子不太好看，压断了好几根树枝，最后才落在她父亲脚边。她没有骨折，但手腕和脚踝、全身上下都扭伤了。等到风波渐渐平息，他才敢爬窗进到她的卧室里探望她，令他不解的是，她竟然在生他的气，好像都是他的错。好像他是这场事故的罪魁祸首。

拍摄结束后，威利不动声色地走到埃莉诺拉身边，清了清嗓子，让声音显得随意一点。

“你是怎么学会这些东西的？”

“你是说摄影吗？我当时被录用就是因为我对摄影一窍不通，哈立德正好需要一个对他言听计从的助手。后来的事你也知道，我们结婚了。”

他闭上眼，再睁开。她没在看他。她总有办法朝别处张望。她笑了一下，这笑容转瞬即逝。

“那你真的听他指挥吗？”

“大部分时候是这样。我习惯了进暗室，那就像……嗯，就像回家一样，我想。不过现在听起来还挺蠢的。”

他不知该如何作答。

“所以你得帮他把这些东西都扛上？”她脚边堆着各式各样的摄影器材。

“伊赫桑在这儿。”她说，“他有时候也来打下手。”

威利这才第一次注意到一个和他年龄相仿的阿拉伯人正靠在拱形长廊的内侧，脚上的皮鞋闪着白光。这时，查尔斯走到他们身后，在威利肩头拍拍手，把他从埃莉诺拉身边挤开。

“我想，飞机会在三天后飞抵卡兰迪亚机场。”他说。

“好的。”

威利看着他。这个人值得他认真对待吗？他很犹豫。阿什顿过了服役的年龄，所以没上过战场。他的名声远扬至开罗，被人们戏称为“疯疯癫癫的英格立兹人[①]”，因为他无论去哪儿旅行都会拿着他那把小苍蝇拍，戴圆礼帽，还自称是“一个天然的黎凡特灵魂”[②]，这样的举止让所有英国人都尴尬至极。威利初次在法斯特酒店吃早餐时，给他服务的是一个令人惊艳的女侍者。阿什顿跟在他后面走进餐厅，他吩咐她在他俩面前笔直地站好，对着她胸口衣服上精美的14世纪十字绣图案指指点点。

今天是威利来耶路撒冷的第四天。至今为止，他只收到过阿什顿的一条指示：不必拘谨，慢慢熟悉环境。如果有人告诉你，耶路撒冷一无是处，只有两个优点——澡堂和离开耶路撒冷的火车，别听他们瞎说。他再往回看时，埃莉诺拉已经和穿白鞋的男人一起离开了，查尔斯也晃到别处去了。他这番长度跋涉到底是为了什么？他的期待远

---

① 原文为阿拉伯语，Ingliz，指英国人。

② 原文为拉丁语，anima naturaliter Levantina，作者改动了神学家特士良在《论灵魂的见证》中提出的天然的基督徒灵魂，anima naturaliter Christiana。

比现在更多。他的脚狠狠踩进酒店的地毯中。

那一晚，威利光着身子坐在床上，谛听耶路撒冷在一天行将结束之际诡谲的寂静，把一只卷紧的烟头拿在手里转来转去。他喜欢这样抽烟，把烧红的烟头在面前挥舞。大多数城市会在入夜时分热闹起来，这里则不同。暮色一旦降临，这里便立刻房门深锁、大门紧闭。耶路撒冷和开罗简直天差地别，这片土地的宽广与龌龊足以吞噬一个人，甚至让他这个外国人都迷失于此，一连几天销声匿迹。在这里，他总觉得城墙里的一切都置于他人的目光之下，无处遁形。他没有丝毫走街串巷的冲动，相反，他决定默默等待埃莉诺拉主动联系他，但至今尚无音信。一个亚美尼亚门房把几支威士忌端来他的房间，他审慎持重，很有专业素养，每隔一小时轻叩房门，询问威利是否需要再来一杯。

威利坐立难安。他想起火车抵达耶路撒冷前的那场骚乱，现在他终于有时间好好想一想。在疟疾肆虐的日子里，他每天都眼睁睁地看着苍蝇从漂亮护士的眼珠里爬出来，那时候，他有过幻视的症状——可这幅画面不像是大脑要的伎俩。骑马的男人是麦克劳林，赫赫有名的洛夫蒂·麦克劳林。威利上次见他是在五年前的萨洛尼卡，那是场令人不快的告别。

还在蓝星学院上学的时候，威利做过一些生动的白日梦。他幻想出一个男人，不知为何，是个意大利人，总会在危难时刻从天而降，成为他的中间人[①]。这个中间人，不知是个调停大师还是巫师，会将威利和外部世界隔开，为他逐一排忧解难。他引诱令人讨厌的男舍监，捉弄好欺负人的恶霸，用甜言蜜语骗威利的父亲从船上回来，当父亲

① 原文为西班牙语，intermediario。

的戏份太多时，再打发走，这一走就是四年零一天。然而，不知何时起，这个中间人消失了，一去不复返，留下威利独自在无垠的世界里漂泊。马背上的洛夫蒂没有注意到他在火车上，但就在那时，耳底开始传出嗡鸣，威利一直饱受这耳鸣的折磨，他自己也并不意外：这是旅途中常有的事。

威利的手从腿上划过，挠了挠膝盖上的蚊子块。他同时想到的还有那个古怪的英国小女孩，她扎着辫子，面色惨白，看起来郁郁寡欢。*埃莉诺拉和我提到过你……你就是那个捕鸟高手*。这是埃莉诺拉小时候给他取的绰号，是他们之间的秘密游戏，可这个孩子的表情却像在挖苦他。

耶路撒冷。

他寄给阿什顿的申请信里描绘的新视角相当打动人心，从空中俯瞰大地，风景会迥然不同。他随身带着一张答应给阿什顿看的拼贴画片，上面是几张航拍照片：锡兹内罗斯城、尤比角、卡萨布兰卡和撒哈拉沙漠带。他坚信，他们在预言一种观察世界的新角度。*它将改变我们看到的一切*。地平线和街道将不再专横地统治人们的视线。消失点不复存在，透视规则将被打乱。不管怎么样，他得出的结论是，假如他久久凝视着这些航拍照片，有朝一日终将再度起飞。这封寄给阿什顿的申请信里遗漏了一个细节，那就是——他已有六个月没开过飞机了。他也没告诉阿什顿，如果他离一架飞机太近，会立马尿裤子。他只要一听到螺旋桨的飞转声，一道尿马上会顺着腿淌下来。有时候，甚至只需要一缕机油的气味。

威利将余下的威士忌一饮而尽，站在窗边，从这个角度，他不用穿衣服，就能清清楚楚地看到窗外的城市。天色已接近全黑。他看见无垠的夜幕在旧城降临，这片夜幕对于城市来说太宽广了。它无限向外延伸，欲将一切包纳其中。他头一次开始怀疑自己是否能顺利完成任务。他到这儿来，是为了把埃莉诺拉接回家，可是，在密谋中，他从未想过她在耶路撒冷的石头阵里竟能生活得风生水起。在尘土飞扬的剥落的砖瓦石里，她仿佛找到了自己的归宿，她好像全然没有离开的打算。而他自己才是这座城市的多余之人。

他打了个喷嚏，哆嗦起来。他把手指关节含进口中，狠狠咬了一口。他将继续等待。

四

耶路撒冷，1920 年

为了不碰到法斯特酒店大堂分发传单的修女，普鲁特意避开中央楼梯井，抄后楼梯下楼，两级台阶一跳，二、四、六、八。从最后一级台阶上下来，她穿过一条天花板低垂的通道，里面能闻到老鼠的气味，她的手指划过耶路撒冷的石墙——灰粉色的沙粒和尘灰混在一起——最后，终于来到了中庭的花园。在这个酒店围合出的秘密场所，普鲁在一张破败的藤椅和一只大陶罐之间躲起来。大陶罐里长着一棵棕榈树，顶端的叶子长得高过酒店的屋顶。普鲁安顿好，准备秘密监视这里的动静。

种种迹象表明，埃莉诺拉今早会在这里和那位飞行员幽会。镶着三颗金牙的服务员走过去，看到普鲁蹲在脚下，但什么也没说，兀自走开了。这家酒店的员工对她处处姑息，不仅有她父亲的关系，还因为她是个英国人，英国人的举止总是匪夷所思。因此（伊赫桑这么告诉她），总的来说，耶路撒冷的住民会宽容他们的所作所为。

她打开背包，拿出她那支顶好的钢笔，还有一本从父亲书架上随机抽出的书——《贯古通今——世界万国建筑史通览》。她拧下笔盖，在书的第一页上点了两下，让墨水漏出来。她还没用惯这支新笔头，它写起来还是有些毛糙。她的手又习惯性不由自主地颤抖了一下，黑色的墨汁冒出来，染黑她的指尖。她把它蹭在一页上，遮掉了书上的字。接着，她听到了埃莉诺拉的声音。

“这事能成吗？”

普鲁满心欢喜，她猜对了。

“万无一失。”他回答。

普鲁把脚收回去，佩服起自己的机智来。但看到他们在中庭那头挑了张桌子坐下时，她顿时深感受挫。

埃莉诺拉的大笑声不时传来，如同瞄准靶心的箭。威廉·哈林顿每隔一会儿就咳嗽一声——唾沫四溅，接着是喘气声。其他时候很难听清他们在说些什么。最后，她决心冒险偷看一眼。他们在单独约见。飞行员的大长腿从桌子一侧伸出来，手里的烟灰掉在地上。埃莉诺拉穿着裙摆处有流苏的亮晶晶的绿裙子。普鲁上一次仔细观察这条裙子时，发现每根流苏的末梢都有珠子镶成的眼睛。

看清了埃莉诺拉的样子，普鲁的脸阴沉下来。她们上次见面时吵了一架。不过倒不如说是普鲁想挑起争吵，埃莉诺拉嘟囔了一句傻孩子，就把她解雇了。她们的主要分歧在于如何拍摄一只死去的鸟儿。埃莉诺拉的丈夫不在家，她不得已邀请普鲁加入她称之为徒步旅拍的项目，一般只是在旧城的城墙外围一带，或在通向橄榄山顶的公墓沿途进行拍摄。

“我找到了一个脏器。”埃莉诺拉蹲伏在草丛里，用手指碰了碰地上一小摊血淋淋的东西。“这可能是颗心脏，或是一块很小的肝。”

旁边躺着一只刚被开膛破腹的麻雀，普鲁希望埃莉诺拉别动它，这样才能把她们发现它时的样子原封不动地拍摄下来。她那台柯达相机的操作指南中有一节在介绍“快照”：捕捉瞬间的影像时，拍摄对象必须处于通透开放的阳光下，相机须处于暗处。我们用照片来捕捉这个瞬间。因此，拍摄时请保持对象原封不动。普鲁援引了这段话，但埃莉诺拉不予理睬，抓着鸟儿的细腿把它倒着拎了起来，破坏了整幅画面。普鲁把那个不知是心还是肺的东西捡起来，不惧那黏糊的手感，把它攥在手里。埃莉诺拉的脸上溅了一滴鸟血，她说：“我的一个老友写信告诉我说他就要来耶路撒冷了。他是威廉·哈林顿上尉，来协助你父亲完成这项工作。”

普鲁手里还握着那团血块。她把它扔在地上，把手往裙子上蹭，因为她知道在洗衣房里这摊血迹不会被人瞧见。然后，她意识到这会是一张废片。光线不足，对比度、背景都不行。

“所以恐怕我以后不能再组织这样的漫步活动了。”埃莉诺拉说，开始打包设备。“不过你最近不是在跟伊赫桑学阿拉伯语吗？所以这应该不影响你吧，普鲁宝贝？”

她们一起疲惫地走回法斯特酒店。在前门台阶上，普鲁变得闷闷不乐，埃莉诺拉骂了一句傻孩子，那一刻，她觉得自己彻底被抛弃了。这种感觉似曾相识。她的母亲也会用类似的音调说话，比如，当一个普鲁不认识的男人来家里做客的时候，母亲会拿出“最好”的刀叉。他们三个一起用餐时会吃鱼，普鲁慢吞吞地挑出鱼头里的刺，直到她的母亲对她说普鲁，睡觉去。这话的言外之意是普鲁，走开。

她又偷看了一眼。他正朝埃莉诺拉探过身子，喝了口茶。现在，埃莉诺拉的声音变得清晰而洪亮。

“查尔斯·阿什顿的女儿普鲁？对，她是个可爱的小家伙。他把她从英国接过来，却不管她，放任自流，也没有让她上学。她真是笨得叫人可怜。我有时候真恨不得甩掉她。”

男人回话时压低了嗓子，他们换了个坐姿，两脚交叉，流苏颤抖时，上面的眼珠子也跟着转动，像是在望天。他们又点了几支烟。

笨得叫人可怜。普鲁把这句话写了下来。难道埃莉诺拉想借此暗示普鲁，她知道她在暗中观察？不，她否定了这个想法。她在空白的地方写道：“我像一只跛脚的鸽子，一只钻进垃圾箱的可怜的小猫。我是普鲁登斯·阿什顿。我是坐船来的。我被遣送至此。可妈妈没来。”

她突然一下子无法站稳，仿佛整个酒店快塌了，或者快飞起来了。普鲁的手放在脚下的地板上把身体稳住，这才明白这种失衡感是她自己造成的。摇晃的不是大楼、砖瓦、大地，也不是法斯特酒店中庭的地面，更不是那艘把她一路从朴次茅斯载到塞德港的船——“SS 阿罗德号”的最底层甲板。埃莉诺拉和飞行员好像稍稍移动了位子，他们的椅子略微调转方向，让她能把每个字眼都听得一清二楚。

“威利，你到耶路撒冷来做什么？真的只是来开飞机吗？”埃莉诺拉问。

“我是来接你回家的，我要带你摆脱这一切。”

他一边说，一边将一只手在空中斜着比画，活像个假扮成飞机的小男孩。

普鲁把笔盖盖回钢笔，又摘了下来，她写道：永远不要和任何人说任何事。切勿泄露信息，不要分享经历。这是“SS 阿罗德号”上一名西班牙老人告诉她的。讲述乃是恩赐，恩赐必遭出卖。她把这句话也记了下来。这时，她的手拍动起来，不仅是手指，还有手腕、指尖，战栗一直向上蔓延到手肘，她不得不搓手背将它抑制住。很久以前，妈妈问她能不能和她一起睡，然后钻进了她的被窝。她的一个小妹妹刚出生就夭折了。普鲁蜷缩在毯子里，贴着妈妈温暖的肌肤，祈祷第二天醒来时，没有人再记得妹妹的不幸。可妈妈没有在她的床上逗留很久。她抱怨普鲁的手总是拍个不停，好像它把自己错当成了翅膀。母亲从她房里飘走，留她孤单一人。为了让那只麻烦的手别再抽搐，普鲁干脆把它压在身下，强迫它安静下来，但并不奏效。它抖了整整一个晚上。

稍晚时，普鲁如约在街上等候伊赫桑，她站在立柱上雕有蓝狮图案的大门旁。他又来得很晚，抓起她没戴手套冻僵的小手，紧紧握在手里，朝它们哈气。他带她走进狭窄的巷子，走上通往他寐室[①]的石阶。

“我上次来这还是和你一起。”伊赫桑说。他吃力地推开木门，在空气里扇着手，驱散粉尘和蛛网。她第一次来这儿时，他向她解释：这儿的男人遵循一种习俗，他们在远离家室的地方租上一个两居室的屋子，作为休养生息、宁静心境和读书通达之地。她以前两次来这儿上阿拉伯语课。她喜欢这种被耶路撒冷石墙接纳进来的感觉，而平时她总觉得自己像一只别处来的小虫降错了花朵。

这座大楼朝南，伊赫桑打开窗户上的百叶窗，让光透进来。房间里很冷。有壁炉，但没柴火。伊赫桑有随身带甜食的习惯。他哼着歌，把白花花的牛奶糖和果仁蜜饼在桌上一字排开，又从一个包里取出柴火和茶具，这让普鲁吃了一惊。按伊赫桑的说法，这栋楼在战时曾用作军需大楼，但在英军占领以后就被弃置了。一张矮脚沙发靠在一边的墙上，其他空间几乎全被书和纸塞满。沙发上的紫靠垫上镶着银色的星星，普鲁盯着它们看得越久，越觉得星星们仿佛在紫色的大海上

---

① Oda，奥斯曼帝国宫殿中的传统卧房。

漂游。

伊赫桑生上火，和她聊起自己的朋友和表兄弟，普鲁从没见过这些人，也许永远都见不着，不过，她还是喜欢听他们的故事。哈迪德是个让人恶心的拾荒者。他喜欢在老妈妈和老阿姨们的家当里捡漏子。她们在战争里痛失爱子，所以没人替她们看管这些藏着家族财宝的木条箱。在这个点，哈迪德应该会大叫：伊赫桑，混账东西，你在哪儿啊？你答应帮我一起清空迪阿比斯·阿布德的房子的。普鲁笑笑地望着他。亲爱的伊赫桑。

“小鸟，拿点东西吃。”伊赫桑指向那些甜食。“小鸟”是他对她的昵称，有时也会用土耳其语“kuş[①]”代替。她吞下一块嚼劲十足的果仁蜜饼，走到窗口俯视耶路撒冷。柴火终于烧着了，她望着伊赫桑的背影匍匐在壁炉前，朝微弱的小火苗轻轻吹气，好让它燃得更旺些。

“所以，家庭作业做完了吗？”他搞定炉火后问她。伊赫桑拍拍沙发，示意她可以坐下。房屋最深处有什么东西吱嘎作响。他们都安静了。一串钥匙的碰撞声，一声男人的叫喊，一扇门重重关上，然后是一片寂静。她从包里拿出笔记本，找到她为他誊写好的那张纸。

本来，在普鲁的要求下，伊赫桑被派来教她基础阿拉伯语，那时他才弄清楚，原来她的父亲对她的时间安排和教育毫无计划。她说服了父亲让她跟着埃莉诺拉学摄影，再师从伊赫桑学习阿拉伯语。课程本来一周一次，在法斯特酒店进行，直到后来伊赫桑忙于出席穆塔迪[②]文学俱乐部，还要为埃莉诺拉打下手——他总是周旋于各种活动

① Kuş，土耳其语中“小鸟”的意思。

② Al Muntadi，阿拉伯语，意为“论坛”。穆塔迪文学俱乐部（AL-Muntada al-Adabi）由政治家纳沙什比·法克利创办于1918年，参与者主要为穆斯林及基督徒，反对《贝尔福宣言》及在巴勒斯坦接纳犹太人，支持叙利亚统一。

之间——不过最近他们把阿拉伯语放了放，开始学习贾穆尔和施芙拉密码，这些东西是不能在“这几面城墙”外妄加议论的。

她极力抑制住骄傲，抽出字母表。她最喜欢的单词是 thā。它的意思是事物选择性的一部分，这对于她而言是种完美的表达：请给我这件东西选择性的一部分。生命选择性的一部分。

“把它打开。”他说。

她把那页纸在膝盖上展开，手指顺着字符划下去。诚实地说，她还没能把它们全部记住。

jīm，强壮的骆驼

ḥā'，刻薄的矮胖女人

khā'，肛毛（粗而长）

dāl，胖女人

dhāl，鸡冠

rā'，小蟑虫

zayn/zāy，大胃王

sīn，肥胖的、肉乎乎的男人

shīn，性交频繁的男性

ṣād，在灰尘里打滚的公鸡

ḍād，抬头尖叫的戴胜鸟

ṭā'，性交频繁的老年男性

ẓā'，女人摇晃的乳房

'ayn，驼峰

ghayn，想要喝水的骆驼

fā'，海面的泡沫

qāf，能够单打独斗的男人

kāf，料理事物的男人；贞洁之人

lām，绿化树种

mīm，红酒

nūn，鱼

hā’，瞪羚脸颊的白斑

wāw，巨大驼峰的骆驼

laam’alif，凉鞋上的皮带

yā’，方向，方面

她又翻出了正在用密码写作的那张纸。伊赫桑接了过去。

“我可以读出来吗？”

“当然可以。”她话虽这么说，脸却红了。她的一些笔画歪歪扭扭。有一些单词，比如 khā’ 或者 shīn，她再多看一眼都会羞愧而死。她本来没打算把它们写出来的。

“我应该把它们翻成英语读给你听。”他说，整个人趴在地板的毛毯上，让腿肚子尽可能靠近炉火。普鲁坐在沙发正中间，把一条毯子裹在身上。毯子闻上去有潮气，但她并不在意。他的声音抑扬顿挫。

我的母亲被人从一扇门中带走了，留下我和四个盒子，里面装了书、小木马、松果、纸娃娃、速写本和跳绳。我们住的房子用燧石砌成，按传统，这是一种用于制作武器、弓箭头的实用材料。房子下面有白垩石，另一种实用材料，用以书写及研磨。英格兰这个区域建于白垩石上。它们与耶路撒冷的石灰岩有诸多相似之处。

“棒极了。”伊赫桑说着，轻敲鼻子一边，看着她。然后他把纸放到地上，翻身仰着躺。他总喜欢转来转去，在家具上上蹿下跳，完全不像她认识的其他人（她是指英国人）。现在，他本来在地板上平躺着，却突然跳到沙发靠背上俯视普鲁，她全然无法读懂他眼神背后的深意。

“你比我想象中写得更好。真有趣，你在文章里提到了妈妈。说实话，所有故事都是从妈妈开始的。”

他是在嘲笑她吗？

“密码意味着我写下的一切都是秘密，我喜欢这点。”她说着，冲他微笑。

“的确如此。”他摸着自己的小胡子。

“嗯。不过对你来说已经不是秘密了。”

“是的，但是我不会说出去的。在这件事上你尽管放心。”他合上了眼。

过了一会儿，普鲁在想伊赫桑是不是蹲在沙发靠背上睡着了。他的睫毛很长，她向前俯身，想好好端详他的脸，这时，他的眼睛睁开一条缝，她向后跳开。

“我有些事要告诉你，普鲁。”

“什么事？”

“词语即背叛，亲爱的英国小孩儿。每一个词，每一个落笔的字母和符号，皆是如此。对你写下的东西一定要加倍小心。贾穆尔密码之后，我会教你施芙拉以及其他神秘的密码。停战前，我曾用贾穆尔密码纪录杰马尔的事迹，又用施芙拉密码写下关于父亲的事。不过，我可没写过妈妈的故事。”他大笑起来，但又突然聚精会神地凝视她。

“你后来还继续帮你父亲的地图上色吗？”

上次，她和他讲过父亲的城市规划，以及她如何花了整整一下午帮父亲在他称之为“分区”的区域里上色。[①]深色阴影区域，犹太聚居区；浅色阴影区域，基督徒聚居区；点状，穆斯林；十字，亚美尼亚人；工业区，红底斜杠；商业住宅区，白底斜杠；“新军事驻区”，网格。

她摇了摇头说：“没有。”

伊赫桑轻叹一口气，滑到沙发上。他把普鲁拉到面前，他们的脸靠得那么近，鼻尖都快碰在一起了，她能看清他棕色的眼珠里更浅的棕色斑点。他的吐息包裹住她的肌肤。

“我不理解那些英国人。”他说，“我想我一辈子都理解不了。你父亲，恕我冒昧，被任命为城市规划顾问，对这座他一无所知、初来乍到、完全不了解的城市指手画脚。他对这里糟糕的卫生条件和混乱的街道布局大发议论，可是，这些殖民者都是一个样，就连暴乱之前[②]真心相信自己是来解放人民的人，都不愿花时间听听人民的声音。他们甚至没有在这里居住过，就早早规划好了一切。”

普鲁从伊赫桑跟前躲开，她不明白他在说些什么。

“我觉得他的主要目的是建一个花园[③]，但这也没什么不好的不是吗？”她问。

“你爸爸想把花园强行插在这座城市里，他还想种树[④]。我以前听他说过，这座城市干旱得叫人讨厌。然后我说：我相信你一定知道，在公共道路上栽种树木是违反《古兰经》教义的。”

---

① 1920年，耶路撒冷正处于英国委任统治之下，英国委任统治政府重新制定了耶路撒冷城市建设的总体规划。

② 暗指1920年4月4日阿拉伯人和犹太人之间的暴力冲突。

③ 英国委任统治时期，耶路撒冷街区的物理外观发生了诸多变化，英国人计划在这里复制欧洲流行的“花园街区”。

④ 英国委任统治时期，英国政府在美化城市方面投入重金，修建了一条环绕城墙的绿化带，在雅法路及其他诸多地区栽种绿植。

但这时，伊赫桑的表情变了，他抓起她的手握着，却没有发现她的手又开始抖个不停。她的手掌又红又烫，刺痒难耐。

“亲爱的普鲁，真对不起。”他说，“我不是在批评你，我也不是故意说你父亲坏话的。”

她把被蛾子啃过的毯子拉到下巴上。从朴次茅斯到塞德港的漫漫旅途中，普鲁一直担心自己能不能认出父亲，但到最后，她还是一眼就认出了他，就在他踏入皇家赌场房间的那个瞬间。她由于害上流感在塞德港被隔离了一周，当他终于得到准许来探望她时（她上一次见他还是在她三岁的时候），他坐在她的床沿上，没得到她同意就擅自拿起她的速写本翻阅起来。

“这些画画得真不赖。”听到父亲的话，普鲁羞红了脸。

“这个病可把你折磨坏了。这可算不上什么欢迎，你说对吧？真倒霉。”父亲接着说。

不止一个人向她解释过，为什么在某个阴雨连绵的周四午后，她的母亲被送进奇切斯特[①]的格瑞林威尔医院[②]，一个严格来说不算是医院的地方。为什么站在格瑞林威尔黑色大门前的女人递给普鲁一条一角绣着公鸡的手帕？让她留着擦眼泪？眼泪？她此时应该流泪吗？

他在床上换了个方向，尽量表现得慈祥些，普鲁看得出来。这时，普鲁想起母亲对他的评价：他坐着，却想站起来；可他站起来，又想跑了。这就是你的父亲：永远都想同时朝两个反方向前进。

“到了耶路撒冷，我们会住在法斯特酒店，等到我们把布朗教士那个坏蛋从那间田庄别墅里赶出去，那栋房子就会是我们的了。”他进一步解释，布朗教士几个月前就应该从毗邻里佛塔的乡村别墅里搬

① 英国南部城市。

② 格瑞林威尔医院 1919 年后由军用医院改为民用，改建为一家精神病院。

走，可是他正带着他的手提风琴箱和《古今赞美诗集》云游在外，在别的村里纵酒欢闹，没人能联系上他。

“他一回来，我们就让他把房子交出来给我们当家，但是你知道，有很多文件需要签名。我希望你能住得舒服点。”

她点点头。他从口袋里掏出一本干净的小开本的速写本，给她展示他自己的画，他的大手一页页翻过，鼻尖发红。

“这是我画的‘苦路’[①]。”他说。他翻阅着这些图画：耶路撒冷西墙，麦琪[②]之井，数不尽的地图，死海，希伯伦，尼波山，卡拉克[③]，从骷髅山[④]顶俯瞰的耶路撒冷，大马士革门。天空、细线、依次相连的拱廊、露台、螺旋楼梯、城墙的阴影线，他画这些画是为了秉承《诗篇》的旨意，细察它的外郭，查看他的宫殿[⑤]，为要标记出钟塔[⑥]的位置。

“你很快就能领略到耶路撒冷的魅力。”他们头顶，风扇在转，一瞬间，她竟错以为那是一只被击中的鸟，正要落到她的床边。“以及我们将在此开拓的美妙宏图。”

“好的，父亲。”她终于叫出了这个称呼，它是真实的。父亲。就在这时，房间另一头传来轻轻的咳嗽声。

“嗨，请原谅，我还没有介绍。普鲁登斯，来见一见鲍姆女士。”不知道是不是想假装自己是幅窗帘，只见藏身的墙板后走出一位头戴羽毛帽的娇小女性，一双红唇尤为亮眼。

---

① Via Dolorosa，耶稣前往各各他刑场所经之路。

② 指圣婴基督出生时来自东方送礼的三贤人。

③ 卡拉克（Kerak）是莫波（Moab）的旧首都，在《圣经》中以 Qir-Heres 的名字出现。此外，它以十字军建造的城堡遗址而闻名。

④ 即各各他山，位于耶路撒冷城郊。

⑤ 《圣经·诗篇》第 48 章第 13 节：“细看她的外郭，察看她的宫殿，为要传说到后代。”

⑥ 指雅法门上的钟塔，英国政府认为它丑陋的外观与古城墙不符，因此将它移除。

“欢迎，欢迎。”她穿了一身黑，领子也是羽毛做的，简直像穿了一身戏服。她靠近时，身上散发出一股酸味，大概是柠檬吧，她把冰冷的手贴在普鲁的额头上，像在为她祈祷。她递给普鲁一个用蓝色的纸包裹的盒子，上面系着绳子。

“送你的小礼物。你应该叫我埃尔斯佩斯。这场大病把你给累坏了吧。这段旅途是不是糟透了？”她有很重的外国口音。

普鲁不知该如何作答。怎么评判一段旅途是好是坏？她的旅伴把她晾在一旁，和一群美国姑娘打起了惠斯特牌。她和船上一只用来抓老鼠的猫成了朋友。这可不是儿童舱，但小孩照样乱跑。一位老妇人说。她用手杖对着普鲁的小腿敲了一下，为了惩罚她在甲板上跑。普鲁在自己的小船舱里度过了一个又一个长夜。有一晚风暴大作，她就是在那时患上了病。

“旅程还不错。”

鲍姆女士带着一身的羽毛靠近普鲁的父亲，在他耳边悄悄说了些秘密便挥了挥手离开了。又只剩下父女俩。她迫切地想听父亲的解释。

“你会喜欢她的。”他说，拍了拍床。普鲁稍微抬起身，她多希
3 望此时自己不在病床上，她的头发也没有全黏在一边脸上，她希望自己的衣着整洁得体。

“我会的，父亲。”她又叫出了这个称呼。

他清了清嗓子。鲍姆女士是德国人，她在入境许可放宽后重返耶路撒冷。当然，战时他们都被驱逐了。她受过良好的教育，为人谨慎，和她在一起时不必讨论战争，这点令人激动。事实上，更令人激动的是——他顿了顿——能和一名德国人交朋友[①]。普鲁会觉得这是件怪

① 一战后，英国战胜德国，两者势不两立。

事吗？（不，她不这么觉得。）很好。他接着讲了一些普鲁不太明白的事：巴勒斯坦问题，普鲁对此一无所知；他的城市规划，听起来复杂但不失明智。普鲁的指甲划着鲍姆女士送她的礼物的边缘，但她觉得还没到拆开它的时候。

“你妈妈怎么样？”他终于拐弯抹角地绕到这个话题上，但他没有看她，而是看着墙壁上一块褪了色的正方形，这里不久前肯定挂过一幅画。

“她的状态不太好。”

“嗯。他们在信里提到了。”

她等他再多说两句，他沉默了一阵，说：“我还清楚地记得你三岁时候的样子，你那时候止不住地打嗝，小脸蛋红扑扑的。”

*为什么你希望我来这里？为什么要接我过来？*他对这些问题避而不答。不，是她搞错了，因为她根本就没问出口。他走了，着手收拾前往耶路撒冷的行装，留她一个人在床上。她打开鲍姆女士的包裹，里面有一只铜质的小兔雕塑，兔子的两只耳朵一竖一折，她把它放在房间里的床头柜上，再没想起要将它一并带往耶路撒冷。

“普鲁？小鸟？”伊赫桑正在朝她挥手。他冲着整个房间比画了一下。“我就是在这栋大楼里，在卢森·贝伊[①]手下辛苦工作过一段时间，”他说，“后来差点被调任到苏伊士运河和英国人打仗，可现在，我却和你，一个英国小丫头一起待在这儿。”他再一次四仰八叉地躺到地上。

“那么，和我讲讲那个新来的英国飞行员吧。他有没有说过他的

① 卢森·贝伊，土耳其外交官。

计划，他会去开飞机吗？”

普鲁没想到伊赫桑会对那个飞行员感兴趣。他是埃莉诺拉的飞行员。她不是特别想提起他。

“对于他，我只知道一件事，”她说，脸色越来越难看，“那就是，他是埃莉诺拉的老朋友了。”

听到这话，伊赫桑眉毛一挑。

“下周某个时候，父亲会带一架飞机过来，那个飞行员会开着飞机带埃莉诺拉飞上一圈，让她可以拍摄城市的照片。”

“我知道了。”他密切关注着她脸上的表情，“但你不会去？”

“他们绝不会欢迎我的。”她的心上阴云密布，在那些被浓烈的情绪遮蔽的角落里，伊赫桑仿佛一道投射其中的光芒。

“我敢肯定。”她失去了继续说下去的勇气。

“肯定什么？”伊赫桑轻轻问她。他跳起来，从桌子上拿回盛着甜食的盘子。

她睁大眼睛，嘴里发干，说：“我敢肯定他来这儿是要把埃莉诺拉偷走的。”

终于，她说出来了。她想起那颗攥在手心里的血淋淋的小心脏，还有埃莉诺拉抛弃她的方式，便觉得对这一切都可以漠然置之。

据普鲁所知，伊赫桑是埃莉诺拉丈夫的多年至交。普鲁以为，或是说希望他会对此大为震惊，但他不但不惊讶，反而紧盯着普鲁，凝神观察，直到她在他的视线下羞红了脸。她不敢相信自己的所作所为，她把它说出来了，甚至还对此——那个词是什么来着？——心满意足，就是这个词。父亲谈到埃莉诺拉时曾说：“我不知道该怎么形容她，但她身上就是会散发出光芒，一道耀眼的光芒。”我也会发光吗？

普鲁从背包里翻出她那台柯达。她等着伊赫桑说些什么，但他却在走神。普鲁初见埃莉诺拉是在她来到耶路撒冷的头一周，埃莉诺拉送了她一份礼物：一个水晶镇纸，里面挂着一只海马。这是我的个人物品，但我觉得你可能会喜欢。普鲁深受感动，甚至连谢谢都忘了说。当晚，她把它带回房间，把它放在摇曳的烛光前。纸镇中的海马闪着微光，细长的吻部和纹章似的鱼鳍蕴含着原始的力量。这只将骏马、昆虫和大海融于一身的生物堪称完美，而正是这份礼物让普鲁对埃莉诺拉产生了深深的依恋之情，仿佛一只小狗把所有运气都孤注一掷地投在那位新主人身上。她能感觉到它们：真的有无数个小钩子从她的心底飞了出去，攀附在埃莉诺拉的皮肤、发丝、睫毛，甚至指甲上。

“你愿意做一件事吗，亲爱的普鲁？”伊赫桑仍在注视她。

“什么事？”

“你愿不愿意溜进那位飞行员的房间，把你能找到的随便什么东西带给我？比如身份证件，或者本子？它们有助于让我们搞清楚他来这儿的目的，搞清他对我们可爱的拉苏尔夫人到底有什么……企图。”

普鲁被吓到了，但她迅速掩饰住慌张。同时，伊赫桑转身，用食指和大拇指捏住了一只停落在她头发上的小苍蝇。他身上散发着果仁蜜饼和玫瑰水的沁人香气。而她却总是顶着一头乱糟糟的头发，辫子也松松垮垮的。她有很多感到丢脸的事情，这件是其中之一。

“我知道埃莉诺拉最爱的人是你，亲爱的普鲁。我很清楚，她对你的爱胜过对那位飞行员的爱。”普鲁的指甲轻叩膝盖，想让脸红尽快消退，他太容易读懂她的心了。她的指尖拉扯着脚下旧地毯的一角，鼓起勇气，把那句话说了出来：

“伊赫桑，我要问你一个问题。”

“说吧，小鸟。”

“为什么哈立德·拉苏尔走了？”

“他为了完成工作任务外出游历，拍照记录祖国的壮阔山河。”

“但他的照片一般都是在摄影棚里拍的。”

“好吧，他还有别的工作。为什么这么问？”伊赫桑叹了口气，“哈立德是我的发小。没人比我更了解他，但我还是在劝他，他一直往大马士革跑，争取叙利亚的统一，但不管他去哪儿，都把妻子冷落太久了。”

窗外响起摩托车的一声长鸣，人声嘈杂，街上发生了口角，紧接着传来的驴叫提醒普鲁，她不在萨塞克斯，而是在耶路撒冷。她常常会想：这一切都真的吗？她不知道。

“我会帮你找到问题的根源，所以别担心。”他拉起她的两只手紧紧握住。“我们现在必须要做的，是你到他房间去随便拿点东西来给我。这是我们解谜的第一步。”

她迟迟下不了决心，皱眉站了起来。她长得比同龄人都要高，像棵疙疙瘩瘩、瘦骨嶙峋的大树。

“我们必须和埃莉诺拉站在同一边，好吗？我们要尽自己所能地保护她。”

是的，此话不假。他也跟着站了起来。“另外，如果你能再让我多了解一些你父亲的城市规划方案和他划分区域的思路，比如那些十字啊，圆点啊，那就再好不过了。不过，选择权在你，亲爱的小鸟。”

“当然了，伊赫桑，我尽量。”

“咱们俩是不是该为今晚亲耶路撒冷协会[①]的晚宴做准备了？”他看上去对此并不热衷，接着说了句嘲笑她的话。“你们英国人看起

---

① 亲耶路撒冷协会，1918 年由军事总督罗纳德·斯托尔斯及建筑师查尔斯·罗伯特·阿什比于耶路撒冷创办。该协会旨在“保护耶路撒冷的亚美尼亚人及其邻人”，其活动范围包括营建公共工程、保护古代文物、创立博物馆，鼓励手工制造等。

来总是心事重重。”

“我不喜欢你这样。”她说，她很清楚自己的脾气突然上来了。

“哪样？”

“把我和那些‘英国人’混为一谈。”

伊赫桑站在半明半暗的光线里显得尤为俊朗。她读不懂他是否在嘲笑她，但他的表情很严肃。

“说实话，关于这件事我思考了很久，但我确实没把你当成英国人。”

“哦？”

“你和总督府的那些人都不一样。也许因为你的母亲是爱尔兰人？天知道，但我就是有这种感觉。”

普鲁明白这个推论不合逻辑。她出生在托基[①]一间寄宿公寓里，那里是地地道道的英格兰。不过，当伊赫桑对她说出这些话时，她的心中仍漾起一股暖流。它们令她沉静。有时，她觉得自己像被扔进一张魔毯，咻的一下，莫名其妙地飞来了耶路撒冷。伊赫桑向她解释过，“沙发”一词源于阿拉伯语的 suffah[②]。在伦敦，阿拉伯人会让你联想到什么？沙发，床，躺椅，地毯，飞毯，那幻梦之地，那深锁的皇宫……然后他大笑起来，她不明白他为什么笑。你以为我们都活在梦中。

她摩挲着柯达相机的金属外壳，拨弄相机顶端的旋钮，想要斗胆询问能否给他拍张照片，却终究还是羞于开口。拍摄人像需要镜头的捕捉，被摄者就像是露天市场上竹笼里啼啭的金丝雀。她在脑海中为他拍了张照，还加入了一些毫无意义的细节：他抓着一条捉到的鱼，不知是站在船边还是桥上，笑容满面地挥手。

① 英格兰西南部原德文郡南部城市，1968 年与托贝合并。
② “沙发”的本源是阿拉伯语“suffah”，英语吸收“suffah”（一种长凳）改造为“sofa”。

五

耶路撒冷，1920 年

“阿什顿的问题，”埃莉诺拉的口吻正式而又冷淡，仿佛把他当成一个被招待用晚餐的来访牧师，“在于他把这里——巴勒斯坦、应许之地，随你怎么称呼——视为无物。在他心目中，这里就是一片无人居住的休耕地或大沙漠，而事实上这里不但人口密集，还得到了妥善管理。这就是他计划中最大的漏洞。”

她手指朝上指着毗邻雅法门的城墙一带。她裹在裘皮大衣里，头发光泽熠熠。

“你的丈夫对他有什么看法？”

听到这个问题，她怔了一下，右眼微闭了一秒，然后抬头看天，仿佛在一个遥远的地方埋藏着他永远无法知晓的秘密。

“我的丈夫几周前就走了，不过伊赫桑告诉我他近期会回来。”

她用手掩住嘴，像是在命令自己住口。威利不知该说什么好。*我的丈夫走了*：他的心悬了起来。*近期回来*：又沉了下去。

“他没有亲自告诉你吗？”

“咱们往市场里走吧。”她说，打断了连串的问题。

埃莉诺拉抢他的先窜进大卫街，从这里开始，他们进入了市场最繁华的区域。和开罗的市场一样，它仿佛在将人领进梦魇，诱入陷阱。她转身等他，而他再一次拜倒在她俘获人心的不凡风姿之下。

“真搞不懂你为什么来这儿。”他靠近时，她小声说，但他们立刻就被一队朝圣者冲散了。露天市场里的圆石台阶越发陡峭，他很难在小径的急坡上站稳脚跟。路要塌了，要把人淹没了，他们一边往市场里面走，他一边胡思乱想。他们四周的楼房紧挨在一起，像在暗通秘密。经过贩卖圣水的摊位时，他终于拽住了她那件裘皮大衣的袖口。

“什么叫你的丈夫走了？走哪儿去了？他现在在哪儿？”

她睁大眼睛，眼里闪过他无法读懂的万千思绪。“哈立德说他会回来，但没有多做解释。他没有说自己什么时候回来，也没告诉我他在做什么，为什么这么做。他只求我给他些信任。”

“你对他在哪里完全没有头绪吗？”

她摇摇头。“我问他，你到底怎么了，是不是觉得自己同情阿拉伯人？你是个民族主义者？你对英国人怀恨在心？你必须给我一个解释，但他不肯。”

埃莉诺拉被掩埋在这座石头城里，这对威利而言是种侵犯。圣城。这分明是一间中世纪的监狱，一座密不透风的堡垒。它是一张孩子的涂鸦，一张《圣经》里的插画，他们被某种神秘力量扔进了画中。这是一座虚幻的城市。她再次走到他前头，手顺着沿街小摊的边缘摸过去，她刚才对他说的事深深映在他的脑海里：反英、走了、丈夫——都还停在脑海里。但说实在的，她究竟在这儿干什么？尽管这个想法还没有在他脑海中成形，尽管各种缘由和动因都明摆着，它们就像一道还会发疼的新伤疤——而他对它们一清二楚——他真正想问的是：

她为什么嫁给了他们中[①]的一员？他作为英国人的敏感神经被挑拨起来，他觉得气愤。这一切背后，燃烧着义愤的怒火。

这片城区到处是楼梯井和矮门，错综的小路一圈圈向外延伸。朝圣者和修女的客车还在源源不断地占领此地，他们拖着缓慢的步子漫游苦路，焚香甜腻的香气在他们周围弥漫。埃莉诺拉等他走过来，再次挽住他的手臂，他感知到她有些微的改变：她说话的样子还像从前那个熟悉的埃莉诺拉，可当他试图领会她的意思，却发现这是竹篮打水。

她说，她担心自己会辜负丈夫。她本应无条件地、忠贞不渝地坚守在他身边，过一成不变的生活。可是，天知道和哈立德一家人共度的午后是多么难熬！他的母亲和姐妹们不加掩饰地打量她这个外国人，好像她是个下凡的画中仙。哈立德的姐姐拍着肚子，手臂在模仿婴儿的胎动。几周以后，她再也受不了在哈立德家族的屋檐下和这些讨厌的家伙做伴，便开始徒步走到德国殖民地去。有一阵子，她帮助美国殖民地的传教士照顾孤儿，但他们无助的泪眼和赤贫的境遇让她心里难受。她和几个英国太太相处过一些时日，她知道她们在背后议论她嫁给阿拉伯人的事。哈立德开始质询她为什么老是和那种人混在一起。

"他这话是什么意思？"威利问，她把手从他身上抽走。

"他指的是英国人和他们根深蒂固的社会偏见，所有那些东西，比如阶级，还有我那个画地为牢的家——这一点你比任何人都清楚。我为什么还要再回到那个鬼地方去？"

威利想再次挽住她的胳膊，但她想办法把他甩开了。

"我和斯托尔斯[②]的未婚妻，露西，成为朋友的时候，他简直怒

① 指阿拉伯人。

② 罗纳德·斯托尔斯，1917 年开始在耶路撒冷担任军事总督，支持犹太复国主义，但同时也想维护阿拉伯人的权利，因而招致两方的敌意。

不可遏。”

“为什么？”

“他是军事总督。哈立德反对他的……高压统治。他也反对阿什顿给耶路撒冷打上英国的烙印。我帮阿什顿做事，这也让他大发脾气。”

她心底似乎有什么东西沉了下去，她转过身。

“这座城市让人筋疲力尽。”她微启双唇。她的两颗门牙中间有一条缝，小时候她一直对此耿耿于怀。现在呢？大概还是没变。她没变，因为每当她开口时，突然流露出的脆弱表情总会让他大吃一惊。

“伊赫桑说，一个住在希律门附近的女人觉得有一双飘在半空的手在跟踪她。这太莫名其妙了。哈立德称其为耶路撒冷的悲哀，但无论如何，这就是我生活的地方。”

他们停住脚，“哈立德·拉苏尔摄影工作室”的牌子赫然在目，明黄的底色，蓝色的字，工作室外立面窗户周围的木制构建整个都被漆成靛蓝色。

“你住在工作室楼上吗？”他无法将这里和埃莉诺拉联想在一起。

“楼上、楼下，以及隔壁的房子。它们都打通了，现在是一栋房子。这里的房子之间一般都有通道连接。”

他看着她用一把巨大的金属钥匙打开了陈旧的木门。

阴暗的工作室里能闻到玫瑰水和酸橙的气味。

“女仆萨米亚马上就到。”这是一句警告。从允许他踏入自己居住的陌生世界的那一刻开始，她又重新变得拘谨起来。几面墙前的架子上塞满了摄影道具，一摞摞裙子、戏服和布料。威利仔细观察起墙上一副挂得歪歪扭扭的纸质日历：

耶路撒冷

3 月 28 日 星期日

3 月 15 日 131 年奥斯曼财政历

5 月 1 日 1333 年[①]

她知道他在看什么。

“在这里，他们连时间问题都无法达成一致。”

对面的墙上铺满照片，大部分拍的是建筑大门和门廊，一个卖篮子的小贩站在拱廊下方。

“这些是为欧美朝圣者准备的。羊群必须是白色，井边的妇人必须佩带披巾，渔民在破晓时分背着渔网满载而归，都严格按照《圣经》取景。这张看上去饱经沧桑、充满智慧的拉比，还有这张挑水的人，它们特别畅销。”她笑起来，“它们不太像现代的耶路撒冷，也没有反映现实。”

她朝工作室更里面的房间后门走去，招呼他过来。“想进暗室参观吗？”

“当然。”

*

和她一同关在这样的空间里让他全身犹如触电一般，但他压抑住冲动，自己消化。她在一盏红色的小灯上按了一下，房间有如置身火炉。然后她点亮了更大的那盏灯。一根金属线在房间里拉开，上面夹

① 分别对应耶路撒冷西历、奥斯曼财政历法、伊斯兰历法，主马达·敖外鲁月即伊斯兰历法中的 5 月。

着几张照片。下面的工作台上，盛着化学试剂的托盘一字排开，桌角的玻璃瓶闪烁微光。威利聆听着她的呼吸。他端详起面前悬挂的几张照片。第一张是两个年轻的阿拉伯女性，它遵循了给女孩拍照时的惯常模式，一个长得很漂亮，另一个则相貌平平，虽然她们看起来都甜美而羞涩。

“必须承认，”埃莉诺拉看着诡异的暗红色灯光说道，“我在卡尔梅尔打的广告一夜爆红，最后一共拍了十四组照片。莫德恰茨基一家，阿卡来的护士，莱拉和蕾拉表姊妹，德米特里和他的妈妈，甚至还带上了他妈妈的狗——你能想象吗？——不过我最喜欢的是这对女孩儿。我打算在一张关于摩西的新作里让她们扮演女仆，不过前提是要先得到她们母亲的同意。”

在这处幽暗密闭的空间里，威利觉察到她高涨的热情，他屏住了呼吸。他想起小时候他们一起躲在潘特罗霍滨宫的衣橱下面，吃着她直接从烤箱里偷来的热乎乎的司康饼，她总是无所畏惧。

“在耶路撒冷，照片都是在摄影棚里拍摄的——比如克里科里安之屋，或者加拉拜德影楼——里面挤着一大群随从和一大家子人，堆满服化道具。但在我之前，从没有人帮耶路撒冷的居民在自己家里拍过照片，那是完全私密的环境，当然，我指的是……”幽暗的灯光下，他看不清她的脸，却能察觉到她脸上挂着微笑。“我指的是女人。”

黑暗中，能看清她在他面前的纸上留下的笔迹，这令他心头一震：她总是激荡起他内心的波澜。疯狂，反复，无法抑制。

她的举止……十分得体，可他却渴望对她表白一切。他耳蜗深处又响起那阵啸叫，这是他的老毛病了。然后，仿佛听见了这阵声音似的，她突然无缘无故地温柔发问：“你在战争里吃了不少苦头吧？我注意到了你的……”

“伤疤。”

“是的。”

“我的瞭望员麦基葬身火海，但是如你所见，我却幸存下来。”

他后悔将这句轻佻又冷酷的话脱口而出，然后，脑子里冒出一个不合时宜的念头：如果埃莉诺拉见了他的尸体，肯定会觉得恶心。他把手掌压在耳朵上，比起他那萎缩的皮肤，让他更煎熬的是这阵由奎宁诱发的耳鸣，它像蚊子叫一样，时断时续，耳道深处的嘶嘶声简直要把他逼疯。像是一只蛾子掉进了他的脑袋里，又像是靴子践踏他的脑子。今天是最严重的一种——啸叫。

“这些是什么？”他想借说话赶走这阵耳鸣。他花了好一阵才反应过来，眼前的照片是女孩们的各种身体部位，画面的色彩对比度极高：脸颊、腿、脸部细节、肩膀。它们让他想到叔叔某次圣诞节带回家的情色拼图：一名法国女郎高高地翘着双峰，一条腿踢到身后，送来飞吻。

“长曝光的实验作品。”这是一系列正方形尺寸的照片，每张画面都或多或少有些模糊。

“那是阿什顿的女儿吗？”

“是的，她协助我工作。现场只允许女性出入。”照片里是普鲁登斯，她好像超然事外，皱眉望着地面。

“天啊，”他看到旁边一张埃莉诺拉的照片，感叹道，“完全看不出岁月的痕迹。”

照片里，埃莉诺拉坐在椅子上，双脚并拢，两手叠在膝盖上，让人感觉她好像把自己带回了过去的某个时间点。

“这是你童年时的样子。”

她似乎对此很得意，但也有点尴尬。

“是的。我想这就是我想表达的。”

威利现在和她近在咫尺，他飞快地碰碰她的手背，她没有躲闪。

“我想记录塔尔博特[①]所说的‘时间之殇’。”

“哦？”

现在，他握住了她的手，整个儿攥在手里。她继续轻声对他讲。“殇”，是错误。“时间之殇”是时间的错误，错误的时间。快门打开的时间越长，拍摄实体就变得越淡，边界变得越模糊、透明，最后消失，你看到了吗？相机捕捉的并非女孩本身，而是镜头对准她们的时间长度。它在捕捉时间。她突然挣脱了他，转过身去，把门打开。光线征服了黑暗的房间，她走了出去。

威利斜靠在工作台上，耳鸣声高亢到让他有些飘然欲仙。稍远处靠墙的操作台上依次摆放着更多照片，它们按组排列。这是耶路撒冷的风景照。他看着离他最近的一幅照片：一排士兵头戴遮阳头盔，英国人长相。威利将它拿起来。远处有一座村子，一栋炸毁的房子上飘出的滚滚浓烟直冲天际，一个士兵脸上露出得意的表情。

“这是什么？”他喊。埃莉诺拉转头瞥了一眼。

“我想，这是一张哈立德拍的照片。”

它下面还放着四五张照片，看起来是同一天拍摄的。埃莉诺拉走远了，去了另一间屋子。威利把这些照片叠在一起塞进外套口袋，飞快地合上了身后的门。

负责招待奉茶的女仆萨米亚是埃塞俄比亚人，她脸上挂着明显的愠容。威利不声不响地坐着，埃莉诺拉几乎在自言自语，介绍着房子

① 塔尔博特（1800—1870），英国化学家，卡罗摄影术的发明者，他对原有摄影方法进行改进，使用碘化银和显影液使曝光时间缩短，使影像更为牢固。

的特色。和耶路撒冷有四五百年历史的老房子一样，这栋房子的中央居住空间里设有两道楼梯，其中一座打通地下空间，通往幽暗的厨房及杂物间，另一座螺旋上升，通往屋顶。一段旋转楼梯。她以前从没想过用运动名词形容楼梯[①]。他们面前的桌上放着一块突兀的柑橘蛋糕。终于，她不再说话，盯着脚下地毯上烦琐的编织纹——孔雀羽毛缠绕在石榴上。

“房子会断送一个人。”她沉默许久，说道。她没有直视他，视线在房间中飘忽。

“我常常觉得这里令人窒息，就像在威尔士时那样。”她指着与墙同宽的餐具柜，上面堆放着汤盘和雕花的水晶果盆。他们能听见萨米亚上下楼梯的脚步声。威利烦躁地搓起手来。潘特罗霍滨宫里精致的房间和回廊，侍奉主人的客厅女侍、厨娘、厨子、马倌、保姆、司机，法国家庭女教师，那些花园和所有的一切……这里怎么能与它们相提并论？墙上装饰华丽的胡桃木相框里，镶着一位阿拉伯年轻才俊的肖像。

“那是你的丈夫吗？”

她点了点头，向他皱起眉头。他站起来，为了能看个仔细。她的丈夫比他想象中年轻些，留着小胡子，炯炯有神的双眼中流露出自信。一种扎心的念头在他脑中萦绕不去：她不但没有为了他拒绝其他男人，甚至还逃跑了，嫁给了一个外国佬。这简直荒唐得可笑，但他还是忍不住凝视着拉苏尔的眼睛。

埃莉诺拉父亲的面孔浮现在他脑中——鼻子发青，鼻血直流——他现在都还能感觉到那只手压在威利肩上。他们的父辈之间有一段尘

---

① 一段楼梯，原文用 a flight of stairs 表达，flight 亦指飞行，呈现动态的感觉。

封的往事，用埃莉诺拉的话说，他们是一帮狐群狗党。由于某些长期存在的复杂关系，其中一方向另一方欠下巨款，以至于埃莉诺拉的父亲要帮威利支付他在蓝星学院的学费，还坚持让威利夏天时住到潘特罗霍滨宫来。威利不清楚这笔欠款的总额，但他怀疑这笔钱和埃莉诺拉那难产而死的母亲脱不开干系。

埃莉诺拉的父亲资助威利上学，但作为条件，威利必须在军队服役至少三年。因此，十六岁那年，威利加入第一皇家骑兵近卫队，先是被派遣到温莎，随后又迁驻骑士桥，他在那里患上了麻疹，但幸存下来。1914 年，威利年满十九，他付了一笔钱，才得以从军队中脱身，对威利而言，这意味着从埃莉诺拉父亲的魔爪中逃脱。

回到潘特罗霍滨宫后，威利买通马童借他一把梯子，让他能够爬到埃莉诺拉的窗户上。他带着一个盒子，里面装着一个金黄色、亮闪闪、浑身颤抖的小家伙：一只金莺。对他来说，这份礼物的暗示意味——且不说埃莉诺拉的父亲如果知道他斗胆爬进女儿的闺房，必定会活剥他的头皮，或把他横甩出英格兰和威尔士——不言自明。不过，看到他敲打玻璃时，她的脸色煞白。当然，像以前那样，她还是放他进了屋，但却急匆匆地回到床上。没有笑容，也没有欢迎。

那一年，她和父亲展开了一场无声的精神冷战。她以厌倦舞会为由，拒绝踏入淑媛交际圈。碰到威利送她的金莺时，她尖叫了一声，因为它只是个毛绒玩具，她却把它当成了活物。这是他从什鲁斯伯里的一个动物标本制作师手中得来的。此后不久，她就去了瑞士。谁能料到命运和他开了个天大的玩笑——两个月后的英国深陷战火，而他的退伍手续被强行终止。他马上被召回军队，同年十月提拔为少尉，无花果树和黄色小鸟已经与他相隔千里。

个把月后，他写了封信给她。“嫁给我”，这是那只鸟的含意。

你难道没有察觉？但他不知道那封信是否寄到了她的手上。她的父亲，那个老恶鬼，可能中途就把信截获了。躺在军用火车的硬床板上时，他把这件事告诉了麦基。你送了她一只毛绒麻雀？是一只金莺。那只不过是一只破鸟，你这个白痴。战火将他卷走，却为她送来了哈立德·拉苏尔——威利把视线从照片里拉苏尔回看他的眼睛上挪开——这让他忍无可忍。

而她还盯着地毯。

“我要把你从这儿带走。”他在这间令人窒息的房间中挥舞双臂。然而，他的话没有在埃莉诺拉心中激起一丝波澜。他犹疑地打量着她的脸。

“和我一起回英国吧。”他说着，向她走去。“战争结束了，我们可以安排好一切。总有我们力所能及的事。”他说话的时候，身体里的五脏六腑都明亮起来，一生中承受过的每一道伤痕、每一场爆炸和灼烤、每一块撕裂的肌肤仿佛又重新回到他身上，提醒他自己尚是一具有缺陷的血肉之躯。

餐具柜上的画框里是一幅潘特罗霍滨的画。见她没应声，他走近那幅画，想要平复心绪。他很爱那栋房子，比她对它的感情更深。对她而言，那不过是座牢房。

威利试图想把哈立德·拉苏尔的面容赶出脑海，但却无法克制自己想象那个男人的指尖划过埃莉诺拉的锁骨，摩挲她大腿内侧雪白的肌肤。她还是没有说话。她不打算给他一个答复。这时，又一幅画面不期而然地填满他的思绪：埃莉诺拉和哈立德躺在一张宽大的四柱卧床上，胳膊和腿攀在对方身上。哈立德一手握着她两只小巧的白皙乳房。而他，威利，变身成了某种龌龊的鸟类，一只鹦鹉或秃鹰，栖息在他们头顶，窥视着这一场婚姻，活像一个偷窥女士裙底春光的色狼，从中窃取这种亲密的关系，仿佛这亲密和吗啡一样让人上瘾。

“我得走了。”他站起来。

他本能地一路向厨房走去，那里应该有一扇后门。不过，在这些暗藏地洞和密道的房子里，谁又说得准呢？他穿过一道门，没有找到楼梯，却发现自己站在一块四四方方的天台上，一条晾衣绳从墙上伸出去，挂在木桩上。墙檐上勉强立着一个盛满了烟头的盘子。他看见远处房子的屋顶参差交错，相互冲撞。生灵们凌驾在彼此的头顶上。

她来到他身后。“别急着走，不妨把它当成一份惊喜吧。”

惊喜？“我必须走了。”

她领他走到通往大市场的正门，他开门时，她轻轻摸了一下他的背。

“我们很快就能一起在飞机上帮阿什顿拍照了，不是吗？”她的声音很轻，他几乎听不清。

接着，她的声音变得明朗又造作：“我今晚会出席晚宴。既然你到耶路撒冷来了，就肯定躲不掉我。”

他看着她。她放弃了活跃气氛的尝试。在门口，她和他挨得很近。一时间，他以为她要拥抱他。然而，她只是仰起头，抬起下巴。

“如果我现在委身于你，你马上就会弃我而去。”她说。

“不会的。”他说，“你想错了。”他跌跌撞撞地走进基督教区，转进第一条放行的巷子。这条窄而陡的小路上有几级锃亮的台阶，好像被特意打磨过，故意要让人滑一跤。台阶两旁，雕琢精美的念珠五彩斑斓，大小各异，待价而沽，他试着想象，将信仰寄托在一串木珠里是种怎样的感觉。数不清的修道院和教堂藏在他四周的高墙中，现在必是整点，因为千万座钟在同一时间敲响，声音震耳，此起彼伏。

他仿佛站在时间制造仪的中央齿轮之上。他拐入一条更加逼仄的窄巷，这里出售鸟笼，一排又一排的微缩牢笼。金丝雀和苍头燕雀呼唤自由的颂歌、他脑袋里的啸叫、象征时间的钟声交织合奏，这阵噪音构成了他所在之处的全部内容。

六

肖勒姆，1937 年

码头上，肖勒姆新区一侧的吉米茶室外有一尊美人鱼雕像。她的鼻头残缺，身态丰盈，招揽孩子的姿势搅得人心神不宁，甚至略带色情。每当一枚两便士硬币滚入嘴巴位置的投币口时，她就会播放一段机械的旋律。斯奇普爱上了她金黄的垂发。他盯着她那颜料剥落的斑驳面颊，求我给他几便士帮她重获生机。而现在，他在我床上蜷着身子，脑子里想的肯定是她，因为他正轻轻唱着她的那支曲子。*海浪中潜游，她身姿曼妙……引诱每位水手，投入她怀抱……她拥有世界上最邪恶眼角……他们叫她海中女妖。*我要等他在我床上熟睡之后，再把他挪到自己的小吊床上。我在“塞西莉亚”四处穿行，假装收拾东西，小声地哼歌，让他入梦时知道有我在身边陪他。*他们叫她海中女妖。*

我向比利保证不会去瓦尔内斯，也确实没去，但我没有告诉他邮政局长那个黑头发、没礼貌的儿子把一封电报扔在了我门口的地垫上。如果不是我刚好看到他扔来电报，这封信很可能已经随风飘走，成了海鸥的腹中之物。

明日三时起至次日都会在瓦尔内斯等你。重要，紧急，与伊赫桑·塔梅利有关。

我把这封搅乱心绪的信塞进很早以前的一期《名利场》的书页里。不知为何，我将它从伦敦一路带了过来，此刻它毫无意义地摊开在那里。

为了迎接比利，我精心打扮了一番。我凝望着窗外最后几抹沉入大海的余晖。其实，我向外看，是想看看威廉·哈林顿会不会来，同时在思索他为什么到萨塞克斯来。他仿佛从时光切割出的夹缝中穿越而来，就像那个我从纺织店商品名录上剪下来的纸娃娃，被我抛在身后的册子上，仅剩小女孩的轮廓。他的造访让我打算给伊赫桑写封信，但我迟迟没有动笔。到现在已经过去三天了。他还会等在瓦尔内斯吗？窗外的云朵越积越厚，直到它们最终都融进了一整片单调昏暗的天空中。

斯奇普睡眼惺忪地看着我穿衣服，肚子圆滚滚的。因为他刚喝完牛奶，最后几口也蘸着面包喝完了。在喂他吃饭这件事上，我越来越得心应手。离开皮埃尔之后，我在经济上相当拮据，只能勉强靠皮埃尔父亲——那位伯爵先生的补助金度日。他每个月会给我开一张支票，数额不大，刚好够喂饱一个男孩儿。另外，由于我付不起雇保姆的钱，所以必须自己学着煮土豆——先削掉棕色的外皮，洗净猪粪肥，最后把它们切成光滑的白块。

当然，在来肖勒姆以前，我做过一次饭。记忆中，那是在我朋友玛格丽特那栋梅费尔区[①]的房子里，我身穿一件碧蓝的塔夫绸缎连衣

① 伦敦上层社交界所在区域。

裙，我们正醉醺醺地调制一款超现实主义汤品，意图用它接济劳动救济所里的穷人。我们往汤里加了洋葱、胡萝卜、旧帽子上的亮片和玛格丽特裙子上扯下来的钻石。皮埃尔的朋友哈里割破手指，把血滴进这盆大杂烩里，一边鬼叫：成熟！成熟！成熟！

斯奇普的头垂了下来。我关掉床头灯，但留了桌上镜子旁的一盏亮着。家里没有窗帘，只有几块挂得难看的破布，它们是些我以前用来盖雕塑的旧抹布。我在家务活上处处碰壁，挂窗帘不过是冰山一角。斯奇普强忍睡意，央求我给他讲一个小兔子的故事。

“小可爱，今晚不行。”

我看了看表。比利七点钟到。我把卷发夹慢慢扯下来，头发舒展、恢复弹性的触感令我陶醉。我来肖勒姆海滩后不久，这个自诩是我保护人的比利送给我一张他自己手工染色的宣传照，照片上的他穿着及膝短裤，手上缠着白色绷带，嘴唇是骇人的血红。这样的照片很难不叫人发笑，但我从中感受到他对待拳击的严肃态度，所以礼貌地表达了谢意。照片背后写着：“投弹手比利”。他在这里相当惹人注目，但小镇也愿意接纳他为自己的一员。而我就没那么幸运了。每当我从那些正在清洁台阶或窗户的肖勒姆大屁股家庭主妇身后经过时，她们总会不厌其烦地发出嘘声。

我在大衣箱中翻箱倒柜，都找不出一件肖勒姆应季的衣物，里面只有套装、披风、衣领、晚礼服、狐皮大衣和羊毛衫。我拽出一条银灰色双绉裙，材质有如美人鱼肌肤般丝滑，又取出一件和它颜色搭配的衬裙。无论哪件衣服在一年的这个时节穿都未免太过单薄，但我别无选择。我的长袜全湿了，我只能把它们排在生柴火的壁炉旁烘干，同时不照镜子就往脸上抹面霜。终于，我整装待发，只等长袜晾干。

窗外狂风肆虐，但“塞西莉亚”却静得出奇，我靠吹口哨来掩盖这种宁静。我时不时会有种奇怪的错觉，仿佛这里的天气在监视我，伺机策划一场并不合我心意的惊喜。来这儿的第一晚，我和斯奇普挤在一张陌生的床上——那时还没有特别为斯奇普准备的吊床。整晚，海潮涨落的巨大轰响侵扰着我的睡梦。我意识到这里无法给人片刻安宁。但这无法归咎给呼啸的飓风和嘈杂的海浪，任它们如何作威作福，房子依然屹立不倒。可是，皮埃尔不在这里，这才是问题的关键。看不到厚实的金色窗帘绑在流苏头的绳子上，听不见客房服务车上轻微的颤铃声。皮埃尔的朋友们再也不会半夜三点前在门上一顿猛敲，在大都会酒店的午夜富丽秀夜总会喝得烂醉如泥，身上散发着香槟的臭气，朝天蓝色的花盆里呕吐。我靠着斯奇普，在床边坐了会儿，拨弄他的头发。

“妈妈，我们可不可以乘火车去伦敦？”

“你想去吗？”

“想。”

“你想去找爸爸吗？爸爸现在恐怕不在那里，亲爱的。”

“不想。”他勇敢地说道，钻进毯子，垂下眼睛。“我是说，不是特意想见他。我只是单纯想坐火车。”

“嗯，这不难。”他把头搁上我的膝盖，我为他唱起自己改编版的《斯卡布罗集市》，把“薄荷”也胡乱地加进歌词里，唱到最后，声音益渐低沉。斯奇普也渐渐入梦。我把另一条毯子也盖在他身上，这样他身上就有两条毯子了。我给自己泡了一杯印度淡茶喝。门底响起抓挠声，像是动物在嗅来嗅去，爪子在挠门。我打开门，海风呼的一下灌进房间。我好像踢到了什么，它的身体外廓撞上了我的脚趾，只听见一阵窸窣声往大海的方向逃奔。我再次把恶劣的天气拒之门外。我回头看了一眼“塞西莉亚”，屋里已经一片狼藉。角落里的箱子每一个抽屉都开着，里面的东西全吹跑了。床边地板上溅了一摊恶心的水渍。厨房门口放着斯奇普留下的半桶污水。我弯腰掸去斯奇普眼睑上一根发梢发红的卷发，开始捡起散落的物件——他的短裤、袜子和用来折纸船的一沓报纸——可是，这凌乱好像已经在房间里扎了根，把它收拾干净比登天还难，我只得缴械投降。平日的晚上，我总是留斯奇普一个人在家，自己则出门饮酒逍遥。可是今晚，我的神经始终紧绷着，如同一根颤悠悠架在心间的弦。我的这个小男孩儿生着小巧的指甲和小雀斑。每当有烦心事，他总靠掰手指寻求慰藉，或者把面前的鹅卵石或白垩石排列整齐，数数，如此反复。他的手指敲出只有他自己才懂的节奏，上下飞动，像在敲打暗号。我在裙子上套了一件白色披风，涂上海妖般的口红，没戴晚礼服手套。不论穿什么，这身行头都显得太过隆重了。

当我告诉玛格丽特我即将告别皮埃尔，告别伦敦，远离她和整个艺术圈，远离生活中熟悉的一切，带着斯奇普远走高飞，去一个叫作“滨海肖勒姆”的地方的时候，她对着那杯苹果马提尼狂笑不止。*亲爱的，你曾经像一阵风那样横扫大英帝国的海岸，却从没在英格兰的小地方住过。你不知道那儿的思想多闭塞。你简直是作茧自缚！*我把一缕烟吐向她漂亮得令人着魔的绿眼睛，说道：“可是，亲爱的，最坏也不过如此了。”

“你简直像从画里走出来的。”我打开门时，比利说。我把他从喜怒无常的天气里拉进屋。

“咱们去弗洛酒吧，怎么样？”他看着我身后熟睡的斯奇普，点了点头。

“走吧。”

我走过去亲吻斯奇普，在他白净的额头上留下一个红点，挽着比利的胳膊与他一同踏出了门。比起将全部时间倾注在斯奇普身上，抽出些时间留给自己有益于让我变得更好——这说得通吗？——我的意思是：在这样一个风暴肆虐的夜晚，如果我和比利出门喝上一杯，而不是听着雨声独守在家，看他入睡，那么我会对斯奇普更好。

狂风迎面抽打着我们，像在施加惩罚。但我感激它让我把所有注意力都放在走路上，在旋风中，我没有余力再将负罪感细细咀嚼。附近一带的木屋上都挂着标志牌：袋鼠、穿靴子的猫、天使，它们在支架上丁零当啷地拍打。我们沿着卵石滩漫步，身边男子的肌肉如钓绳般紧实，他急切地渴望一杯麦芽啤酒，而酒精对他而言不在话下。这让我觉得一切还没那么糟。我们身边的大海是一片漆黑的死寂，比利迅速把我拉拢到他身旁。

“来啊，这儿暖和。”他说。

弗洛酒吧的门上多缠了几道铁链，防止狂风把门卷走。比利殷勤地为我开门。在这个周六夜晚，布莱顿的涨红脸的渔民、退伍的军人、码头的小流氓和投机倒把的商人把酒吧塞得满满当当。空气里交杂着苹果酒味、盐味和汗味，台上的乐手正在接受人们的掌声，砸在桌上的拳头声、挑逗的呼哨声几乎要把房顶掀翻。我们挤进角落里的一张桌子时，正好赶上乐队中场休息。比利一只手搂着我的腰，屋里所有男人的目光都集中在我身上。

“比利，所有人都在看我。”

“那是当然，肖勒姆可不常看到你这种女人。”屋顶上，挂着灯的绳子抽打着天花板，防风灯发疯似地晃动。飓风拍打着旗子和驶过港口的船帆，呼啸声清晰可辨，仿佛我们在一艘船上。不知为何，酒馆里的人似乎在期待些什么。我们就座后，等比利和一些必要的人打过招呼，我拍了拍他的胳膊。

“这片沙嘴上的人在等待什么？”

“不是一场战争，”他说，“就是一场风暴。”

“哦，就这样。”

“不仅如此。事情比你想得严重得多。”

“比如说？”

“可爱的太太，这里是英国的前线地带。没有人会来保护我们。”他朝一群法国人所在的方向挥了挥手，“他们可不会站在我们这边，对吧？”

比利的豪爽性格让人很愿意坐下来和他聊天。他的呼吸中夹带着烟草味。比利是一个拳击手，皮埃尔知道了会说什么？我感觉他会表示赞成，甚至还会嫉妒比利，或者嫉妒我。就我所知，比利身上同时流淌着吉卜赛人和渔民的血。和布莱顿的那些驯狗师、斗鸡人、店老板和诈骗犯一样，他不服管束，无法无天。你不能用一般的社会规范去约束他，在这一点上，我们不谋而合。毕竟，在英格兰时，我总觉得自己的处事方式与别人格格不入，不知什么事该做，什么事不该做。皮埃尔和他的朋友们因此认为我相当特立独行，我让他们忍俊不禁。原创精神。步调不一。他们还以为我的无知是一种幽默的玩笑，或是在逢场作戏。

不久之后，弗洛丽·福德——我推测酒吧就是以她的名字命名的，走上舞台，领唱一曲《来公牛灌木酒吧》，尖锐的声音压迫耳膜。汉普斯特老镇上，有这样一个小地方……渔民们把破桌上的锡酒罐敲得叮当响……来吧，来吧，我这儿有些波特酒想与你分享，就在那公牛灌木酒吧旁……一小支德国乐队在欢唱，一唱到“德国”，突然间一片哗然，“不！”的抗议声铺天盖地。我们身边的男人都两眼血红，皮肤开裂。我喝了一小口苹果酒，沉醉在对他们的欣赏中，甚至没有推开比利放在我膝盖上的手。

“一旦开战，我们得第一批走。可能被炸死，也可能成功撤离，但不管怎样，”我这位处变不惊的拳击手如是说道，“丘吉尔自己心里有数。仗打不起来的。布莱顿和沃辛有一大半人现在都支持希特勒那个老家伙呢。”

我抚摸着他眼睛下方发黄的瘀青。我喜欢他的面部线条，喜欢他与伦敦人截然不同的长相，还有他说“所以你是个艺术家？”时的语调。这件事既没有让他对我顶礼膜拜，也没有引起他的愤慨。一个靠拳头打人赚钱的人不习惯对别人的事指手画脚。我跷起腿，由着他的手沿着我的膝盖向上抚摸，他的手指一直滑到衬裙的蕾丝边上。我和比利·卢德说话时，总把他当成我的医生——仿佛他是皮埃尔以前带我看过的那个心理医生——是叫里奇韦还是雷蒙德来着？那个人敲打着修长的手指，当秘密像木桶里的苹果般一一浮出水面时，他的呼吸会变得沉重起来。只不过，和比利聊天时，我可以随意将那些小毛小病摊上台面，让他有机会小试牛刀，尽管他还不具备谈论心理创伤的资格。

“今天没有别的访客了吧？”他呷着酒，趁音乐间歇问我。我摇摇头。

坐在我们身边的男人把啤酒罐摔在桌上，发出没好气的撞击声。台上的灯光逐渐暗淡，一道聚光灯照在舞台正中隐形的幽灵身上，投射在木地板上的那束光仿佛蕴藏催眠的力量，让酒徒们一下子安静了。我冲他耸耸肩。我很喜欢这个地方，但黎明前的狂风把不祥的念头卷进脑中。我想到斯奇普此刻应该还蜷缩在他的毯子下面。多大的风，会把“塞西莉亚”像儿童玩具屋那样连根吹走？

一个喝了太多萨克塞斯苹果酒、烂醉如泥的女人向我们走来。她费了不少劲才把丰腴的大屁股从男人和桌子间挤过来，身姿仿佛浮出水面的女神，不过随着她的脸越来越近，我打消了这个念头。她的皮肤枯槁，五官很不协调，仿佛到处挨打，却未得到正确的治疗。一头棕色长发遮住了那双恍恍惚惚的红眼睛。

“比利·卢德。”她说，“你还打算给沃尔特送礼物吗？”我头一次看见比利不安的模样：脖子涨得很粗，青筋暴起。他站起身，主动与我拉开距离，在我耳边说：“给我一分钟。”

这个女人看起来像是要把玻璃杯扔到我身上，看得出，她的确想这么做。她在各个方面都比我高大、粗壮和彪悍得多。我忍不住盯着她按在桌上的手上涨红的指关节。还好，赶在她动手前，比利就已经把她拉到吧台前。他们站在一块儿，为下一步行动的安排争论不休。我移开了目光，他们的话语隐没在音乐中。这是我和投弹手比利的关系维持平衡的方式。虽然没有特意猜测他们的关系，但当我看见比利抓着她的上臂的姿势时，就全明白了。

*

回到“塞西莉亚”，斯奇普正打着呼噜，胳膊甩过头顶，虽然房间里冷风阵阵，但他的前额仍渗出细密的汗珠。对比利，我什么也没问，看着他在门外留恋的样子，我知道今晚是不可能说动他离开了。虽然我兴致正浓，想把夜间的杂思画在速写本上。这时，我头一回想起以前从和皮埃尔的相处中得出的结论：每当我有工作的兴致，把一个男人请出房间是多么困难。简直屡战屡败。在拉塞尔酒店的豪华房里，皮埃尔一丝不挂地关上客房浴室的门，说：我晚上要在这里面工作，你可以在外面的花盆里解手，它们够大。但第二天早上他出现的时候，却拿不出任何成果。

我看出现在别无选择，只能请比利进屋。他显然不想回家找老婆，如果他有老婆，或随便哪个等他回家的人。出乎我意料，烧木头的炉火还没熄灭，一缕孤烟仍倔强地在灰烬中心燃烧，房间里的余温也未消散。在这片暖意中，我宽恕了比利曾那样握住那个女人的手臂。又或许，我把它赶出了脑海，并将之托付给海浪。比利把斯奇普抱到他自己的小吊床上，我还不太习惯看着皮埃尔以外的男人用这种姿势抱他。斯奇普的两条腿像布条一样垂挂下来。

"姑娘，你太瘦了。"他说，"要多吃土豆。"我分不清这句话是赞美还是嫌恶。实际上，我离自己期望的魔鬼身材还差得远呢。他靠得很近，原始冲动在体内蠢蠢欲动，苹果酒让他的鼻头油腻发红。我背对他，在他面前脱衣时有些不自在，仍觉得羞涩。我脱得只剩衬裙，脊柱上的椎骨也许从布料里露了出来。"你愿不愿意把秘密分享给我？而不是那个会把你说的话全都登在杂志上的陌生人。"他在我脖颈间问道。

比利，好像你不是个陌生人一样。

我让他托着我的身体曲线和骨骼，把我的肋骨、脊柱、手腕和脖子一并揽入怀中，这才向他娓娓道来。因为我说话时希望盖着毯子，和另一个人全身贴在一起。有时，我告诉他，在耶路撒冷时——那座城常重现在我的脑中，仿佛一只漂流瓶被海浪冲回岸边——夜里，我常被美妙的音乐惊醒。萨伊德演奏着乌德琴，父亲用阿拉伯语伴唱，但心血来潮时，他就改用英语。音乐声通常说明他们正在隔壁房间举办晚会，而这时，我会溜下床偷看。法斯特酒店的走廊很长，被漆成红色，房间的陈设都一模一样。我喜欢站在走廊里从一头眺望另一头，回到房间，再来一遍。父亲就住在我隔壁，两个房间之间有一道连通门，但从来都是锁死的。

我记得领事馆的女人们：法国人、英国人、美国人，她们穿着长裙，随留声机里的音乐翩翩起舞。有一次聚会，我被裹着大衣抬回自己的床上。埃莉诺拉走进房间，坐在我身旁。她把手放在我的额头上，俯下身，我闻到她身上的香水味和土耳其烟草味。那一刻我确信，她和我妈妈身上有一样的味道。

“继续说。”比利说，拇指抵住我的下巴，另一根手指划过我的唇。我说，我的父亲热衷于搞城市设计和重建工作。他希望在城市里竖起在地平线上无限延伸的高墙和桥梁，为城市装上琥珀色的管道。城市里还应该有地下湖。长发飘飘的妙龄女郎信步穿过广场。过道、城墙、机场、海港。他的生活里全是地图和规划稿。他喜欢给街道和海岸线列清单，尤其热衷住宅改造。他告诉我，在地图上描绘出事物的轮廓令人舒心，而我给他画了一栋房子。我们应该住到那儿去，我说，但他对此兴味索然。最后，我把城市规划图给伊赫桑看了。

“你们这些伦敦妞，真是伦敦妞。”比利把头埋进我的头发和脖颈，我意识到这些过去的名字对他来说没有意义，他甚至根本没在听。

“比利，我不是伦敦人，我没有故乡。”他继续他的那套，手伸到我的衬裙底下。

“那你就是城里来的姑娘。反正我现在想对你做啥就做啥。”

一大早，我趁自己神清气爽，下定了决心：我必须了解伊赫桑的近况。不管比利多不喜欢那些访客，但叛逆情绪已经微微在我心上萌芽。何不直接去会会威廉·哈林顿？当然，前提是他还在这儿。我发现，一旦开启记忆的闸门，就再不能对它们无动于衷，我需要理解记忆的温度。它们会回暖，还是即将成为心中的创口？另外，飞行员的到访让我无法再专注于《圣海伦娜》的创作，我也说不清为什么。

“斯奇普，咱们一起乘公车去沃辛吧？”

“是去瓦尔内斯的碉堡玩吗？”

“是啊！”斯奇普在床上上蹿下跳，羊毛衫和头发在我眼前模糊成一团。

南唐斯丘的公车上，斯奇普在起雾的车窗上画蛇。水果硬糖把他的腮帮子撑得鼓鼓的。坐在我们后面的妇人不顾我的婉拒，执意要喂糖给他吃。

“我等不及要看看那间酒店！”他含着满口糖说道。雨点开始落下，天空是让人伤神的一片灰蒙蒙。巴士在蜿蜒的沿海公路上颠簸，而我凝视着沿途被大雨冲刷的房子。

“我特别喜欢酒店。”他说，抓住我的手捏紧，以吸引我注意。“妈妈，你呢？”

不，我并不喜欢酒店。

“当然喜欢了，宝贝。”

一路上，斯奇普都把酒店挂在嘴边——瓦尔内斯酒店有一座著名的走私者的地堡，里面藏着数不尽的财宝和密室——这些都是他道听途说的消息。他还会一一列举供走私者选择的武器：短管火枪一把，吹箭筒一支，再带上一把短弯刀。我对他微笑。我想起拉塞尔酒店套间的那间客房里，皮埃尔带来的心理医生正在等我。闻到他身上的酸橙气味，我却把单词记混了，脱口而出：“你闻着有股说谎[①]味儿。”

① 英文中，酸橙（Lime）和谎言（Lie）的发音十分相近。

那一刻，我对自己精神健全的抗辩不攻自破。我给自己惹上了大麻烦，因为我曾一丝不挂地出现在酒店大堂。皮埃尔把我那本画满了螺旋楼梯的速写本上交给医生。

螺旋楼梯对你来说代表什么？

它代表一种矛盾。它在向下延伸的同时，又在不断上升。

你怎么看待自己的隐私？

我没有隐私。

为什么这么说？

我希望把所有内心的秘密公之于众，这样它们便不会在体内郁积。这就是艺术。

你真这么想？

是的。

秘密会让你崩溃吗？你的内心还会留下什么？

我的内心空无一物：这就是关键。

斯奇普的头靠在玻璃窗上，我拉起他的手。公车沿着颠簸不平的萨塞克斯丘陵公路起起伏伏，把我们折磨得疲惫不堪。他宝石般的蓝眼睛望着海面，可什么也看不见。我试着和他玩个游戏，迅速识别沿途海边木屋的名字：镜花水月、海上仙子——但他提不起劲。终于，我们从小巴上被轰出来，抵达了目的地，瓦尔内斯酒店大门就在眼前。离我们一码开外的地方，一只海鸥正啄食一条死掉的狗鲨，有人用笔在一堵防波堤上写道：*老朋友，我尽力了。*

瓦尔内斯酒店里人潮涌动，热闹非凡，随处可见女士们翘首以盼遇上自己的真命天子，哪怕是一场邂逅都行。趁前台空着，我弯腰浏览客房登记簿上干净的斜体字。只需一瞥，就可窥见酒店的大致品味。景观双人房，15 到 21 号房，分别被以下几位预定了：阿尔玛·勒兹小姐、罗斯维尔小姐、奥德汉女士、雷伯恩夫妇。预订海景单间的则是清一色的未婚小姐。景观双人间房客的女仆、助理和贴身侍从住在普通双人房里。此外，有几位军官，还有他：哈林顿上尉。在他的名字下方，还有几个爱尔兰人：麦卡伦、麦科纳罕，有个姓科恩的，甚至还有个苏格兰人。沃辛的外国人可真了不得！时近三点，斯奇普在摆弄一个等身大小的骑士展品身上的铠甲，而我改变了主意——真希望我们没有到这儿来。这时，我冒出了一个以前从没有过的念头：在我很小的时候，曾和母亲在这附近住过一小段时间。那是我们辗转过的诸多公共宿舍和出租房中的一间。是叫戈林饭店还是鲁斯汀顿酒店？总之，就藏在萨塞克斯的犄角旮旯。灰蒙蒙、冷冰冰的连绵阴雨连日降下，到处都是白垩，一幅末日景象。也许我们在这家酒店喝过茶？也许这里还残存着我的一丝痕迹，比如地毯上的足迹？看门人拉开气势恢宏的橡木门，吹来一阵海风，在一群身披羊毛大衣的女士身后，我看见了威廉·哈林顿。他没有注意到我们。他的面孔粗糙不平，满面倦容。我眯起眼睛，想找到一条线索，把他和回忆中的形象对应起来，会议厅中站在父亲身边的那个人？法斯特酒店角落里的那个人？没错，就是他，我现在认出来了。尽管他的迟钝和衰老已是无可否认的事实，但我又怎么忘得了呢？这时，我们的眼神对上了。

“嗨。”他捋了捋头发，努力让自己从恶劣天气的狼狈样里恢复正常。他甩干衣袖上的雨水，脸上的颧骨在抽搐。

“谢谢你能来。”我看不惯他那副样子，同时觉得他好像在我们之间的暗斗中占了上风。斯奇普笑看着他。无疑，这个头脑精明的小家伙还想再多讨几枚硬币。而我已经打定主意，喝杯茶，参观走私者的地堡，问清整件事的来龙去脉，然后立即拍屁股走人。

“谢谢你这几天一直在等我们来。”我说。

“没事，此事事关重大。不知二位是否愿屈尊与我进花园景观房闲聊，或者认为在餐厅更为妥当？当然，也欢迎二位莅临寒舍，我只担心那里过于狭小封闭了些。”

“我认为花园景观房再合适不过了。”我们的态度与上次见面截然不同，彼此以礼相待。我们跟随他穿过几道镀金拱门，来到一处玻璃墙面的茧型空间。甚至不用费心谛听，都能感觉到妇人们的闲言碎语。大雨落在天顶上的巨响让人感觉被囚困在铁罐里。我们刚一进屋，几双爬着皱纹的眼睛便饶有兴趣地看了过来。我猜这些都是酒店单人间的房客，住的大约都不是海景房。

他四处搜寻了一阵，想挑个合适的位置坐下。我深深吸了口气。四周的女人开始交头接耳，像是受惊的石潭虾米。最后，他选择了角落里的一张桌子。

“妈妈，我能到外面去吗？”斯奇普指着外面的花园，它看着就和英国最恶劣、最荒凉的海滩景点没什么两样。

“我不知道。”我摘下手套，坐到椅子上。“可能只有酒店住客才能进去。”

“没事，可以进去。”威廉·哈林顿说，“反正雨也小了。”我耸耸肩的工夫，斯奇普已经跑远了。我们俩看着他趟进湿漉漉的草丛，弯腰端详着秋槭树上落下的光润的红叶，自言自语。

他递给我一根烟，我接过来。

“那就请允许我冒昧地点茶了。”他说。

“谢谢。我想起来你是谁了。”我说，“一开始我没认出你。”

“嗯，我知道你会想起来的。”窗外，一只海鸥降在草地上，朝斯奇普蹦过去。我看到他回头看它。

“所以，《伯灵顿杂志》是怎么一回事？”

“我只能假扮杂志记者才能从你伦敦那位艺术经理人口中打听到你的住址。”

我直起腰板。

“我会和你解释清楚。”他为我点上烟，“伊赫桑·塔梅利上一次拜访你是在1933年，对吗？”

我怔在原地。他在说四年前的事，那时斯奇普两岁。皮埃尔已经和别的女人混上了床，每天早上，我都必须竭尽全力克制住从拉塞尔酒店窗户一跳了之的冲动。我没有搭腔。

“我相信伊赫桑来的时候把一样东西交给了你，现在我需要这件东西。”

服务员进屋扫视一圈他负责服务的区域。我把桃色手套在手里叠上、展开。一开始，我什么也记不得，但现在我想起来了。是的。它终有一天会派上用场。伊赫桑把话说得隐晦而神秘，我积极配合，在他于伦敦交给我的粉红厚信封的密封边上爱抚许久。我记得当时我从信封上闻到了耶路撒冷的味道。窗外，湿漉漉的花园里，一只鸽子立在斯奇普背后露台的金属栏杆上，图谋不轨地沿着金属边向他逼近。现在，斯奇普被两只鸟同时夹击，可他还在低头观察草丛，浑然不觉。

“恐怕我不知道你说的是什么。”

我说得有点大声，离我们坐得最近的两名女士明显停下交谈，全神贯注地低下头。斯奇普整个人埋进树丛，蹲在地上，手指戳进泥土。服务员拿走我们的点单后，威廉·哈林顿从玻璃花瓶里抽出一支凋萎的红色康乃馨，指甲嵌进绿色的花茎，又把它插回水中。他露出微笑。也许他想用这种挑逗的姿势胁迫我就范，可惜在我这儿行不通。一瞬间，想到他擅闯家门，现在又在这里声东击西，加上那假扮记者的把戏，我突然怒火中烧。

“你要么多给我透露点消息，要么给我出示你的证件。伊赫桑是不是出事了？”

两只鸟同时张开翅膀，向斯奇普步步紧逼，后者只能在树丛中节节倒退。哈林顿朝我面前靠近。

“我很遗憾地通知你，伊赫桑·塔梅利死了。”

我看看他，再看看窗外的花园。*伊赫桑·塔梅利死了*，一字一顿，顷刻间失去了意义。这些字眼仅仅是静止在我们之间，文字兀自打乱、重组，似乎连它们都对自己将信将疑。这一刻，我只感到无所适从。眼见海鸥蠢蠢欲动，就要啄上我的儿子，我从桌旁站起来，走到窗边，手猛拍在玻璃上，把酒店里的老处女们吓得方寸大乱，大呼小叫。斯奇普转过身来看我。我招呼他进屋，回到座位上。

“如何证实你说的都是真话？他是什么时候死的？”

“去年，在耶路撒冷，他在法斯特酒店的爆炸事件中不幸身亡。”

“爆炸？”

“对，耶路撒冷的局势现在很……紧张[①]。我相信你一定听说了。”

我盯着眼前的这个男人。他把手伸到我的胳膊上，碰了它一下。他又想威胁我吗？可是，我分明感受到他的某些地方正在崩溃，仿佛内心的齿轮突然失灵，看得出，他也备受煎熬。

“我知道你们……走得很近。”他说。

“很近？”

---

① 1936—1939年，阿拉伯人在巴勒斯坦地区多次暴动，以穆夫提为领袖的巴勒斯坦高级阿拉伯委员会向英国表明了阿拉伯人的要求：巴勒斯坦独立，废除《贝尔福宣言》和驱逐犹太人，反对皮埃尔委员会提出的建议在巴勒斯坦建立一个阿拉伯国家和一个犹太国家，即巴勒斯坦分治计划。穆夫提暴动主要针对英国人、犹太人，及持不同政见的阿拉伯人。

“在耶路撒冷的时候，一直是伊赫桑·塔梅利在照顾你。那时候其他人都对你熟视无睹，至少在我印象里是这样。我说的对吗？”

我至今还记得多年前，伊赫桑·塔梅利送给我的那颗糖融在舌尖是什么滋味。一颗开心果味的奶油杏仁糖，伊赫桑不肯告诉我它的秘制配方，直到某一天，他说这糖是骆驼蹄做的，让我别透露给别人。他一边偷笑，一边指着我满脸震惊的表情，揉我的脸蛋。瞧你，我记得他被我逗得前仰后合，瞧瞧你这张英国脸蛋儿。一想到他，我的整个身体都沉浸在悲伤中，渐渐沉沦。

斯奇普穿过大门，回到室内，上气不接下气，脸蛋涨成浅粉色，嘴唇湿漉漉的。他面露愠色，急着要向我控诉：“看到那些鸟了吗？它们在攻击我！”

“是的，我看到了。”我拉起斯奇普的手，“它们伤着你了吗？”

“没有。”他懊丧地跌坐在椅子里。这时，茶端了上来。茶点丰富极了。糕点架底层放满小巧的正方形三明治，切好的松软的柠檬酥皮馅饼、两款海绵蛋糕和一排法式花色小蛋糕排列在上面两层架子上。

“我打赌你会想先吃点柠檬馅饼？”威廉·哈林顿问斯奇普。

“是的。”他看看我，像是觉得我会先逼他吃一块三明治，但我只是笑笑。

记忆在脑中一一闪回，关于这个男人，我都记得什么？他为父亲做事？所有人都对我熟视无睹？他说这话是什么意思？几年前，我最后一次在伦敦见到的伊赫桑的那张脸再次浮现在眼前。我坐直身子，咳了一声。我觉得眼前的男人不足为信。

“哈林顿先生，很抱歉，恐怕你没能说服我。能否出示一些官方证明？”

嘴里塞满柠檬馅饼的斯奇普对我说了些什么，但我没听清。

“我知道这对你来说是个打击。”他说，碰也没碰糕点托上的点心。我一会儿折起膝盖上的手套，一会儿又把它展开。

“什么打击？”斯奇普把馅饼吞了下去，问道。

“你妈妈的一位老友过世了。”威廉·哈林顿说，然后转头看我，“那个信封对我来说相当必要。普鲁登斯，能否请您将它交给我？”

他曾爱过埃莉诺拉·拉苏尔，我现在想起来了，不过毋庸置疑，我当时也痴迷于她。为什么我们会同时倾心于埃莉诺拉？伊赫桑在信里如何描述她？我记不清了。最近很少听到她的消息。伊赫桑死了？威廉·哈林顿换了一副表情，他冲斯奇普点点头。

“你长得和你妈妈真像，我是说你和她小时候很像。”

斯奇普的眼睛瞪得更大了：“妈咪小的时候，你就认识她？”

“是啊。”哈林顿说，“你妈妈是个讨人喜欢的小朋友，总喜欢往桌子下面钻。她总结交些不恰当的朋友，不过那时的耶路撒冷本身都扑朔迷离。”

我悄悄对斯奇普说：“宝贝儿，吃快点，我们得走了，有要紧事得做。”

我又回头对哈林顿上尉说：“很抱歉，我能理解您迫切需要您所说的这份信封，但这件事已经过去很久了。过去几年间，我的生活发生了翻天覆地的变化。哪怕我真有您所说的那个信封——虽然我记不得——我也找不到它了。”

我抓起斯奇普的胳膊，想把他从位子上拉走，但他对我怒视一眼，蠕动着在座位中陷下去，眼睛盯着蛋糕。他正在吃一块维多利亚海绵蛋糕。哈林顿把我的手腕拽到他跟前，低头看着它，他的拇指搭在我的脉搏上。但在朝下的手背一侧，斯奇普看不见的地方，他正用指甲掐我。然后，他突然坐回椅子上，在大衣口袋里东翻西找。他满面倦容，脸上阴云密布。他掏出一张照片。

“还记得它吗？”这张照片上是那些年间我与父亲在耶路撒冷的住处。黑色招牌上印着法斯特酒店几个白字。

“这是什么？”我问。这个男人的出现带来一种与沃辛的氛围格格不入的异样感。海浪掀起愤怒的波涛。在这个地方，一切不是在暴力或激情中瓦解，而是在过量的盐分和孤寂中凋谢。

“你是怎么追查到我的？是不是皮埃尔派你来的？”

他摇头。“我为英国政府做事，只能透露至此。伊赫桑·塔梅利给你的信封里，装着与这一张同时期拍摄的照片。”他翻到照片背面，指向一处细小的纹章。1920 年，耶路撒冷，哈立德·拉苏尔摄影。我推开他的手。

“哈林顿上尉，请别再打扰我们了。我真帮不了您的忙。”

“留着它吧，也许它会帮你想起些什么。我需要那份信封和其余的照片。我没有在开玩笑。”

我站起来，把椅子推到一边。我们走，我对斯奇普使眼色。我们现在就走。

“你知道的，伊赫桑利用了你。”他也站了起来。他在笑，可这笑容越发让人觉得他正饱受痛苦的侵袭，连他自己都不堪其扰。

“抱歉，你说什么？”我本想无视他，但还是抬头望着他的眼睛。

“你以前交给伊赫桑的那些情报。难道你从没觉得它们能派上大用？”

“我想去看地堡。”斯奇普任性地嘟起嘴。

“你以前是不是觉得他是个很特别的朋友？”

“我想去看走私者的地堡。”斯奇普的声音已经变成了哀求，嘴里的蛋糕糖霜加剧了他的呜咽。但我已经开始收拾外套和手套，拎起手提包。

“斯奇普，今天不行。我们必须走了。”房间里女人的视线全落在我们身上，她们的眼珠微微鼓起，纷纷舔唇咂舌。斯奇普开始大声嘶叫，所有人毫无遮拦地盯着我们。哈林顿对我皱眉。

“你还记不记得在一个房间里，”他问，“鲍姆女士曾朝你走来？”

我抓着斯奇普的手腕，把他从椅子上拽起来，从桌边拖走，穿过酒店餐厅，一路走上大街，狂风席卷而来，晃眼的阳光照得我们一时间不得动弹。自尊心受挫的斯奇普大喊着申诉不公平的待遇。我想要去看地堡。这不公平！！！！对不起，我在心里默默道歉，推着他朝巴士站走去——机缘巧合，刚好有一辆开往肖勒姆的巴士准备出发。

斯奇普沿过道跳到最后一排座位上，他正拉长脸生着闷气。不过，孩子们总有这种本事，他马上就把这一切抛诸脑后，跳起来跪着欣赏起后车窗外的景色。这时候，我才注意到斯奇普手里正攥着那张法斯特酒店的照片。

“你怎么把它带过来了？”

“他硬塞到我手里的。”

“他跟来了吗？”我问。车上只有我们两个乘客，他必然会上车。他可能全程都坐在我们身边威吓斯奇普。我把手套戴了又摘，又重新戴上，凝望着窗外的海面，连它也怀着强烈的敌意。这时，巴士在隆隆声中发动了。

斯奇普看着后车窗，说：“不，他没跟来。”

他走下来坐在我身旁。“那个人是谁？”酥饼碎屑还粘在他的嘴角，我轻轻帮他抹掉。

“亲爱的，我也不知道。肯定是个疯子。没什么好担心的。”我把他紧紧拥在身边，他的头倚在我的肩头。

“他是个侦探吗？”

“我觉得不是。”

“但他说他认识你。”

“哦，那是很久以前的事了，所以这不算数。”

“他还问你记不记得一间房间，这是什么意思？”

“宝贝，我不知道。”我看着他。

“他会不会跟踪我们？”

“傻孩子，我确定，他肯定还有别的更重要的事要忙。”

巴士驶出很远，已经开到蓝星地区的沿海公路。这时，他说：“妈妈，别再这样了。”

“什么？”

“你的手，你的手一直在抖。”这时我才意识到，多年前的老毛病又发作了，我的手会不由自主地轻微颤抖。只有一种办法能让它停下来——双手合十，像祷告时那样。

七

耶路撒冷，1920 年

威利站在宴会厅的角落里，尽量表现得自然，不想让人看出他正在寻觅埃莉诺拉的身影。也许哈立德·拉苏尔今晚会走在她身边吧？有什么稀奇的？再正当不过了。当然，埃莉诺拉说的没错。这是一场他躲不开的宴会，如果缺席，阿什顿会认为他处事欠妥。窗外的雪没有令他感到一丝振奋。他站在窗边，看着亲耶路撒冷协会的成员济济一堂，突然有种不合逻辑的想法：这场大雪不属于这座城市。它属于英格兰、华沙、阿拉斯加，唯独不属于耶路撒冷。

有人递给他一杯红酒，干涩得难以下咽，但他还是将它一口全灌进嘴里。他决定只待一小时，然后随便编个借口离开。这时，有人宣读出席名单：斯托尔斯上校，缺席。耶路撒冷市长，古迹保护部部长，大穆夫提，圣方济修会会长，多明我修会会长……威利把重心移到脚跟，感受着从平衡点扩散到全身的安定力量，他身上的每个部位都神经紧绷。

和往常一样，他又穿了完全不合时宜的西装。衣服下的躯干像是一张捏皱的纸，白色的伤疤在他的前胸和后背上以波浪状交织，而另外几道竖纹的疤痕——他私下里认为——简直像是快掐住喉结的两根手指。他闭上眼，便又坐回驾驶舱，凭空涌起致密的云层。在一阵纯白的热浪中，他意识到自己的发动机起了火，但他无法把注意力集中在下方闪烁的指示灯上，脑海里只剩下他曾在捕鲸船航海日志上见过的手稿图。每杀死一只鲸，手稿上就会添上一个用墨水涂鸦的亲切女人，都是些妓女的画像。威利觉得死亡就是这样——墨水画的女人，麻痹，沉潜——也许就如同海妖的召唤。*该死，得集中注意力啊！*当威利睁开眼的时候，已经有几名栗色眼睛的姑娘在照料他，但他从不知道她们叫什么。绷带下的痛感不是阵阵刺痛，而是持久的、单纯的疼痛。他咽下了满口难喝的红酒，从回忆中抽身出来。

不同的面孔在他身旁游移，仿佛海水翻搅过后浮上水面的海草。他得体地回应他们，点头表示赞同，但也许他给人一种不善交际的印象，因为没有一个人在他身边逗留太久。阿拉伯研究专家和考古学家们徘徊不定，每个人的脸上都挂着刚在雪地里站过的恍惚神情。宴会名单还在继续：*希腊牧首，亚美尼亚牧首，犹太人社区主席，犹太复国主义协会领袖，阿贝尔神父（圣埃蒂安圣经学校），巴尔鲁兹·M.本·耶胡达上尉，慕沙·卡赛姆·帕夏·阿尔–胡赛尼（前耶路撒冷市长），美国殖民地成员，英国代表团成员（包括E.L.波帕姆中校）……*

“她在干吗？”对他说话的是一个女人。她是个不起眼的欧洲考古学家，头戴一顶插着蓝花的宽檐帽，来自根特附近的一个小村庄。她告诉过他自己的名字，但他转眼就忘了。她咂嘴指向普鲁登斯·阿什顿。威利顺势看过去。查尔斯·阿什顿的女儿身穿一条白色礼服，头发上系着蓝丝带。墙边摆了一排大圆桌，每张桌上都摆放着插着百合花的醒目大花瓶。她正在浆过的白色桌布下面爬来爬去，手掌和膝盖着地。

“真是个奇怪的孩子。”他自言自语道，旁边的女士表示赞同。

这时，埃莉诺拉走了进来。一身白色长裙把她衬得尤为苗条，发丝里插着一串白色茉莉，这东西大概只有十六岁小姑娘才会戴吧。他为这样的想法感到惭愧。但是当她转过身来，他才发现这是一条露背裙，项链上一长串珠子顺着她的背脊垂挂下来。他全身热血沸腾，伤疤似乎熊熊燃烧。他们四目相对，他觉得她发现了自己对他的诱惑力。她闪着微光，一抹浅笑。房间里的音乐声震耳欲聋，他的余光瞥到埃莉诺拉正在朝他走来。但正当她逐渐靠近时，查尔斯·阿什顿冲上来挽住了她的胳膊。

“你能来我太高兴了。”阿什顿说，“哈立德今晚还是不来吗？”

“抱歉，他不来，又只有我。”

“没事，那更好。”

“今天出席晚会的都是些显赫的大人物，恭喜你，查尔斯。”

一位姗姗来迟的德国建筑师，考夫曼先生，被介绍给阿什顿，他们一同缓缓朝舞台走去。威利帮埃莉诺拉点上一支烟，烟雾罩住他们，仿佛披了一条魔法斗篷。他们挨得很近，两人都注视着前方的阿什顿。他正拿着指挥棒在指挥台后方挂着的地图上指指点点，样子活像一名公立学校的教师。

埃莉诺拉过去常像贼一样在潘特罗霍滨宫里四处徘徊，黑暗吓不到她。社会地位引发的自卑感从母亲身上遗传给威利，让他从小就在言谈举止方面处处谨小慎微，竭力讨好他人。而埃莉诺拉则是潘特罗霍滨庄园漫无边际的领地上一个被宠坏了的小姑奶奶，能把所有人都折腾得心力交瘁。打从一开始，她的不端举止就给他留下了深刻印象。她会偷东西、说谎、爬树、乱扔东西，不过这些事都仅限于童年，那时，她的父亲尚未将她幽闭起来。从那以后，她才学会了用沉默来抗议，因为父亲不允许她读书写字，只拿些针线活给她做。他至今犹记得她的义愤填膺。当时只有威利能进入她的闺房，他想偷偷带走她的希腊语课本，却被她暴怒地一把夺回。

他突然意识到整个房间的人都在看着他，因为阿什顿正把他介绍给来宾。他鞠了一躬，获得满堂掌声，尽管他不知道他们为何鼓掌。他逼自己仔细聆听。阿什顿把指挥棒挥向地图上一处绿色的矩形区域。

“城市之肺。我们需要以莱斯里普[①]为原型，打造出一套花园绿地系统。”

把英国的莱斯里普搬到耶路撒冷？他是认真的吗？这个问题悬在嘴边，没问出口。

“有一处宽一英里、深度半英里的空旷地，我打算将它划为园林区域。这块用地以锡安山为起点，穿过西罗亚池和客西马尼，一直延伸到东北方的斯科普斯山。这片区域可以作为农耕用地，或者维持现在的野生生态环境。”

“这是块无主地吗？”很可能是巴尔鲁兹上尉的人喊道，“土地不应该成为任何人的私有物，这里也不能例外。”

阿什顿不予理睬，舞台上的他——兴致勃勃、穿戴整洁、温文尔雅、嗓音洪亮——像一只狡猾的白鼬。

“我会继续加固墙体，增加花园的数量，强调石材的运用，旷地、开阔空间与园林区域共同组成一座座壮美的城市花园！圣城将会独立出来，被赋予新的意义，即……”

“意义就是让人相信在沙漠里建英式花园是个愚蠢的想法。”埃

① 伦敦的城郊区域。

莉诺拉轻声说道。

阿什顿突然像念祷词一般开始了一段吊诡的吟咏，身体也跟着摇摆：一座伟大的城市不应只有码头、港口、工厂和工业废料……房间里的人都尴尬地面面相觑。最终，当他以一阵犹疑的大笑结束了演讲时，乐声齐鸣。六角手风琴演奏家弹奏键盘时眼睛盯着天花板，小提琴手的琴弓在弦上飞扬，眼睛却不离地面。舞台旁有一个人正看着威利，他就是伊赫桑。但当他们眼神交汇时，伊赫桑却迅速转过身去。

"埃、埃莉……"威利试着用童年时的乳名称呼她，一只女人的手却伸过来，将他们分开。有人把一位貌似叫露西的小姐引荐给他们，她高亢而尖锐的声音里带着讽刺轻蔑的语气。但威利没有理会她，因为他在人群的缝隙中看见了洛夫蒂·麦克劳林。他注意到埃莉诺拉用冷酷的眼神盯着那个人。

洛夫蒂在宴会厅大门的门槛上迟疑片刻，他全副武装，手持黑色警棍，皮带上的两把手枪清楚地暴露在外。威利认出那是一根橡木棍，一种爱尔兰武器，在他的另一只手中则是一根土耳其鞭。洛夫蒂刚走进大厅，音乐便戛然而止，气氛发生了变化，杯子的叮当作响、人声的回音都听得一清二楚。威利看着洛夫蒂疾步穿过房间，径直向阿什顿走去。前一刻还在和考古学院院长交谈的阿什顿抬起头来，洛夫蒂朝他耳语了一阵，两个男人同时环视起人群。

出事了。威利下意识地寻找埃莉诺拉，却发现她已经和那个女人手挽手朝门边走去。洛夫蒂和阿什顿转了个身，扭过脖子，像在找人。随后响起洛夫蒂洪亮的爱尔兰口音："请各位撤离。请各位撤离。"

房间里的所有人立即停止了交谈。

"请马上离开房间，有一颗尚未引爆的手榴弹。"

一时间，空气仿佛凝固了，随之而来的是涌向门口、措手不及的人潮。房间快被掀得底朝天。女人们推搡时发出刺耳的喊叫。威利看到埃莉诺拉也在慢慢前进，她踮起脚尖，回头找他。地板上的绿色装置旁清出了一小片空地。

“你，”伊赫桑经过时，洛夫蒂拽住了他一只白西服的袖子，“阿拉伯人。现在就给我躺上去。”他粗暴地把伊赫桑推向手榴弹。“在上面躺平。”

“老天爷啊。”查尔斯大喊，想要保护他。“他是我们的朋友。”

威利突然凭多年训练的本能，还没来得及多想，就扑倒在地，抓起手榴弹往窗户上扔去。它在撞击的作用下爆破了，玻璃洒得到处都是。惊声尖叫的男男女女还在房间里东逃西窜。威利站在突如其来的冷空气中看着自己的手掌。这才开始发起抖来。虽然他以前也丢过很多次手榴弹，但从没有捡起过一个已经拉开了栓的。阿什顿来到他面前。天啊，小伙子，真不知道该怎么谢你好了。同时，还有很多人拉住他的手，千谢万谢，众人都拍着他的背为他庆贺。酒店工作人员透过砸坏的玻璃窗朝屋里偷看。

“没有人受伤。”有人喊道。

洛夫蒂的手还抓在伊赫桑的衣领上，像是要与他共舞，或给他一个拥抱。透过镜片，伊赫桑用审判式的眼光盯着这个爱尔兰人。洛夫蒂有两根接近白色的浅色眉毛，脸上的皮肤却晒得黝黑，这不相称的一对眉毛几乎快要抱在一起。这时，洛夫蒂毫无征兆地朝伊赫桑的肚子猛击一拳，伊赫桑哇地大叫一声，弯下腰去。威利抓住他的胳膊，防止他跌倒在地上。背后传来了阿什顿的声音。

“说真的，洛夫蒂，有必要这么做吗？”

“他在泄愤。”伊赫桑口中吐出这几个字。威利扶起伊赫桑，让他在自己身上靠了一下。威利听见他急促的喘息声，感到自己被他向后推了一把。随后，伊赫桑捂着肚子站了起来。而威利并没有等到他想要的那声谢谢。他发现伊赫桑回头看他的眼神暗含谴责。洛夫蒂拉扯着自己姜黄色的眉毛，板着脸，像是还想再来一拳。威利与他四目相交时，心脏漏跳了一拍。洛夫蒂肯定还记得他吧？然而，洛夫蒂的视线并没有多做停留。他转向阿什顿，高声斥责："法网恢恢，疏而不漏。先用诱饵，才能引蛇出洞。"阿什顿做出传道者的手势，示意各位平复情绪，随后转了一圈。

"普鲁登斯去哪儿了？"

威利察觉到窗边的一幅窗帘后面有动静，好像有什么东西靠在厚实的粗布上。他走过去，朝芥末黄的厚丝绒旁探过头，看见一个孩子正蜷缩在地板上，下巴搁在膝盖上。她正在喃喃低语："我叫普鲁登斯·阿什顿，我十一岁，是坐船来的。我是被人送过来的。"威利跪了下来，但她没有看他，继续低吟。

"普鲁？"

她冲他眨眨眼睛。他本来就不知道该怎么和孩子交流，而这个小女孩儿让他尤其不知所措。"拉手风琴的人想劝我和他一起到后台去，他一直劝，但我不肯，直到他朋友来把他拉走。他们从那扇门走了。他把我的手腕给拽伤了，但很奇怪，他不是个坏人。我不知道该怎么办。"

威利拉起她的手腕，发现上面有个浅浅的红印子。"跟我来。"他说着，牵起她苍白冰冷的小手，轻轻地把她从窗帘后面推了出来。

"她在这儿呢。"威利喊道。阿什顿没戴他那顶圆帽，裸露在外的秃头亮得刺眼。"我听说有人想要把她带走。"

"普鲁登斯，我的小宝贝，"阿什顿冲到女儿面前，"是谁？"

"不。"普鲁说，"他没想带走我。他是想要帮我。"

洛夫蒂已经离开了。这很像他的作风——危机时突然介入，要求一个阿拉伯人躺到手榴弹上，旋即人间蒸发。伊赫桑被人搀扶着坐进椅子，用五种不同的语言咒骂。

阿什顿伸展后背，发出一声叹息："这都是些什么事儿啊。"

"发生什么事了？"威利问。

"小伙子，洛夫蒂收到了一份密报。"阿什顿说，两只手都在颤抖。"老天啊，我得喝点水。听说有人密谋一场暗杀，但是搞砸了。"

"谁？"

"不知道，可能是阿拉伯人或者犹太人，两者目前对我们都有敌意。"他把手搭在胸前心脏的位置。"说真的，如果是为了那件事，那么希腊人、亚美尼亚人、法国人和叙利亚人都有嫌疑。"他挺起胸，像是在振作精神。"你得把这个交给洛夫蒂。他是个暴脾气，不过人非常好。"

"不，我的意思是，他们暗杀的目标是谁？"

"是我啊，老弟。"查尔斯叹了口气，把普鲁拉到身边。房间里已经空空荡荡，只剩下一名服务生端着一杯水，站在伊赫桑面前挨骂。

八

耶路撒冷，1920 年

普鲁想要给路沿上的死鸽子照相，但父亲还在大步流星地往前走，去圣乔治的礼拜快迟到了。鲍姆夫人不想去，所以他要求普鲁同行。*又得四处周旋，讨所有人欢心！几个月都没去了！还得在圣公会教徒面前露脸！*

“快，快跟上。”他说，“奇怪的小家伙。”

自从手榴弹事件后，他身边添了两名保镖：走在他身后的英国大块头一言不发，另一个当地宪兵在前面四处跳窜，勘察窗户、楼宇和天空。有人企图谋杀父亲。这个想法一直如同一只被捉的蝴蝶在她脑海里扑腾。她努力跟上他的脚步，脑子里全是这件事。会不会有人躲在百叶窗后面，突然把炸弹向他或她投掷过来？一想到自己可能变成一个熊熊燃烧的靶子，她便激动难安，浑身发烫。父亲身穿浅白色西装，还是戴着他那顶圆顶帽。每个过路人都向他们投来目光，但是不是有几张面孔没安好心？太阳悬在他们背后，影子在他们面前拉长，腿变得很长，头小得像图钉。这个是我，那个是他。经过一个拐角，火柴人般的影子便消失了。

前一晚，普鲁梦到了老鼠：那是在一条长长的隧道里，她虽没亲眼看到，却能感觉到它们的气息。自从手榴弹在舞厅窗户上爆炸，酒店里到处都有人忙活，敲敲打打，修修补补，四处巡逻。而她的房间比以往更令人心神不宁，如同一条飘摇的小船。昨晚，发生了一件怪事。

父亲敲门进了她的房间。普鲁，我想给你画幅画。这番话把她从睡梦中引诱出来，她清醒了，从床上坐起来，眨眼看着他。父亲手中拿着画具：一支炭笔和几支细铅笔。他把两支火光飘摇的烛形灯摆在桌上。建筑图纸上画着一些零星的设计图，但他把它们翻过来，纸的背面还是一片空白。他让她坐在百叶窗前的椅子上，她听话地慢慢从床上爬下来，打着冷战。

“像这样理一下你的头发。”她把发绳拉到肩上。他坐在床边为她画像，先是一脸急切，粗暴地快速做了几笔标记，随之笔触和缓，开始轻柔地慢慢勾勒。他作画的时候，她觉得自己几欲要僵成石头。他把纸向下移了移，她看见几个不同版本的自己。嘴唇。脖颈。搭在脚踝上的那只脚。这时，他突然停笔，站了起来。

“谢谢你，普鲁。”他的语气像是她刚帮他取来晚餐。他带着画走了出去，却把炭笔留在房间。整个早餐一直到现在去教堂的路上，他都没再谈及此事。

*

父亲阴差阳错地成为会众里最高的人。在这间教堂里，普鲁比在耶路撒冷其他地方更清楚地意识到他们是外国人。在这里，身着军装的英国人统领一切，他们四处踱步，眼睛滴溜溜地盯着那些土耳其人。

不过伊赫桑说，不该叫他们土耳其人。伊赫桑曾对她说："你的眼睛是水的颜色。"她同意这个说法。不过她宁愿自己是褐色眼睛和黑睫毛。她听见父亲的呼吸声。

"我对建筑师爱得死去活来！"母亲在亢奋时总喜欢这么说。"哈！这些个建筑师！他们进屋来，让阳光洒进你那儿间破卧室的角角落落。他们看到什么结构都想重新设计，再把家具全搬走。鬼知道为什么，反正就是要把家具全搬走。难道园丁永远只能有间凋敝的花园？杂草丛生，树枝也不修剪。你爸，"她会大声喊，"永远都在筹备着寻找一个家，筹备买房子，想要安定，但转眼新项目又开始了。而他的妻女就永远只能辗转在大同小异的出租屋里，居无定所。这样的生活，我们还得忍受多久？"

布道还在继续，普鲁翻读《圣经》,《血缘及姻亲关系表》[1]是什么？丈夫母亲的兄弟是谁？为什么还要特意重申不可娶儿子的女儿，不可嫁姊妹女儿的丈夫？父亲以前寄给她的信上贴着世界上最精美的邮票和在喀土穆、德里盖的邮戳。普鲁曾把这些邮票收藏在专门的集邮册里，但这本集邮册现在哪儿去了？布道快结束时，众人齐唱圣歌，父亲唱得最响。*和散那归于至高神！*

礼拜结束时，她走到他身边，他们一同朝门口的亮光走去。

"父亲，我刚才在读《圣经》里的《血缘及姻亲关系表》。"

"是吗？"

"是的，我在想……鲍姆夫人对应表上的什么位置？"

他摇了摇头，好像对这个问题感到失望，没有作答。

"能不能和我讲讲咱们在里佛塔的别墅？"普鲁沮丧地问。

---

① 根据《圣经·利未记》对乱伦关系的训诫而整理出不可通婚的亲属关系表，常附于《公祷书》最后一页。

他笑了，抽着鼻子，鼻尖通红。他低头盯着自己的翻领，身边一朵紫色仙客来垂头向一名路过的女士致敬。

“那是个很朴素的地方，一座乡间小屋。墙上雕出一个 Youk。墙体雪白，没有多余的装饰，只有火炉旁挂着一把银质匕首。普鲁，但它仍有独特之处。”

“是吗？”

“正厅地板上铺着花砖，它们在房间正中围成一个圆圈。八月的满月之夜，一束月光刚好均匀地洒在圆圈之中。这样的景色，一年只有那一次，那几分钟。很可能在那儿住了一辈子，都发现不了这个秘密。”

什么时候？她刚想问他们什么时候能搬去那儿住，但为时已晚。他们走出教堂时，一个男人拦住父亲，和他简略地谈及几起恶性袭击，一起爆炸案和施密特大楼旁一间私人咖啡馆里的斗殴事件。

“查尔斯，克瑞斯威尔传来一封加急电报。”那人挥舞着一封电报。

“能不能麻烦你读给我听？我没带阅读用的眼镜。”

普鲁的手指摸到一块岩体剥落龟裂的墓碑，上面写着：愿你安息，埃利阿斯·波兰，1888 年。她听到那个男人嗓音清脆，飞快地念道：

> 有关麦克劳林和巴勒斯坦警方的进一步消息：不堪言说的兽行。此人声称：“做成鸡蛋卷必须打碎鸡蛋。何况无论如何，他打碎的皆为十恶不赦的坏蛋。”图卡瑞姆地区硝烟四起，如同主的愤怒，战火已经蔓延到撒马利亚和朱迪亚山脉交接的山脚，借英国霸权之便利大肆俘虏当地居民，使之遭受非人道的对待。地区法院已提出申诉。需采取紧急措施。此事须高度重视。CC 上校。

“克瑞斯威尔上校……普鲁，你可以自己回法斯特吗？”她还没来得及回答，父亲就已经转身离开，两个男人斜靠在一起，像是两棵迎风而立的老树。

普鲁慢步穿过旧城，却觉得景物都像变了戏法，重新布局。城门比以往离东边更远了。男装店和阴暗逼仄的面包房互换了位置。她穿过圣母院酒店和法国医院，穿过阿拉伯小咖啡馆，起初没有注意到街上的大呼小叫和喇叭声都是针对她而鸣——她挡在了路中间。她离开主干道，走进露天市场的一条窄巷。

两个阿拉伯小孩正在楼梯井里嬉闹。年纪小的男孩在台阶上跳来跳去，弯腰想抓姐姐的头发。女孩儿没有理会弟弟，手里捻着一段绳子，正在神游太空。假如普鲁现在拉起小男孩的手，就能轻而易举地把他带走。她会告诉他，我是你的新姐姐，然后他们可以一起住到铺着魔法地砖的别墅里，和五十只灰色猫咪为伴。这时，这对兄妹抬头看着她，和这里的其他孩子一样，脸上没有笑意，只是半带威吓、半带好奇地盯着她。

普鲁装作无动于衷，继续前行。孤独感蹿上她的身体，像是一早洒满地毯的阳光那样逼人清醒。普鲁突然看见穿裘皮大衣的埃莉诺拉转进前面的巷子，便朝她走去。她和那个飞行员走在一起，虽然称不上手挽手，但正低着头靠在一起。普鲁退了几步，蜷起身，灵机一动，利落地躲进一条挂起来出售的贝都因毯里。她看着他们的脚从面前走过。"你没法想象……" 是埃莉诺拉的声音，但接下来的对话含混不清。普鲁的指尖抚摸着粗糙的贝都因毯，听着他们的声音逐渐消失。她从地毯里出来时，他们已经走远，深入了市场里更隐蔽的地方。

那两人显得十分亲密。看到他俩亲密无间的样子，普鲁的心拔凉，身体的某些部分几乎要结冰。她想起了伊赫桑的话。随便拿些东西带给我……它们会帮大忙……对我们亲爱的拉苏尔太太报有……企图。现在时机正好，因为这位飞行员铁定不在法斯特的客房里。她如离弦的箭般在鹅卵石路上拔腿狂奔，掠过沿街的小摊和店铺，穿过雅法门，直奔酒店。这栋楼还是和从前一样，比起旱地上的一座大楼，它更像一艘进港的船只。她全身心都只牵挂着肩上的重任，那是她答应为伊赫桑办的事。

大堂里，她整理好情绪。说服前台小姐简直易如反掌——哈林顿上尉正和我父亲在餐厅用餐，他让我去他房间帮他取块表。虽然她气若游丝，但好在前台年纪轻轻，根本不在意这些细枝末节。吊挂在木环上的钥匙交到了她的手上。

电梯门如同舞台帷幕一般徐徐打开，走廊里空无一人。她先左右观察了一阵，随后敲了敲门，走进飞行员的房间。这里虽然不及父亲独享的整个套间那么宽敞，但比起普鲁自己的卧房要大得多。出乎普鲁的意料，他不是一个讲究秩序的人。喝到一半的威士忌酒杯到处乱放，衣服堆得乱七八糟，这和人们对飞行员的印象有很大出入。椅子上还丢着一块脏手帕。

普鲁坐到床上，感到身下的床塌陷下去。她品尝着违反戒律的味道。现在她进来了，却不知道该做什么、拿什么。伊赫桑想要什么东西？他是怎么说的？能不能溜进他的房间……帮我找到……什么来着的？一些证明他身份的东西，或者书……能表明他来这里的目的。她想起贾穆尔密码。公鸡在泥里打滚。戴胜鸟发出悲鸣。如何判断哪些东西另有深意，哪些事物无关紧要？在一个带容膝空档的写字台上散落着一些纸片和口袋里掉出来的碎石子。一只黑色手提箱放在窗边的地板上。普鲁在他的私人物品里翻了一阵，却没找到什么特别值得注意的东西。

“你非得四处乱跑吗？”有一回，父亲在桌底找到她时问她。“你知道吗，那个叫加罗的门房管你叫小眼线，因为你总是躲在窗帘后面、趴在桌子底下写写画画。”

小眼线。小间谍。

一本蓝色布面的本子垫在七七八八的收据和信封下面。空军飞行日志。本子的封底上塞着几份文件和一些照片，此外，还有一张打印出来的纸：重要提醒。若由于个人玩忽职守或违反纪律导致飞机坠毁，修复训练机的工作将会严重耽误歼击机、轰炸机的制造进程。这很有用，她打算把飞行日志带走。在本子下面，还有一张带法斯特酒店抬头的信纸，上面用浅蓝色钢笔写了几个字：埃莉诺拉。金莺。普鲁撕走了这一页。她趴到床底下，但除了灰尘和霉味，没有别的发现。

她跑回自己的房间，把偷来的东西全塞在枕头下面，又冲下楼归还了钥匙。前台小姐在她还钥匙时连头都没抬一下，但普鲁跳了起来，因为她发现鲍姆夫人正站在门卫室的桌子前翻看电话留言簿。她那副玳瑁圆框眼镜已经滑到鼻尖。普鲁以为她没有注意到自己，转过身去，却听到鲍姆夫人的声音在背后响起。

“我从老家带了些蜜饯，想来点吗？”鲍姆夫人在她面前拿出一个诱人的闪光小罐子，普鲁觉得里面的胶状物质很像毒药。

“不用了，我不能吃。”

浑身插满羽毛的鲍姆夫人看上去十分轻盈，仿佛下一秒就要在尘埃的颗粒和松弛的思绪间起飞升天。普鲁突然明白该用什么让伊赫桑心服口服。

“我能不能去父亲的房间拿几张大的建筑绘图纸？”普鲁问，“我想要画画。大点的纸画着更方便。”

“当然可以，跟我来吧。”

普鲁跟着鲍姆夫人上楼走进父亲的房间，显然，父亲正明目张胆和鲍姆夫人同居，因为她的私人物品摊得到处都是：靠窗的桌上放着考古学书籍，椅子上有好些围巾和帽子。她大概在城里别处还有自己的“小房间”，但普鲁知道她大部分时间都住在这儿。夜里，她常能听到他们的欢声笑语，或是打字机的嗒嗒声中夹杂的谈话声。

“我把你留在这儿找你需要的东西。”鲍姆夫人的嗓音轻柔，几乎没有重量。她进了大房间，留普鲁独自一人站在父亲的家什前面。

父亲的书桌与飞行员的小写字台形成了鲜明对比。父亲的书桌很大，能闻见蜂蜡、墨水和抛光剂的味道。桌子上摆满了各式各样的耶路撒冷巨幅地图，薄薄的描图纸上画着方案图：修复的墙面、加建的楼梯、延伸的城墙。他的字迹干干净净。一大卷建筑绘图纸铺盖了半个桌子，最上面的一张纸上写着：钟楼爆破规划图，雅法门。普鲁把它掀起来看下一张。父亲用来写附注、画图示的铅笔削得很尖，行首都留有清晰的缩进。她小心翼翼地抽出下面那张白纸卷成一根细细的管子。她想听听鲍姆夫人的动静，但屋里一片寂静。这张桌子和父亲之间的亲密联系让她感到站在桌边时仿佛就挨着父亲的手臂。普鲁抚摸过铜纸镇、烛台，最后落到书桌上的一个小抽屉上，她想感受一下抽屉滑动的感觉，便将它拉了出来。抽屉里，她看到自己少女的笔迹——那是一沓信。准确来说，一共七封。她来这里以来，每周都恭顺地给母亲写信。父亲把信从她手里收过来，但显然没有寄出去。普鲁拿起最上面的一封信，发现它已经被拆开了，因为信上有一道整齐的切口，像是裁纸刀划出来的。她看了看父亲的桌面，在上面发现了一个骨制把手的启信刀。她把手指伸进信封，抽出一页信纸。

亲爱的妈咪：

至今为止，我的大部分时间都是坐在法斯特酒店的房顶上度过的。这里风景独好。我不确定这儿能不能进，因为我是在女仆用梯的楼梯顶发现了通往屋顶的入口，貌似没人会来。从这里望出去，能看见农夫务农，推车忙进忙出。街上还有很多小动物。这里随处能看见山羊大摇大摆地走过，还有驴子和鸡鸭，都不是什么稀罕事了。

普鲁把信塞回信封。霍雷肖叔叔送给她作离别赠礼的手表太小了，表带勒进她的皮肤，这已经困扰了她一阵子。此时此刻，她再也不能忍受表带的折磨。她把一根手指插到表带下方，想找到一点空隙，仿佛自己能拉长皮料，只靠碰碰它就能将它调整到伤不到她的位置。

“你是去耶路撒冷吗？”她被送走的时候，霍雷肖叔叔问她。他曾经在她在父母间转手的空档期前来照顾过她。“真是个奇怪的地方。估计那儿都是些什么热心肠的欧洲女人、朝圣者、传教士、考古学家、慈善家，还有在石堆里闲游的狂热教徒。不管信的是什么教，那些女人都生不出孩子，也没有男人想要她们。你可得小心，普鲁，别成了他们之中的一分子。能答应我吗？”他把这句话重复了一遍又一遍，“能答应我吗？能答应我吗？”

“我答应你。”

“答应我给你妈妈写信，好吗？”

“我答应你。”

普鲁把信放了回去，轻轻关上抽屉。她对鲍姆夫人大喊一声谢谢，还没等她回话，就带着那卷纸冲进无限延伸的走廊，房门千篇一律，地毯厚实却不够舒适。

回到自己的房间里，普鲁颤抖着，始终无法坐定。她像一只标记领地的狗踱来踱去。但无论反复走上几千遍，房间里的不安全感始终如影随形。

作为一个孩子，她能感受到的唯有愤怒。在这儿，就在那张床上，普鲁连续几周都在给母亲写信。她初访大市场、瓦尔努斯旱谷和橄榄山公墓时，把天真的想法都事无巨细地写在了信里。来耶路撒冷的第二周，她已经与第一周时的自己判若两人，对这里的了解也深入多了。市场和圣墙并不只是表面上那么简单，这里的石料——她收集了许多完好的石块，在床底排成一排——这里的石灰岩是有生命的。这里的石头类型各异，五彩斑斓。伊赫桑讲解道，这些石头分为皇家石、糖果石、犹太石、红石、纳莉石、伽古罗石。而在刚开始给母亲写信的时候，她并不知道这些石头叫什么，红色、粉色的石头握在手里有什么触感的差异。现在则不同。她几次问过父亲，为什么母亲不回信，他回答说也许是她病得太重。普鲁临走前，霍雷肖叔叔看着她的眼神里充满悲伤，也许他早就知道她的信不会寄到母亲手上。

普鲁把当天偷来的东西铺在绣花床罩上。她将建筑绘图纸展开。飞行员的一本本子。还有他的信纸。她是个偷东西的能手，有一技之长的感觉真好，至少还有她能做的事。飞行员那本本子的前半部分是日志，记录了飞行情况、时间及距离；而后半部分则全是速写，鸟、蜻蜓的翅膀、技术角度绘制的飞机引擎。看到蜻蜓翅膀上精致的细节时，她几乎要对他产生一些好感。还有几张让人摸不着头脑的照片，上面是些螺旋和点、阴影和图形。不过，她很快意识到这些照片是从空中拍摄的。摄人心魄。她真想找人分享她的发现。

她走到窗边。飞翔，坠落——她想——本是同一件事情。

城市的画卷在眼前徐徐展开。这里与大海相隔甚远。不论大海多么灰暗，她都对它怀抱着深切的思念，而她浪费时间在这里小偷小摸又是多么可怜！不过，这一切已成定局。普鲁不知道人的天赋高低、追求大小由谁决定，也不清楚为何一部分人会在某些方面比其他人更胜一筹。她曾在一封给母亲的信中写道，有一回她不小心把一个亚麻色的大衣柜误认成通往内部楼梯的大门，打开它，却发现一个女人正睡在堆满枕套的衣柜里。看到普鲁，她惊跳起来，嘴里念念有词："平安，平安[①]。"她一头黑发，年纪很轻，看起来被吓坏了。普鲁问她："你说英语吗？""不会。""法语呢？"她点点头。她用不标准的法语向普鲁道歉，希望她宽恕自己在被单里睡着了。这是个无家可归的波兰难民。有人承诺在耶路撒冷给她分配一个房间，但当她抵达时，它可能被出租、被盗、被烧毁，甚至根本就是子虚乌有。普鲁不知该说什么，便关上了门。她曾在信里向母亲描述埃莉诺拉宅邸中不停上升的楼梯，以及伊赫桑对她说的话：耶路撒冷自成阶梯，乃世界之轴，它将向上攀升至天国之境。我在想——她在没能寄出的信里写道——如果耶路撒冷是一座能够抵达天空的城市，为什么人们无法抬头仰望？为什么每每当她想起天空，旧城中密不透风的隧道和楼梯井就会将她封锁其中？为什么在耶路撒冷，根本就没有天空？

① Shalom，犹太人惯用问安的用语。

九

耶路撒冷，1920 年

威士忌：焦黑的蜂蜜、黄蜂的足、栗树上的粘胶。威利将酒杯举到烛光前，蜂蜜般暗红的液体闪着光，好似爱情。他坐在法斯特酒店酒吧最里面的一张安乐椅上，面前，一对男女共舞。欧洲长相的男子一只手搭在身着晚礼服长裙的女伴裸露的背上，她的头倚在他肩头。他们缓缓摇摆，成为众人视线的焦点。乐手弹奏着年代久远、异域风情的音乐，而他已经干了四五杯酒。阿什顿已经和他确认了行程，明天，飞机会在卡兰迪亚机场降落，而他将要执行飞行任务。他的大腿直发颤，他又变回了那个会吓得尿裤子的六岁小男孩。

威利在面前的纸上敲打手指，闭上眼睛。他握着一只咬过的铅笔，心不在焉地开始凭记忆画起山鹑，一种极具英国特色的鸟儿。小的时候，他热衷观察鸟类，甚至还记得它的叫声：啾啾啾咔嚓嚓。他在纸上戳出一排细小的弹孔，鸟儿的形象化为埃莉诺拉的玉体——她那瘦削的肩膀和手腕。随后他写道：

挖去我的眼睛，我仍能看见你，
堵住我的耳朵，我仍能听见你；
没有脚，我能够走到你身旁，
没有嘴，我还是能祈求你。

酒保又将一杯酒放在他面前，低头看着这首诗。“里尔克？”音乐暂停了。威利点头。

“折断我的双臂，我仍将拥抱你。”酒保用德语将诗背完，“你会说德语吗？”

“懂得不多，都是上学时候学的。”

这个名叫西奥多的酒保算得上法斯特酒店老板阿尔布莱希特的半个侄子。法斯特酒店本由德国人经营，但在英国占领耶路撒冷时遭到驱逐，直到现在才陆续回来。在六角手风琴和小提琴激越的合奏声中，威利和西奥多用不成句的德语悄悄谈论起耶路撒冷接下来的局势走向，定居点各处涌现，沿着溪谷和旱谷一路安营扎寨，海法以及各大口岸爆发的危机，重新划定边界、国境线和城墙。兴许是因为耶路撒冷的重重围墙，让这里总给人以幽闭的恐惧。这座城市正在被它自己的历史压垮。威利刚到这里，便觉得这里有种惊人的亲切感，城市仿佛昏昏欲睡，又恰似梦中之境。童年旧识再度登场，生命途中的一面之交或曾被他伤害过的人，都一一在此处回归。这里的学校模仿英国声名赫赫的公立学校，宗教团体的名字也让人闻之一惊：香膏浇主之女、永恒之容。这座名震四海的圣城，却总像是一座埋没在回忆中的小村子。

威利看向酒吧另一头。有个人面前的酒杯早已喝干，他孑然一身，坐在桌边——洛夫蒂。宽大的帽子，桌上的拳头，失神恍惚的微醺神态，都让威利觉得他似乎在海面上漂游，起起伏伏，任凭碧蓝的海水摆布。但当他再次定睛一看，却发现那人并不是洛夫蒂，而是另一名宪兵，鼻子发红，喝醉了酒。他摘下那顶宽檐帽，脸比洛夫蒂更圆润些。今晚，威利出现了幻觉。酒保西奥多回到自己的岗位上，赔笑点头。

“萨洛尼卡事件”已经过去很久了。他现在在耶路撒冷，战争结束了。

如果洛夫蒂还记得当时的事，万一他记得，会做何评价？

致命的不是子弹，而是蚊子。一天早上，威利发现了一具年轻爱尔兰战友的尸体，这个男孩把带刺的铁丝网缠在颈部，自缢而亡，只为逃脱疟疾复发的魔爪，和随之而来的神智错乱与精神失常。萨洛尼卡鸟笼地带的军团全都措手不及。奎宁水根本不够用，几乎找不到多余的营帐，所有帐篷里都挤满了病人，他们撕扯皮肤，嘶吼着求人来开枪给个痛快，康复周期结束之时，新一轮热病又如洪水猛兽袭来，循环的螺旋向下通向死亡的枯井。

洛夫蒂和威利当时都在那里。他从爱尔兰第十分队中被召回，这支分队不久前刚被派去巴勒斯坦参加战争[①]。所有人中，洛夫蒂疯得最严重，疟疾在他身上复发五次，每一次都像是被夺去一次魂，迫使他陷入更深的疯狂。虽然他坚持声称可以继续服役，但医检报告给出了相反的结果。他变得愈加狂暴，最后只能被绑在床上，因为无论把他转移到巴勒斯坦还是遣返爱尔兰老家都太危险了。他的狼嚎声，连在蚊虫成灾的山谷另一头都能听见。凡是从他帐篷门口路过的人都无不叹惋：“快让这个可怜人从痛苦中解脱吧。”

但是，他熬过了最后一次复发，巧借爱尔兰式的抑扬顿挫和天生

---

① 1915 年，大英帝国和奥斯曼帝国、德意志帝国为争夺巴勒斯坦在西奈半岛开战。

的伶牙俐齿说服了一批不熟悉规矩的新来的护士，让她们把他从医疗帐篷里放走了。他不再嚎叫，看上去与正常人无异，最终由于军队人员短缺，他被派往威利所在的护卫队担任机上侦察员，负责边境一带的侦测工作。两架飞机同时坠毁，威利的侦察员麦基不幸身亡，而洛夫蒂则丢了自己的飞行员，他们在保加利亚军一方双双被俘。

威利举杯，借酒力把回忆压下去。面前的舞者还沉浸在自己的世界中慢慢摇摆，而在沉淀着怀旧愁绪的威士忌杯底，不堪回首的往事却不甘沉寂，再次浮出水面。

在一家保加利亚疗养院改造而成的拘留所里，威利隔壁床位的英国人瞎了一只眼。至少你还剩一只眼睛。去你的，他说。没错，共有三个英国人被捕。他们受到的待遇还算人道。一架两座的索普维斯战斗机被击落，加上之前那架侦察机。他在熊熊烈焰中失去了意识，这部分记忆如今已在威利脑中燃烧殆尽。每根神经末梢都失灵。关掉它，关掉它。他不停按着按钮，转速盘上的指针终于在最后一刻回转。引擎发出威利从没听过的声音。

栗色眼睛的保加利亚护士在他脸上敷上冷毛巾，用他听不懂的语言在他耳边轻声细语。过了一阵，英国人之间互相点头示意。真倒霉。没人想开口说话，绷带下的伤口先是疼痛，再是刺痒，难以忍受。他身上有多少地方烧伤了？还有完好的皮肤吗？洛夫蒂和他隔了三张床。起初，洛夫蒂一言不发。他的脑部受了损伤：失忆、失智、失明，全都丢没了。威利只知道这么多。

“我们这儿从不缺英国来客。”一个非保加利亚籍的男子说话带有轻微的德国口音，脖子挺得笔直，眼睛仿佛能看穿事物脆弱的核心。这就是大名鼎鼎的埃施维格，他是想嘲笑威利两句吗？

埃施维格——每个人都对他有所耳闻。他是个传奇人物，连英军都为他精彩的滑翔飞行和螺旋俯冲深深折服。在他的操作下，座驾仿佛化作一片飞舞的叶子，能在几近着陆时突然改变航线。威利没来之前，他曾列举了他心目中七次飞行史上的辉煌胜利，其中包括空军上尉英厄姆和麦克斯韦的几次飞行。每逢午后，他都会来疗养院看望他们。他为人和蔼，彬彬有礼。洛夫蒂总是不言不语，连基本的招呼都不予回应。那个独眼男孩儿的另一只眼也在逐渐失去视力，他开始语无伦次，与母亲对话，呼唤心爱的女孩。

护士静静地拆掉威利胸前的绷带，她的手指落在他身上，如同灼烧的雨点。在他被噩梦折磨得痛不欲生的夜晚，也是她端来一杯水照看他。日子一天天流逝，时间概念模糊得难以计算，而当他终于清醒时，发现埃施维格就坐在他身旁。

“很快就能下地走路了吗？”埃施维格用英语问他。

“我不知道。”威利看着他，用德语重复了一遍，“我不知道。”

他们聊了十五分钟，聊的是什么，威利已经记不清了。大概是用德语聊了些无关紧要的事情，可能是关于鸟的。哦，确实如此。埃施维格的膝上放着威利的日志。

“它幸存下来了？”

“你的整个包都安然无恙，香烟、相机，还有记事本，是在离飞机不远的地方找到的。”

埃施维格翻看了后半本日志上的绘画——威士忌顺着喉咙滑过，舞女在舞伴身旁扭动蛇一般的腰肢，威利慢慢恢复了记忆——他们聊起了鸟，聊起了鹈鹕。你知道吗，卡洛霍利湖边有鹈鹕，是达尔马提亚鹈鹕。

他又点了一支威士忌。鹈鹕。

埃施维格和洛夫蒂说过话吗？威利记不清了。不过洛夫蒂总是仰躺在那儿,呼噜打得震天响,时不时喃喃自语,但从没和威利说过一句。

威利的身体终于能活动了，尽管伴随着疼痛，紫黑的阴云常在他视线中涌起，这云是在他的眼里，还是贴着他的眼皮？又或者是漂浮在他眼前，停在半空里？他在老护士的搀扶下下床走路。他被领到一间房间，房间是空的，只有一张桌子和三把椅子，没有窗户。这是一间疗养院深处的房间，面前的桌上，他看见自己侦查时拍的照片排成四排。他们把底片洗出来了。门再次打开，洛夫蒂一瘸一拐地被带进房间。一名年轻的保加利亚军官给他们递烟，待遇真不坏。

他们两人被单独留在房间。

虽然爱尔兰人的身上看不到什么明显的重伤，但他的眼神却有些异样，其中一只的眼角总渗出一行清泪。他也不把脸上的泪水抹干，只是不停呢喃：“敲碎它的颅骨，就会有血流出来。人死的时候，会释放出一股气体，并且伴随一阵战栗，每次颤抖都略有不同。不，不是颤抖，比那更轻柔，是体内的脉搏，阳光太刺眼了。每次都有东西注射进血液，像是那次在霍尔本注射的吗啡，还能坐在小小的膝盖上……”

“不管他们问什么，一个字都别说。”洛夫蒂突然提高了音量。这是威利到这里以来第一次听到他大声说话。房间里的气味让威利想起下雨天，想起把人禁锢在家的恶劣天气。虽然，这间房间里没有天气变幻。

“还记得那个叫安娜的女孩吗？”

“什么？”

威利转向他，洛夫蒂的眼神现清醒了不少。

“不记得了吗？白塔旁的少女？”

威利吐出的烟雾在他身边萦绕，蒸散。又是一段回忆：酩酊大醉的夜里，几名士兵，其中一定有洛夫蒂，在萨洛尼卡白塔旁的一家妓院里寻欢作乐。黏稠的松香酒。在这里，没有银子解决不了的问题。一杯茶的钱可以换一个孩子，掉一把头发，流几滴血，女人就到手了。我们这儿还提供死人尸体，如果你有那方面的“性趣”。有一个女孩儿，威利不知道她是希腊人、土耳其人还是塞尔维亚人，她径直向他们走来，黑头发、大眼睛。她年纪很轻，走到他们的桌子跟前时，先看看威利，再看看洛夫蒂。威利喝得烂醉，世界在他面前凝固，积灰的硬地板对他敞开怀抱。他走不动路，被洛夫蒂和另一个男人拖进了一间房间。布祖基琴的奏鸣越来越轻。小房间里放着一张窄床，一把椅子靠在墙边，圣母像歪歪斜斜地挂在墙上。那幅画面他至今都记得。哦，玛利亚。至高无上的圣母玛利亚。一个孩子正坐在床上，盯着地板。他觉得她的年纪大概在十岁左右（但他知道她其实不到十岁）。洛夫蒂第一个与她交欢。威利只顾着把头靠在墙上休息。然后换了第二个人——好像是麦基？他们等他呕吐完，把他也拉了过来，他在墙边把松香酒全吐了出来，腐臭的秽物洒成一幅英国岛图。

现在该他上了。他没有问她叫什么，身体很快起了强烈的反应。在他身下，她显得越发娇小，仿佛一具小鸟的空壳，两道黑眼圈浮现在棕色眼睛下方。他进入她时，她没有发出任何声响，和其他男人进入她时一样。他的动作粗暴，结束得很快。

他怎么会把这件事忘了？不，他没有忘。事情结束后，他一路从走廊跑到萨洛尼卡的大街上，有一瞬间，他感受到内心里强烈的道德谴责，但很快就替自己找到开脱，像一根自我修正的指针，推着他停滞的人生继续向前。我没有伤害她，我只是恰好在那儿。这件事没有预谋，这不是我的天性。他当时就是这样劝慰自己，封存了这段记忆。

“我不知道你在说什么。”威利说。他看着洛夫蒂——洛夫蒂真的神志清醒吗？没错，他记得萨洛尼卡，可他的眼球却向上翻起，只见眼白，不见眼珠。埃施维格单独走进房间，点头微笑，关上了门。他对他们的到来表示感谢，说得好像他们有得选一样。

他们替威利冲印出的底片是一组卡瓦拉港周边地区的航拍照片，它们按照某种规则在桌上铺开。

“英军打算进攻卡瓦拉吗？”

两个男人都缄默不语。埃施维格稍微调整了座椅的方向，背对洛夫蒂，面朝威利。他点上一支烟，不紧不慢地抽。大家沉默了几分钟。

埃施维格用德语向他提出一个条件：告诉我你们拍摄这些照片的用途，我就把你放走。如果你愿意，你的战友也能获释。他边说，边把照片由上至下重新排成几列，这里五张、那里五张。卡瓦拉。威利把一张照片拉到自己面前，它是错综的壕沟和防空洞组成的一幅景象。照片影像将饱受摧残的大地，和无论敌友都同样承受着深痛苦难的现代世界，变成了什么模样？它们变得好像远古时期的土垒工事，和农耕开垦的层层地表，像是一系列象形文字，和小男孩百无聊赖地用墨水和圆规创作的图腾。

“是的。”威利用德语回答，“据谍报人员说，一艘德国潜艇正在部署鱼雷，准备对我们进行炮火打击。至少我在执行侦察任务前被告知的是这份计划。”

低垂着头、翻着白眼的洛夫蒂突然抬起头，直勾勾地盯着威利。一阵咳嗽。莫非他听得懂德语？他的蓝眼睛血丝密布，眼窝凹陷。埃施维格悠然地在房间里绕了一圈，然后打开门，和门外一名警官用德语快速交谈了几句。

他回来的时候，威利不看洛夫蒂，用学生时期掌握的简单德语详细阐述了每张照片的情报信息，甚至比埃施维格需要的还多。德国人再次离开房间时，爱尔兰人终于忍不住破口大骂：

“你他妈就是个无耻的叛徒。你不配当英国人。”

威利什么也没说。埃施维格再次进到房间里。

“谢谢你。”他说，他们被一并送回疗养院。威利发现，埃施维格并没有因他坦白一切而心怀感激，反而将他视为一个懦夫。他是个懦夫。回到各自的床位，威利不敢直视洛夫蒂，他只是一心注视着天花板，想象身上开裂的伤疤。

然而，他错怪了埃施维格。后者频繁地过来探望他，坐在床边陪他聊天。有好几天，他们曾一同品尝上好的咖啡。他换了新的绷带，伤口也得到清洗，他坐上轮椅，被人推进希腊的烈日骄阳。洛夫蒂几天前就被转移去了别的地方，威利不清楚他去了哪里，瞎眼男孩也不见踪影。

他坐着轮椅，和埃施维格一道被装进一台保加利亚卡车的后车厢，一路开往湖区。由于在疗养院被关了太久，宽阔水面上的粼粼波光都会刺伤他的眼睛。他看见成群的蚊子飞舞在湖面上，希腊的微风令人忘忧。

“我们可以追踪到它们。”埃施维格说。

“什么？”威利被他搞糊涂了。追踪德国人？英国人？爱尔兰人？还是保加利亚人？

“鹈鹕。唉，我在说什么傻话？你还不能动呢。我觉得我们还是默默观察就好。”

他们坐在一间小帐篷里，随行的还有几名士官。湖畔礁岸上，灰色的小螃蟹在石块间横行。威利一直等着埃施维格抛出那个无法回避的问题：为什么背弃家国，对我泄露军情？然而，除了威利的扪心自问，这个问题再没被人提及。究竟是为什么？因为他没有能力保护自己。若不告密，就只剩下死路一条。没有别的出路，也没有更好的选择。忠于英皇和祖国的代价，无疑是一封自杀前的遗书。在蚊虫密布的水边，他想，他之所以这么做，是因为他曾想一刀割断自己雪白的皮肤。那段黑暗的回忆和埃莉诺拉有关，一天早上，她的父亲拽着威利的手肘把他拖进走廊。“你配不上她。”比起被人当面羞辱，叛国又算得上什么？他只觉羞愧难当。他后悔把事情搞砸，说了很多轻浮的话，却因为战争失去了她，想到他永远无法满足她，又一阵空洞的绝望摄住了他。世界上与此无关的事都变得无足轻重。鹈鹕飞来，像是一场表演。两个男人望着它们白色的肚皮笨拙地落在水面上，展翅时却蔚为壮观。当晚，威利被运送到竖着铁刺网的鸟笼带边界，他们连同他的背包、日志、相机和刚换了新绷带的身子一起，把他扔回了英军占区。他们收缴了大部分照片，却给他留下二十张。他不知道他们为什么这么做。

威利把情况如实向上级汇报，当然，他声称自己受到胁迫。他们恐吓他，拿蜡烛头烫睫毛，把烟头捻在脸上。他没提到那片湖，自然也没有提起鹈鹕。

“我能坐在这儿吗？”

威利从眼前的酒店信纸上抬头看。绘图铅笔已将整首里尔克的诗誊写完毕，隐约形似埃莉诺拉脖颈的山鹑也已大致成型，一对鹈鹕的翅膀初具雏形。挡在他的桌子和吧台之间的，是一个如白杨树一般弯下腰来的英国男子。在酒精的刺激下，威利的胃挛缩得厉害。早知如此，真应该把威士忌带回房喝。

“请便。”他没精打采地咕哝着。威利瞟了一眼，发现此人的下颌轮廓十分眼熟。“我记得你的脸，不过你还得再多给我些提示。”

“蓝星学院。”

“哦，对。”是的，他的确认识他，或者说曾经认识。“你是维克尔？维克尔斯？”

“维克洛。我姓奥古斯都。”

“抱歉，打仗的时候给打坏了脑子。”

维克洛在对面的椅子上就座，威利试图回想与他相关的事。每每遇上系着他母校领带的成年人，他总会觉得异常乏味。他总会在第一时间想起南唐斯山坡上那栋古老的哥特建筑，和它直刺云端的飞花扶壁。熟悉的味道回来了：葡萄干布丁、凉茶、精心修剪的草坪。与气味一并苏醒的还有童年的恐惧：一阵无可抑制，也无计可消的饥馑。

维克洛向西奥多点了一杯金酒和一杯苦啤。从他锃亮的鞋尖和体面的衣着来看，他显然比威利赚得多，再不济，也是从战争中胜利归来的一名战士，很可能还是一名战斗英雄，当然是他自己负责的航行。

“你和老婆一起住在这儿吗，还是一个人来的？”威利问。

“当然是自己一个人飞。”

威利在椅子上坐立难安，两条腿一会儿翘起来，一会儿放下。这个地方总让人不自在，不像在开罗，走到哪儿都舒服。

“你来这儿做什么？”

“田野调查。”维克洛的回答神秘莫测。

“你住在法斯特酒店吗？”

维克洛没有回答，威利偷偷看了看表。时近午夜，维克洛相当热络地谈起还没脱离军事管制的耶路撒冷生活。*你和刚上任的英国古迹监察官麦凯上校见过面吗？无疑，过不了多久他就会来见你。路易·波尔斯少将也在这儿，你会收到他的信。*威利别无选择，只能认命陪他闲聊下去。他们冷淡地悉数过去的老相识，特别提到了老水手农场工棚里的那个怪胎，哈罗德·皮菲德，他还在研发更多结构复杂的飞行器，往那些四不像的大鸟身上插翅膀。也正是这个皮菲德拼出了朗普特，一台由铁丝、布料和木棍拼装而成的奇巧装置。威利曾经请求皮菲德收他为徒。

“我现在明白你为什么会当上飞行员了。”维克洛说，“之后你去了萨洛尼卡、开罗？”

“没错。”

“斯洛尼姆斯基先生要开始演奏了。”手风琴家看着维克洛，后者朝他点头示意，他开始拉琴。风扇在转，枝形吊灯淌着水晶制成的泪，变幻无常的烛火时明时灭。这间酒吧里是否暗藏危机？紧绷的弦是否已悬在头顶？昏暗的灯光下，桌边事物的形态都模糊不明，分不清是椅子的靠背，还是男人一闪即逝的背影，一只手里可能握着任何东西：一把手枪、一片面包，或是不称心意的礼物。柔情似水的音乐搅得人意乱情迷。威利又喝空了一支酒杯。这该是今晚的最后一杯。

他突然发现，维克洛对于自己出入耶路撒冷的缘由只是一笔带过。他看到这位老校友正摸着胡子，时不时朝乐队瞧上一眼。威利把手伸进夹克口袋，抽出几张从埃莉诺拉暗室里拿来的照片。

“你对这些照片有什么看法？”他问。说话时，威利注意到舞台后方的幕布有轻微的动静。幕布上有一块凸起物，它在那里稍停片刻，又继续沿布网潜行。一双赤脚迟疑地从窗帘底下探出来，他看见了普鲁。她身穿白色睡袍，在帷幕一头显形。她在一旁蹲了片刻，便从舞台边上跳了下来。奇怪的是，整个幽暗的酒吧里，似乎没有一个人注意到她。

维克洛摩挲着胡子，拿起照片端详起来。他抽了抽鼻子，拿出一根烟点上，却没给威利准备一根。第一张照片是一排戴着遮阳头盔的士兵。

“拉苏尔拍的？”

“我觉得是。”

维克洛把这张照片放在面前，又拿起另一张，发现了一些先前没有觉察到的东西：地上躺着一排尸体，一共五人。

“你认识麦克劳林吗？洛夫蒂？”维克洛问。

“不认识。”威利说。维克洛冷静地看着威利。

“就是这个人。”他指着其中一张照片。威利低头看去。远处是一座刚刚惨遭炮轰或扫射的村庄。一阵尘雾在空中升起，三个男人在峭壁边缘站成一排。照片一角，一个男人正面贴在墙上，耷拉着脑袋，有人跨在他身上，一只靴子踩着他的后背，用一把类似枪的东西指着他。虽然影像不太清晰，但仍能看出这就是洛夫蒂。威利认出了那对肩膀和他的身形。

“我听说哈立德·拉苏尔就要回来了。”维克洛说，眼神飘向别处。威利呷了一口威士忌。

“他是个好人，只不过参与了某个计划。我能理解。洛夫蒂的……胡作非为把他惹毛了。”

“嗯，从这些照片来看，他确实称得上在胡作非为。”

维克洛皱起鼻子。“洛夫蒂的手腕很高明。拉苏尔一直四处跟踪洛夫蒂，拍照记录他的所作所为。拉苏尔打算制作一系列我们通称的揭露照片。”

“我想我大概能懂。”威利说，“他的行径确实令人发指。”

维克洛眯起眼睛。“兄弟，你知道咱们英国宪兵队一共多少人吗？十八个。这十八个英国人——半数是爱尔兰人——要负责管理上百号当地居民，因此能取得的成效极其有限，在这样的情势下，我认为他已经做得很不错了。这里的人都觉得阿什顿和他的上司斯托尔斯才是真正的掌权者，他们为一切负责。他们为洛夫蒂的行为负责。”

一阵沉默。

维克洛敲着表盘。“我反倒认为，以你的立场，应当和埃莉诺拉就她丈夫的摄影作品好好谈谈。也许能说服拉苏尔中止这项摄影计划？”

威利咳了一声。“你为什么会这么想？”

跳舞的那对情侣现在已经坐下，手挽手、头靠头。威利转过头看向房间那头的普鲁，她整个人贴在墙上，缓慢地绕着墙根移动，活像个幽灵。为什么一个穿睡袍的孩子可以肆无忌惮地在酒吧里撒野？她拎着她那只娃娃的头发，一瞬间，她看到了他，但旋即又消失在门洞里。他的肚子发出一声沉重而混乱的咆哮，这是空腹喝酒的恶果，他感到一阵恶心。他的两眼再也无法聚焦，身体逐渐飘然麻木。

威利还想转过头去问问维克洛，他对于阿什顿和他的女儿了解多少，还想借着这个问题引申到另一个：他怎么知道威利曾经去过开罗和萨洛尼卡？但维克洛已经没了踪影，连拉苏尔的照片也一并带走了。威利离开酒桌时，西奥多微笑地朝他点头。他尽力站稳——很久没有像今晚这样喝得烂醉了。一如昔日在开罗牧羊人和格鲁比酒吧里的声色犬马，一如在离萨洛尼卡不远处，普雷斯帕湖边酒吧中的纸醉金迷。

十

肖勒姆，1937 年

斯奇普只有六个月大时，我把他交给维多利亚车站长凳上的爱尔兰妇女，她自己也带着三个孩子。我一直在观察她的一颦一笑，和她对孩子们无微不至的关怀——为他们擦去鼻涕，把他们拥入自己鲜艳的碎花裙里亲昵地爱抚。我把裹着毛毯的斯奇普递了出去。她大概以为我需要腾出一只手拿票或拎行李，所以自觉地把他从我手中接过来，拉下毯子，逗弄他的小脸蛋。当我请求她收养他时，我相信她犹豫了一下，我心中燃起希望的光芒，但她却皱起眉头，把他还给了我。

迪尔太太沿鹅卵石小径走过来，手里提着大大小小的包裹，身穿一件连我都觉得对于牧师遗孀而言明艳过头的黄色雨衣。她是肖勒姆唯一一个愿意和我们说话的女人，每次看见她，我都不由得想起她的悲惨遭遇：丈夫才刚过世，肺结核又夺去了独生女的性命。

我朝窗外挥手，向身后喊道："斯奇普，迪尔太太来啦。"

他正蜷在无线电收音机旁的椅子上读他那本鸟类丛书，用气音默读：渡鸦、寒鸦、星鸦、喜鹊、钩喙、脚蹼、直立。我打开门。

“我本来没打算来。”迪尔太太的声音高亢而尖锐，“不过邮政局长家的小子让我把这些东西带给你。”她拿出一张明信片和一封信。

我觉得有点尴尬，因为身上还套着睡衣——一条劣质薄晨衣，睫毛膏粘在脸上，睡眼惺忪，头发乱得像鸡窝。我怕身上还残留着春宵一夜的气味，这才想起昨晚没看见比利。我看看表，竟然已经中午十一点了。除了几封信件，迪尔太太还带了一包蓬松的设得兰[①]白羊毛线。她自豪地把它拿给我看。

“这里还有些多余的毛线，想不想织个披肩练练手？”

“迪尔太太，我不太会织东西。”我报以微笑。

斯奇普跳起来。“是爸爸的信吗？”

的确如此。明信片是皮埃尔寄来的，正面的图片是一只坐在墙上的猫。邮戳上，巴黎二字赫然在目，明信片上写道：*我可想死你们啦！我现在在巴黎，然后去斯德哥尔摩和威尼斯，十一月十四日回来，到时我们细聊。替我亲亲咱们家小野兽。皮埃尔。*他若无其事的语气，好像我们之间什么都没有发生。我把带字的那面朝下，准备用茶杯压住它，可斯奇普凑了过来。没办法，我只能把明信片给他看。他的手指顺着父亲弯弯曲曲的笔迹一路划过，看得出他也希望有爸爸在场。我感到一阵心累。

“迪尔太太，您留一会儿再走吧？”

她的眼神充满关切。我知道，我现在整个人一团糟。从瓦尔内斯回来后，我没睡过一顿好觉。善于明察秋毫的迪尔太太端详着我的脸。她很瘦弱，佝偻着背，可这弯曲的脊梁几乎能帮她抵挡世上的万千苦难。她总想让所有人高兴，甚至有点多管闲事，但终究是个善良的人，

① 英国领土最北端群岛。

无比善良。她抓起一条茶巾，转眼就开始擦拭茶具，煮起茶来，在橱柜间穿梭忙碌。像很多女人一样，她不由自主地把这里当成了自家的厨房。

“我不会久留，喝杯茶就走。”

她把水壶搁在炉盘上，我瘫倒在椅子里，头昏脑涨，脑袋里像打着鼓。

“迪尔太太，你一直都是我的救星。”她发出一阵推脱的啧啧声，冲我微笑。

“斯奇普，你那张地图画得怎么样了？”她会把孩子当成年人一样对话。

“画好了，迪尔太太，你想看看吗？”

“当然愿意。”

斯奇普煞有介事地展开了他那幅*世界地图*。凡是手头能找到的纸，他都用在了这幅地图上。然后小心翼翼地用我最结实的棉线把它们缝合在一起，所以，他手里的东西更像一张纸做的大被单。斯奇普详细地向迪尔太太解释他所创造的大陆上的每一根线条。初见迪尔太太时，她也是这样。她从不妄加评判，永远怀着一颗赤诚的善心，如同一个孩子欣然将他自己的玩具和半份餐食与他人分享。有一回，我和斯奇普被困在冰雹天里，尖利的白色雹块扎在身上，惹得斯奇普大哭起来。迪尔太太打开木屋的门，把我们招呼进来，*快，到屋里来*，她把我们领到一间暖融融、布置舒适的客厅，她好像正在忙活一场衣柜的大扫除，因为所有的椅子上，目所能及之处，都堆满了男士夹克衫。

“抱歉，家里乱糟糟的。我们在考虑挑几件东西给布莱顿的落魄绅士家具店送过去。”

她没做自我介绍，只是赶走了一只猫，移开了几堆挡路的呢子。

育婴椅摆得横七竖八，书本散乱在各处，所有东西上都铺盖着或黄或绿或金的棉绒。她给斯奇普裹上毛毯，塞给他一大块面包，甚至在抽屉里翻箱倒柜地帮他找到一盒锡兵。我竟泛起泪光，泪水止不住地从眼角落下。我想，是她的善意和房间里宾至如归的感觉令我动容。窗台上，几支米迦勒雏菊插在玻璃罐中。她没有大惊小怪，平静地递给我一块手帕。你的房子给了我家的感觉。我无法解释它怎么会让我如此难过。她答道："那换我告诉你一个秘密，我经营大大小小的社团协会，也有自己的项目要忙，但我在平房镇向来找不到归属。"

"太美妙了。"迪尔太太称赞了斯奇普，"再给我仔细讲讲。"

我乐于倾听斯奇普介绍这张没有尽头的地图上的各色形状、涂鸦和纹理。令我惊讶的是，他将我一生中曾踏足的地名与他自创的地图合二为一。我想，这些词汇对他来说再熟悉不过，毕竟，从他呱呱坠地以来，它们在他所听到的对话中出现过成百上千次。他的手指划过那些我在他的指示下帮他写好的关键词。"塞西莉亚"。肖勒姆港。棱堡。避难所。耶路撒冷。新肖勒姆。海岛。沙滩。法斯特酒店。拉塞尔酒店。机场。伦敦大桥。诺福克吊桥。埃杜尔河。这是属于他自己的地理脉络。

"这条是河道。"他容光焕发。

"这是什么？"

"是塔楼大道。上面有一座钟楼、一座大钟塔，以及伦敦塔。"

"妙极了。我总觉得一个镇上不该只有一座塔。"

皮埃尔的明信片下方的信上，我看见玛戈特·伊芙斯的笔迹。大概又是些鼓励的话。迪尔太太仍旧在观赏斯奇普的地图。她懂得如何正确地与他相处，从不摆架子，我对此心怀感激。

"想看看我的新宠物吗？"斯奇普问她。

“太有趣了。”她说，“会是什么呢？给我看看吧。”斯奇普心满意足地向门口走去。

“把你的雨靴穿上。”我说，“可别是什么恶心的东西。”他神秘兮兮地扬起眉毛，跑出了门。叮当作响的贝壳提醒我它们还在。我望着窗外的大海，卵石滩上栖息着一排游手好闲的海鸥。遥远的地平线上隐约能看见积聚的海涌雾。

“他是天赐的宝贝。”迪尔太太的声音低沉而轻柔。

“迪尔太太，我能问你一件事吗？”不知为何，我能感受到二人之间有某种共同之处。或许，我们都很孤独。

“当然，亲爱的。”

“不久前，我们去参加了一个生日派对。”我用手掌揉着额头，她向我点头，鼓励我说下去，连茶杯都替我摆好了。我任由她像母亲一样宠溺我。

“我们去渔夫酒吧参加了一个名叫沃尔特的小男孩的生日宴会。人们推进来一支大木桶，从里面滚出许多玻璃弹珠。其他孩子都撒腿跑着，追着弹珠，唯独斯奇普不和他们一起玩。”

迪尔太太笑着对我点头。继续说吧，说吧。他们掀开桶盖，无数颗猫眼石倾泻而出。蓝圈圈、白圈圈，猫眼石和普通的黑弹珠在木地板上彼此碰撞。派对上的孩子们四处狂奔尖叫，尽其所能想要多抓些弹珠。有人端上一块蛋糕，点了七支蜡烛，过生日的男孩许了愿望。尽管和派对格格不入，比利还是把我们硬拉了过去。在座的妈妈们面色阴沉，都不愿与我交谈。害羞的斯奇普不敢抓弹珠，一个人走了出去。过了一会儿，我听到一声尖叫，赶紧跑到门外。只见一群孩子正在岸边大笑，斯奇普被推进水里，河水漫过他的脚踝。他的短裤和内裤都被扯了下来，所以下半身裸露在外，而那些男孩儿还在往他身上扔河沟里的泥巴。带头的是沃尔特，那个过生日的男孩。我跑进河口把斯奇普拖出来，对着那些看到我就慌忙逃散的孩子破口大骂。然而，此刻，我只是轻描淡写地对迪尔太太说：

“这场派对没帮上什么忙。我们无法顺利地融入他们，但我不确定比利能理解这一点。”

“比利是个急性子。我猜你应该知道，沃尔特是他的儿子，虽然比利和孩子的妈妈没有结婚。不过他是个好人，这一点我可以肯定。”

我朝迪尔太太看了一眼，想看看她说出这番话时是否心存恶意，可我明白，她只是在明确地表述一些我早该猜到的有用信息。同时她也认为这就是我想知道的答案。是啊，沃尔特吹灭许愿蜡烛的时候，比利就站在他的背后。我对自己的父亲说过什么来着？*我最反对在孩子成长的过程中向他们隐瞒身边成年人之间的真实关系。*再看看如今的我！迪尔太太把眼镜扶正，斟上茶，我们默不作声地喝着。我把玛戈特的信拿到面前。

“玛戈特·伊芙斯给我写信。她希望我的作品能够在她的展览上展出。”我拆开信，信的内容和我预想的一样。一张印有我照片的杂志剪报从信封里掉了出来，我懒得读，随它飘落到桌上。可迪尔太太问了一句“我能读吗”，就念出声来：

> 可以说，普鲁登斯·米勒（原姓：阿什顿）的作品启发了我们观察事物的新视角。一开始，观众仿佛置身于一个展出她人生相簿的房间。楼梯井是她童年的缩影，她借由螺旋形状进行自我表达，折射出她存在至今的一些侧面：耶路撒冷的时光，日后在史雷德艺术学校的进修岁月。也许她身上的神秘性有朝一日将不复存在，因为她会将内心的隐秘部分通过外部事物表现出来。这

件作品的这一重要维度还未引起人们的重视……

“哦，请别再念了，迪尔太太。”她笑了笑，改为默读。我走到窗边观察呆头呆脑的海鸥。

“我告诉她，她别再管我，我才能好好创作。”我想起威廉·哈林顿，身上激起一阵寒意。

“你知道吗，”迪尔太太有些不好意思，“我一直都想看看你的作品。每当我路过你的那座鱼舍，都想要一探究竟。”

我有些迟疑，有些抗拒。时机还不成熟，我正处于创作的挣扎期。自己的思路被打乱了，不断受到干扰。过去的回忆让我心神难安，但同时，悬着的一颗心又逐渐放下，毕竟她是我在这里最亲密的朋友。尽管比利也在用他的方式给我宽慰，但我也想念女性的陪伴。

“如果你想看的话，就来吧。”她看起来高兴坏了。我们裹上外套迎着决意要将我们往反方向吹的狂风奔跑。我喊着斯奇普的名字，想看看他在不在附近，可惜他不在，很可能已经跑到咖啡馆或者渔夫码头去了。海鸥乘着波涛浮沉，宛如漂浮的纸船。

我从不喜欢别人踏入我工作的区域，看到迪尔太太将整个房间一览无余，我捏了把汗。像所有走进雕塑家工作室的人一样，看得出她什么都想摸。她拿起我最爱用的木槌，槌柄上已经磨出了我的手形。主体雕塑上的防尘罩掉在地上，给了她细细观赏的机会。我靠在门上，点了支烟。我感觉自己像个将自己暴露在外的白痴，羞愧难当。但出乎我的意料，这座雕塑看起来竟然充满了戏剧张力，比我昨天预想得好得多。

“这是座圣像吗？”

“这原本是座圣海伦娜雕像。我把它从马耳他用船运了过来。它已经损坏得厉害，因为本来是要被处理掉的。我现在要重新加固它，将它改头换面。”

“它美极了。”

“谢谢。”

雕塑的面部和几乎整个头部都倒塌在地。这并非我有意而为，当它还是渔村教堂屋顶上的一座圣像时就已遭损毁。迪尔太太绕着它走了一圈。

“我能摸摸看吗？”她问。

“当然了，请便。”

我保留了雕塑的整体形状和岩石的边缘曲线，以及垂到海伦娜脚边的长袍褶皱，在石灰岩腐蚀的几处凿了洞，最大的洞有拳头般大小，其余的洞和蜂窝差不多大。过去几周内，我一直在拓宽圣像中心位置，也就是雕塑腹部所在之处的洞口，在那里雕刻出贯穿中心区域的螺旋。我让它模仿螺旋形楼梯的扭曲，不过现在还只是个粗糙的半成品，有待进一步雕琢。它身上已经留下累累印记，在最初的雕塑家手中诞生、被气候改造、被忽视、被腐蚀，最后落入我的手中。

这块马耳他运来的阿尔坦卡石真是件不同寻常的材料，这块石头的折中气息既不属于欧洲，亦不属于黎凡特。我觉得，它仿佛拥有鲜活的生命，此时又一次唤起了我的回忆。皮埃尔对它嗤之以鼻，他不理解我怎么会对风化、脆弱的石头产生兴趣。正是那时起，他开始严重干预我的工作方式，要求我根据图纸完成雕塑，但我更倾向于直接对眼前的材料做出回应。这种即兴的工作方式冒犯了他。专注搞你自己的创作，我对他说。他对油画、诗歌都浅尝辄止，也放弃了尝试摄影的初步想法，最后连装装样子假装创作都罢休，从那以来，他的怒火烧得越来越频繁。作为替代，他把所有精力都转移到我的创作活动中，直到某天，这一切都戛然而止。

“楼梯间有什么特殊的含义？”迪尔太太问，但我没有作答。改造后的《圣海伦娜》将会是一幅由众多道门廊构成的织锦，这些门均通向我不愿回想的地方，然而，不将门打开，作品似乎就无法完成。迪尔太太看向另一座被我推到墙边的附属雕塑。我向玛戈特递交了方案，但还未着手创作。成品上将会有两个男人从一座楼梯上倒挂下来。我希望石块的重量和浮空男子所唤起的轻盈与反常感制造出强烈的对比效果，不过我没有将这一意图告诉迪尔太太。她很安静，一如所有站在巨大石像面前的人们，她仿佛缩短了一截，显得越发谦卑。

“你可以摸一摸。”

她干瘦的手指和粗糙的指甲伸进蜂窝般的小洞中，每个凿洞各代表一次我将斯奇普推开的瞬息。我倚在门外，把烟头丢向卵石滩。最上面的潮汐线上散落着破碎的牡蛎壳和一条条渔绳，浮起厚厚一层卷曲的红色水草。我想起一个来源不明的迷信，说红色海草乃不祥之兆。斯奇普拖着水桶走上海滩。

“老天爷，那是什么？”

“瞧。”

迪尔太太站到我身边，看着斯奇普蹒跚地走向我们。八只海星吸附在水桶边缘。

“渔夫亨治说前两天有几百条海星被冲上了海滩。”

我伸出手指抚摸着水下这黏滑而瑰丽的生物。斯奇普骄傲地瞪眼欣赏着自己的猎物。对神奇海星赞不绝口的迪尔太太身上散发出好闻的薰衣草和玫瑰香味，那是熟龄女士的常用香皂。*薰衣草是蓝色的，嘀哩嘀哩*。斯奇普三四个月大时，我常唱这首歌给他听。直到有一天我走进皮埃尔的工作室，发现他把头埋在一个学生的两腿之间。放在她大腿上的他的双手看上去也和海星差不多。

和迪尔太太道过别，我帮斯奇普卷起他的纸上乾坤。

我敢肯定，儿子对地图的热衷早在多年前，父亲在马耳他宅邸中的大理石地面上铺开他自己的地图时就已埋下种子。那次探亲，斯奇普只有两三岁大。那趟旅途是场噩梦：父亲和皮埃尔都看不惯对方。我不想插手。斯奇普哭着找奶妈，我们却犯傻让她留在伦敦。他又对我大发雷霆，因为我把哄他入睡的程序全搞错了。不过，父亲倒对斯奇普宠爱有加。才刚一见面，他们就捧着对方的脸，把眼睛、耳朵和头发摸了个遍。父亲把他放在膝盖上，向他阐明地图的构造。这是著名的城市亚历山大。他将滨海大道、大港、湖泊、市政花园和海岸线悉数过来，我发现斯奇普认为自己用一根木棍便能在沙上勾勒出世间的城市万象，如果他愿意，也许真会这么做，再一棍子摧毁它们，看它们坍塌。斯奇普那肥嘟嘟的、两岁大孩子的手指惊奇地在图纸上飞舞。

你的妈妈以前也帮我画过地图，她负责涂阴影和上色。

我现在意识到，那是我在父亲过世前见他的最后一面。同时也是我十八岁离家以来头一次回到他家。一切几乎没变。百叶窗依然那么宽阔，女仆擦着地，司机接送他，园丁照例把玫瑰养得茂盛，管家烫平床单，把大理石走廊拖得一尘不染。我和皮埃尔之间正在经历一场痛苦的冷战，冲突寓于行动。只要一个人走进房间，另一位马上走开。同时，我也尽量避免与父亲独处。

当然了，他有情人。那个假期，我告诉他不必介绍我们认识，可仍然忍不住用余光偷看她：一个独具异域风韵的女子，只比我年长约四五岁。魔鬼身材、皮肤黝黑，秀发遮住脸庞，似在遮掩什么，事实也的确如此。她已经嫁给小岛另一侧的一名外交官。记忆中，我们只要一回家，她不是从大门口离开或关上门，就是驾驶一辆小型绿皮敞篷跑车扬长而去。

让生活中熟悉的片段分崩离析费不了什么功夫。我模糊地记得在马耳他时，我不愿对皮埃尔言听计从让他大发雷霆。他希望我变成什么？一只洋娃娃？一个俯首帖耳的玩偶？他背后的女人？我忙着在村落间调研，考察那些由马耳他石灰岩雕刻而成的圣像。它的质地柔软易碎，易遭腐蚀，同时也很强韧，颜色漂亮，呈微黑的深色或者淡黄。这石头也令他恼火。作为一名纯粹主义者，他会选择意大利大理石，而不是易碎的白垩石。我使用混合型阿坦卡石创作的企图对他而言似乎是种侮辱，好像我在败坏他的名声。

最后一晚，宽敞的客厅角落里只有我和父亲，他终于对我说：

“我知道你在生我的气。”他说，“但我不知道原因，而且你为什么不让我把你们介绍给特莎认识？”

“我不知道。”我答，“我完全不介意你把它搬上台面，开诚布公地宣布她是你的情人。但你却指望我们都心平气和地假装她是你的‘朋友’，还对斯奇普说谎。”

“他只有两岁。这有什么要紧的？”

“这很重要，因为你在给他输入一种观念：说谎没什么大不了的。”

“有些关系很复杂，没必要什么事都讲给一个两岁大的孩子。”

“我很反对在孩子的成长过程中隐瞒他身边成年人的真实关系。”

“所以，是你想要宣泄自己的情绪。和斯奇普、和你的道德立场无关。”

“可道理是相通的。很显然，我们向来无法达成共识。你只选择性地接受你认同的观点。”

这是一个难解的心结。父亲从不缺情妇，一想到她们，我的思绪就绕回童年，我和母亲住在小旅馆里，而他在外和别人共度春宵。临行前那晚，皮埃尔和父亲明白难熬的日子就快到头，于是冰释前嫌，振奋起来。他们共饮威士忌，在窗台上观赏夜景，叉开腿，抬起下巴，像两个真正的男人一样讨论男人感兴趣的议题，从窗户中飘来地中海浓重的鱼腥味。父亲把皮埃尔请进了自己的工作室。房间正中铺开一张画布，那是一幅异域风情长相的裸体女子肖像，她的两腿之间被涂上深黑色。他以前常画素描，现在显然是转型画起油画来了。

“这是特莎。”他说。

皮埃尔凑近欣赏这幅画，又把我叫进来，表达了对它的赞赏。我从他温和的声线中听出此言是发自真心。接着，醉醺醺的父亲一股脑把所有为这幅作品准备的线稿和速写都翻出来铺在地上。

“她和你的母亲伊莎贝尔有几分相似。”

我在门口徘徊。他们蹲着，后背凑在一起，审视着形形色色的画稿，画稿上是一个几乎与母亲一模一样的女子。昏黄的夜色令他们的背影逐渐失去人形，变成了摄食女色体肤的怪物。他们俩靠得很近，影子宛如一只双头猛兽。我不知道触怒我的是什么，是因为他们在观赏的并非我的裸体，还是因为曾几何时，我也是画中人。

*

我骑上比利停在我家凉台上的自行车，我打算去一次新肖勒姆镇，而斯奇普想留在家玩海星。我递给他一个飞吻，但他已经玩疯了，这个小野人身上脏兮兮的，无法回吻。我再回头时，发现他以近乎祈祷的姿势垂头伏在水桶边，尽管我很清楚他不信宗教。

肖勒姆村的邮局兼作书店之用，作为当地唯一的知识来源和活动中心，被人们神秘兮兮地称之为“舰队”。我一边骑车穿过诺福克桥，一边抱怨英国这片区域连绵不绝的阴雨。雨水从英吉利海峡席卷而来，所及之处都浇成湿淋淋的一片。我浑身湿透，淌着水走进“舰队”干燥的“船舱”。这家邮局还顺便卖点杂货，捕蝇纸啦，鸡蛋啦，还有香烟、信封、蓖麻油、巴拿马草帽、画布和童鞋。房间角落的收银台后面传来咳嗽声，接着是砰的一声。邮政局长正招手让我过去。

“你好。”

“您就是刚搬进‘塞西莉亚’的女士，是吗？”

“是的。”

“普鲁登斯·米勒女士？”

“对，对。”店里各种熟悉的气味混合在一起：煤油、硫黄、煤烟，刚烤过东西的焦味，还有高乐氏漂白水味。

“米勒太太？”

“怎么了？”

“我听说昨天晚上你的朋友比利·卢德和人打了一架。”

“好吧，他可是靠打架营生的。”我抖落头发上的雨水，不耐烦地回应着他的冒犯，转身浏览起货架上的商品，完全把我此行的目的抛在了脑后。

“不，他和一个男人当街干了一架。”我叹了口气。比利身上的伤疤和地图一样变幻无常。

“可是，和他打架的人是谁？”

“拉德克利夫太太的儿子当时在场，据他所说，是那个住在沃辛瓦尔内斯酒店的记者，就是发电报说要来采访的那个。”

果然如此。我一直怀疑镇上的人爱议论别人的私事，甚至毫不掩饰对八卦的嗜好。种种迹象表明，邮政局长会公开宣读所有由他经手的电报，并且四处散播电报里的消息。我的怀疑得到了证实。不仅如此，在说到“你的朋友比利·卢德”时，他故意冷笑一声。尽管比利口风很严，也总是在黎明时分从“塞西莉亚”悄悄离开，但很显然，整个镇上的人都知道我和他的关系。我感到面红耳赤，脖子和胸口灼热难耐。我满心想做些什么来震慑住这个含糊其词的白发绅士，他太爱管闲事，对我的私生活了如指掌。这种冲动几乎要驱使我解开裙子，任它从身上滑落，摘下围巾缠在他嘴上，把他的头向后拉扯，要么亲上去，要么给他一个耳光。不过我没有这么做。我走了出去，门铃的声响仿佛一个坠落的天使迎向死亡，门在我身后关上。

我走到吉米茶室的美人鱼雕像身边，把手放在她头上。很难解释我为什么这么讨厌她，或许我嫉妒她，因为斯奇普喜欢她。

一艘船正在驶入港口。我久久盯着它，然而隔了很久，才看清船头向我招手的人是比利。我也朝他挥手，只可惜我发不出什么机械音。他打了个手势让我等他。我看到他从船舱里攀上岸，和渔夫们交谈几句便向我走来。搏击赛后，他经常略带浮肿，走起路来像快散架，我对此已经习以为常。这些比赛通常在霍舍姆或克劳利周边的男子角斗场举办，我对这样的场所提不起兴致。可是，与以往不同，这次的伤隔得老远都能望见。他的脸上红了一大片，右眼上隆起一个血淋淋、流着脓的巨大肿块，整个遮住眼睛。我的手已经摸上他的脸，仿佛行将吻遍他身上的角角落落，尽管学校边上分发牛奶券的女人们正盯着我们。

“发生了什么？”

他握住我的手。“搏击嘛，你懂的。”我把他拉到自己跟前，让他远离码头边缘凶险的海水。

"可邮政局长说，和你打架的是上回来我家拜访的那个人。"比利在码头上拖着脚走路。

"去他妈的闲事佬。"他瞥到一群从制靴厂出来的人，路过时齐刷刷地朝我们看。

"我发现他埋伏在你家旁边，普鲁，想要破门而入。"

"但我刚才就在屋里，和迪尔太太在一起。完全没看出有人擅闯的迹象。"

"不，我觉得他还在做准备。"

我把手放到比利的脸颊上，猩红的疤痕中央有一道厚厚的黄色结痂。雨势变大，我们从码头边上转移到斯内林肉店口的雨棚下方。一整只猪从橱窗的钩子上挂下来，猪背的形状酷似人形，而在它下方摆着一盘紫红色的香肠，像是一个玩笑。

"听着，我就该朝他头上踢一脚，把他扔到河沟里。我早就知道该这么干。这是本能反应，可惜我放了他一条生路。"

像是故意要弄伤脚趾，比利对着人行道踹了一脚，蹭下一些白垩粉。斯奇普前不久问我，*你知道白垩石是什么做成的吗？是什么？是一种软软白白的石灰石*。他说。*石灰石又是什么呢？它是由很多很多海洋生物的骨骼碎片组成的石头*。聪明小子。*妈妈，这太了不起了*。比利从口袋里抽出一个黑色皮夹。

"这个在打架的时候掉出来了。他的文件现在在我们手里，他根本就不是个记者。"

"我知道。"我说，"他这个人我……"

"他是个政府人员。"

我从比利手中接过钱包，将它打开。里面是一些身份证件：W.R.哈林顿上尉，情报局。它的下面是一封对折好的粉色公文信封，政府秘书常用这类信封进行内部通信。“谢谢你阻止了他。真的很抱歉。”

他眺望河面。“这个男人，他到底想要什么？”

“我也没搞明白。他给我看了一张照片，想要和它配套的同一组照片。我只知道这么多。”

我想起迪尔太太说过，比利是沃尔特的父亲。他为什么不告诉我？我向来觉得信赖如同流沙。有时我会想，也许我们生来就是为了背叛爱人，就像我们有时会将一切，比如一只敞开的艳丽的手提包，或是自己身体最私密的一部分毫无保留地交给一个陌生人。

河流的形态在大雨中变幻，潮水涨速飞快，泥滩逐渐消逝，离河岸最近的小路眼看就要被河水吞没。比利把事情的全部经过告诉了我。昨晚，他正在骑车，夜色已深，海潮翻涌。他本来要去弗洛酒吧，但半路遇到他的朋友山姆，他大吼着告诉比利有人拿着一块木头躲在我的工作室旁边。比利和山姆一起跑向渔舍，虽然经过了“塞西莉亚”，但却没打算来提醒我一句。那个男人身着长衫，手里拿着一根长浮木，那姿势像是要破门而入。比利冲他大声呼喊，让他住手，但就在比利接近时，这个男人毫无征兆地转过身来，以迅雷不及掩耳之势用木头朝他头上猛地一击，随后又接连打了好几下。比利虽是个搏击老手，也被他杀个措手不及。那个男人沿着沙嘴一路奔逃，山姆费了些时间才搀比利站了起来。他们在入侵者身后追赶，还从弗洛酒吧叫了亨治和其他人当外援。他们把他团团围住时，他从口袋里抽出一把小手枪指着比利。大家都不敢动弹。男人镇定自如地坐进一辆等在附近的黑色轿车，被人载走了。

“被载走了？他还有个司机？”

“我想是的。咱们进斯内林坐坐吧。”他说，“我们看看他到底想要什么。”

但我拒绝了。天色变了，倾盆大雨变小了。云层重组，交换，上下飘浮。一行白鹭如同追查线索的侦探一般悄悄潜近河岸，阳光穿透云层，海港区域的河水被照得透亮。我总觉得自己这时本应在别处，干别的事。斯内林先生朝门口走来。比利打小就认识他，老朋友了。

“斯奇普在哪儿？”比利问，他转过来看着我的腿，好像觉得斯奇普会像个小小孩一样躲在它们后面。可斯奇普太大，已经躲不下了。

“他在‘塞西莉亚’。”

“一个人？”

我叫了他的名字，斯奇普，但回应我的唯有那呆头呆脑的海鸥在乞食时发出的嘶鸣。

十一

耶路撒冷，1920 年

第二天对于威利而言十分煎熬。天空高远湛蓝，没有一丝微风。简而言之，是个适合飞行的好天气。乡间景致如同书卷开启，舒展的纸页上，树木拔地而起。

“埃莉，”他说，“稍微停会车，好吗？”威士忌的后劲令人苦不堪言。他也许病了。

“好，反正我也要在附近停车。”

尽管路牌上用四种语言写了“禁止通行”，但他们仍毫无顾忌地开了过去。用作军用机场的可仑蒂亚是块苦寒之地，资源稀缺。和大部分机场一样，它实际上只是一大片脏乱的空地。看守瞭望塔的是个老学究式的人物，起初用怀疑的眼神打量他们，但确认过文件后便点头放行。驶过大门时，埃莉诺拉回头看了一眼。他们身后，另一辆汽车也翻越山头驶来，车里几个黑黢黢的人头剪影像串在小竹签上一样来回颠簸。

“阿什顿他们跟上来了。”

天空不断拓宽，似在无限延展。威利下意识地拍拍夹克口袋想找烟盒，但它却不在里面。埃莉诺拉在机场边上刹住车。一只麻雀短暂地栖落在汽车引擎盖上，飞走了。

她面朝他。

“怎么了，威利？你还好吗？”

他抬头望着万里无云的天空，明白幻象即将闪现，它们的确如期而至。火舌灼烧着麦基的脸。剩下的朋友如今都死了——辛普森、罗伯茨、汉密尔顿、琼斯、惠特比、奥斯本、特纳——他们在烈焰中像烤猪皮一样被烧得焦黑。他把头埋进两手，感觉到她正在看他。

“听着，”他在座位上转过身，一丝不苟地看着她，“我已经很久没开飞机了。”一层粗糙黏稠的物质似乎将他的舌头覆盖，他浑身冒汗，“我不知道以后还能不能飞。发生了……一些事情，自此以后我就再也开不起飞机了。”

埃莉诺拉的手顺着他的颈部一路触及直指他喉结处那白得发亮的伤痕。

“是因为这个吗？”

“这个……这次负伤没有影响到飞行。不能飞是最近的事了。”他们被锈色的土地环绕。“实际上，”他说着，脸一下子红到耳根，两颊发烫，“我被勒令停飞……大部分是由于心理问题。”

他眺望远方的橄榄树干，想找个办法传递勇气，他迫切需要让她知道自己无所畏惧。他经历过无数次飞行，即便操纵着快要散架的飞机——蓄电池甩出舱外，机翼肋板在半空中摇摇欲坠——最后仍能成功着陆。今天早上，他翻遍了那间该死的客房，想把飞行日志拿给她看。尽管他也不清楚它能派上什么用场，可怎么都找不到。威士忌的酒劲尚未消退。她握住了他的手，可他受不了见她露出这副忧心忡忡的表情。

“可是，我敢肯定查尔斯对你这次飞行满怀期待。”她说，“你想让我帮你做什么？”

“帮我争取一点时间。我一定能缓过神来，我保证。”

“我来想想办法。”

“我是唯一能救你出来的那个人。”他说，“除我以外别无他人。”

“救我出来？”她说这话时，眼神从他身上移开。突然，他被某种生理渴望所占据，仿佛磁石的引力勾引他伸出手抚摸她。这份渴望如此鲜活而强烈，连他自己都被吓了一跳。

“你本应是我的妻子。”他说。她转过身，脸上的表情难以捉摸。此言既出，他便不计后果地顺势说了下去：“你来错了城市，嫁错了人。可我会一直把你看作我的妻子。因为你就是我的妻子。”

她周身环绕着一圈烈火，让人想起露营时常玩的游戏——在南唐斯山坡上用晒干的羊齿草叶子串成火圈，跳过去，能感到火舌在亲吻腿毛。他只想夺回自己的妻子，没有任何背德之处。哈立德·拉苏尔的面貌又出现在脑际，但他断然将它阻绝在外。一圈火焰。他想向她坦白一切。坦白什么？（那个叫安娜的小女孩儿？不，那件事绝不能说。）他把她当作牧师，进行螺旋般接连不断的告解。具体是要为何忏悔？为了原罪。在开罗时，他被带到上尉面前。有人举报他执行任务时喝酒。双手发抖。两眼通红。满嘴胡言。你需要休息，哈林顿。你被停飞了。威利，你得好好想想酒精如何戕害了你。不过不仅如此。还有件事你要去思考——思考什么呢？你该怎么和这个世界打交道。去思考它，去理解它。

他被划入第五类停职。永久性的身心缺陷导致他无法继续服役。只是，这件事没有传到阿什顿耳中。耶路撒冷消息闭塞。战后，威利来到这里，意味着不必回英格兰蒙羞。

他一度热爱飞行事业，但它最终带来的却是可怖的孤寂和矛盾心理。每每当他被传唤执行飞行任务，驾驶舱里的他感觉像患了流感，又仿佛长途跋涉后的筋骨酸痛。他认为，是身体借此警告他别再铤而走险。每次飞行，他都势必承受一次内心的挣扎。不论单飞还是有副驾驶作陪，都无补于事。最后一飞是在开罗，起飞时，他已经烂醉如泥。飞机迫降，着陆，滑行途中翻在沟里，起落架的支杆噼啪作响，整架飞机随之翻覆。天使齐唱：*赐予我，燃烧金色的弓*。[1]他尿了裤子。

外科大夫说：你命里福星高照，两次大难不死。

恕不苟同。

“我有办法对付查尔斯。”她说，拿出口红，不紧不慢地补起妆来。他身体冰凉，哆嗦地看着她。她永远都在回避：警惕而不失优雅。可哪儿能寻觅到她的实体？她更像一缕轻烟，一缕他抓不住的烟。

“飞机来了。”查尔斯大叫一声，把他的苍蝇拍朝天一指。鲍姆夫人站在他身边，他们遮着眼睛，挡住刺眼的阳光。那架飞机是一架两座的索普维斯史劳特双翼机[2]。它看起来就像一只空中的小飞虫，如深夜的噩梦般向他们扑来，迅捷地下降。

“漂亮的着陆。”查尔斯鼓掌。

飞行员一身西布利[3]装扮从机舱里爬出来，向他们敬礼。飞行耗费的心力与成功着陆的喜悦令他容光焕发。火上浇油的是，威利在开罗和这个小伙子有过一面之交。这个毕业于伊顿公学的年轻小伙蓄着

---

① 威廉·布莱克长诗《米尔顿》中的序言，后被改写为歌曲《耶路撒冷》，这首歌曲被称为英格兰“非官方国歌”。

② Sopwith Strutter，英国一战时期的双翼轰炸机。

③ 一种面料，由 70% 的尼龙、18% 的聚酯纤维、12% 的亚麻构成。

亮金色的小胡子，双眼在飞行过后因充血而发红。威利在一旁看着查尔斯、鲍姆夫人和埃莉诺拉把飞行员团团围住，和他握手，拍他的背，直到威利迫不得已得按规矩走上前去露个脸。他记不得小伙子的名字，但还是装模作样地叙了一阵旧。阿什顿站在飞机旁摸着机头，轻抚螺旋桨。他向威利喊道："你仔细瞧过这架飞机吗？它可真精致啊。这是什么飞机？"

威利看都没看。"是索普维斯的尖货。"

安德森。

小伙叫这个名字，他现在想起来了。有一个晚上，他们一同在牧羊人酒吧寻欢，二人滔滔不绝，讲了一晚上的下流笑话。啊哈，听说过那个放荡的寡妇吗？啊哈，听说过死哥哥的故事吗？安德森内行地将埃莉诺拉从头到脚打量了一番，又重新瞟了威利一眼。威利转身背对他们，眺望远处的瞭望塔。

"查尔斯，大事不妙。"埃莉诺拉摘下太阳眼镜，瞪大眼睛，"我搞不定这堆摄影器材了，它们乱七八糟地堆在一起，我不知道怎么把它们装对。哈立德不在就是难办事。我和伊赫桑之前在摄影棚工作的时候，哎呀，那儿简直全乱套了。恐怕我今天没法按时把航拍需要的相机组装起来了。"

阿什顿在空中甩着手。"可是啊，亲爱的，我们可一直盼望着今天呢。这次勘探意义非凡。我们会得到一幅清晰的鸟瞰图，对地平线会有全新的认识——看到我们居住的大地和城市变得那么渺小，多么震撼人心。我已经期待很久了，真的很期待。"他用眼神表示反对。她小声地抽了抽鼻子。

"查尔斯，你能原谅我吗？"埃莉诺拉说，威利看出她在极力摆弄风韵。同时他也知道，有关她丈夫的流言蜚语让她付出了不小的代价。

“我保证会尽快把器材装好。”她说。

“你不先上去试飞一圈吗？”查尔斯妥协了，他问威利。

“不。”威利尽力让声音显得沉着冷静，“我等埃莉诺拉做好准备。没必要浪费燃料。”

“好吧，真是双重打击。”阿什顿把手搭在额头上遮挡阳光，“那也只好这样了。”

鲍姆夫人为了打破僵局，面向那名飞行员，亲昵地问他：“安德森，当时和你们交战的是德国的福克式飞机，对吗？”

“一点儿没错。”

轰炸持续一整晚，忽远忽近。我们凌晨五点就被拉出被窝，执行空中巡逻。我们为那些匈牙利佬默哀，真可怜，谁让他们开的是普法尔兹飞机[①]！威利听不进去，他走到试飞场边缘的一棵雪松旁，靠在树干上，想要抑制脑内的噪音。既然他们推迟了一场迫在眉睫的飞行，他以为耳鸣声会就此减轻，但他错了，耳鸣声变本加厉，像人群蜂拥的吵嚷。很快，我就听说我再次因为立功而将被授予新的勋带……他对埃莉诺拉心怀感激，但又觉得懊恼难堪。他用手掌擦了一把树皮，强迫自己朝他们走回去。

“去他的。”他说，“我无论如何都要载她飞上一圈。”他走到索普维斯跟前，在机翼上拍了两下，手掌划过机头和螺旋桨上的长叶片。他回头，望着埃莉诺拉，她惊讶得扬起眉毛。

阿什顿喜笑颜开：“太棒了，真是个好孩子。”

“威利，干吗不等我把照相设备装好再飞呢？我觉得那样更好一

---

① 德国一战期间使用的飞机。

些？”埃莉诺拉说。

安德森两道白金色的眉毛随他说话的样子张狂地飞舞。

“不过，能找个专家先给这头猛兽来个全身检查也挺好，不是吗？”他不确定地望着远处孤独的瞭望塔。埃莉诺拉轻轻摇头。

“亲爱的，别担心。”阿什顿见埃莉诺拉一副忧心忡忡的样子，安慰道。“他是咱们这儿最优秀的飞行员，有最可靠的权威专家替他担保。”

那是他瞎编的。他只是想那么相信而已。

威利蹲在索普维斯的起落架下假装检查。他的耳鸣犹如一台对地扫射的机关枪，噪音汇聚成一阵轰鸣。埃莉诺拉走到他身后，紧挨着他伏下身。

“我的眼睛出了点毛病。”他边说，边擦拭下眼角。

“威利，你这是在哭。”

她抓起他的手贴在自己的双唇上。他站起来，仰视着空中那轮耀眼的骄阳。他猜，快到中午了。

“我要和你一起飞。”她说。

他先帮她系上安全带，她纤长的两腿利索地缩进座椅下方。托架本是架枪用的，但现在没有枪。她决定背对威利，以便看清他们所经之处的景象，而他则注视前方，放眼未来。安德森面带笑意地站在一旁，为自己看穿一切而得意扬扬。他很清楚载一个女孩在空中翱翔代表了什么。安德森的痴笑惹恼了威利，他已经擦干了眼睛。

“嘿，再次上天感觉还不错吧？”安德森说，探过身，朝埃莉诺拉比了个手势。“是不是想给妞儿露一手？”

“总比一整天都在这儿闲坐着强。”威利挤出一个笑容，爬进驾驶舱。天色还很明朗。安德森从飞机旁向后退。

“你感觉还好吗？”他向身后喊。

“很棒！”她的声音传入他耳中。她选择和他同行时的言外之意是：我把整条性命都交付给你。无论坠落、着陆，还是飞升，我愿顺从你的意志。他把护目镜拉到脸上，右手放在带杆上，松开油门阀。尽管全身颤抖，可耳中的啸叫却奇迹般地寂静下来。

索普维斯离开地面时，他的腰际再次无可避免地一阵战栗。也许是因有埃莉诺拉相伴左右，他得以控制住情绪。恐惧没有彻底消失——仍在他的腹中和食管中膨大——但完全升空后，他稳定在一种持久而纯粹的紧绷状态里。重新回归天际，令他的每寸肌肤、每块肌肉、每根筋骨都如过电般激动不已。他渴望与埃莉诺拉再次肌肤相亲，至少问一问她：这些云能够使你想到什么？世界变了个样，不是吗？天穹将他左右环绕，所幸这里已无须他费神搜寻敌军的踪影。他想到一个名叫克奈费勒的德国飞行员，善用阳光打掩护，威利从他那里偷来这个妙计。战争的荒唐之处就在于，敌我双方实则在向对方传授作战技巧。如今，她坐在他身后，与他相随。不过他已不打算朝她喊话，反正她听不见。

大地在他们脚下收缩。他检查仪表盘，一切正常，唯有腹部的颤抖尚未平息，昔日的飞行记忆来势汹汹。他想起自己坐在开罗机场的修理间里等一个人，等惠特比回来。惠特比应召执行任务，飞一趟海法，原定三小时往返的路程，他去了五个小时仍不见踪影。威利与他只是点头之交。他们曾谈起一些鸡毛琐事。惠特比告诉他，比起热乎的烤豆子，他更喜欢晾凉了再吃。他告诉威利，这个习惯会惹老婆大发脾气。威利问他，为什么会和老婆一起吃烤豆？哦，我也不知道，她家农庄里每逢夏天就有这个习惯，甚至都不过水煮一下。她还以为大家都这么吃豆子，所以这听起来有点滑稽。这是威利和惠特比唯一的一次交谈，但后者一去不复返。五个小时拉长到十二小时。

专注，他重新直视前方。一场爆炸，爆炸正中张开无底的裂隙。熊熊烈火烧穿舱底，冲破驾驶舱，刮起一道冷空气，天空变了模样，变成天顶，变成陷阱。

这些并非时下的危难，它们都过去了。

他经历过。（浓烟灌入肺里。）不是现在。（麦基的脸上着了火。）不是现在。苦难的尽头，有埃莉诺拉。

威利的着陆远不如安德森那么平稳，发动机的震动标志着飞行结束。他从索普维斯里爬出来，转身给埃莉诺拉搭把手。她摘下护目镜，满脸通红，笑着甩甩头发。他赶紧问阿什顿要了一根烟。

“好家伙。想想咱们会拍出多好的照片，”阿什顿说，“圣城从天上看是什么样子？上帝视角，是不是？”

“太震撼了，”她说，“整个世界都变了样。”她有了切实的领悟。她把手上的布朗尼快照相机递给阿什顿。

“查尔斯，帮我们拍张照吧？”

她招呼威利站在她身边，用她清澈的双眼望着他。

“站近些。”阿什顿喊。威利的手环住她的腰，她姣好的身材激起他体内的一阵电流。她冲阿什顿微笑。她曾在暗室全神贯注地处理底片和化学试剂，让照片显像，那时，他就知道这才是她真正的模样：专注而细致。她有能力让身边的人都从她的世界中消失，仅仅与自己独处。如同掌控一束由她全权操纵的灯光。他想，每个清早，她做的第一件事，就是无畏地向天边眺望。

他们终于挥手道别，安德森邀请威利回酒吧坐坐，但被威利甩开了。他们朝车边走去时，威利说：“我来开吧？”

“好吧。我以为你今天驾驶的设备已经够多了。”

“如果你不介意的话，我就是想开开看。”

他的视力与听觉变得比以往敏锐得多。开车时，他觉得仿佛能就这样和埃莉诺拉一路开往拉姆拉、巴格达、巴勒贝克，甚至驶向君士坦丁堡。他们被光秃秃的植被包围，但仍可见几丛绿色的小草从锈黄色的大地上探出头来。她一边折腾头上系的头巾，一边把脸向他侧过来，迎风大喊：

“我好爱飞行。”

“当然，你天生就应当自由翱翔。”他在一座小丘的下坡路上微微提速。

“所以，你不紧张吗？”

“飞起来，就不紧张了。”

“慢点开吧？”他猛地刹住车，顾不上把车开到路边慢慢停下。从这里能够看见公路沿峡谷伸向无穷的远方。远近并无车马喧嚣，只有野雀在路沿欢跳。他们默不作声地坐了一会儿，他那搭在方向盘上的手在他眼里仿若一只鸟儿的尸骸。接着，威利捧起她的脸，吻了她的唇。霎时间，万物寂止。但当他凝望她的眼眸，却看见她的梦魇。她的指甲在裙上抓磨，几乎要撕扯起自己的体肤。他的一部分身体已经忘我地顺应情欲，但灵魂深处竟产生一丝抵抗。他不愿因她而迷失自我。她与他脸颊相贴，他感知到她鼻孔中喷出的轻盈吐息。

“你到这里来就是在犯傻。”她说。

“我说的对吗？”她叹了口气。

“听着。”他说，“无论你究竟有何顾虑，是害怕父亲，还是担心家里人的闲言碎语，又或者是为我担心，不论什么困难，我们都会有办法迎刃而解。我有这个自信——”

她把手放到他唇上，打断了他的豪言壮语。

“哈立德想要个孩子，但我很严肃地对他说，我不想生孩子。他无法接受。这就是我们现在的矛盾。”

她的语气很平静。威利理解她对生育的恐惧：她的生母在生下她时死去，没有什么阴影比这更甚。她怎么可能甘愿冒同样的风险？但哈立德不能接受她不生孩子——和他，威利，有什么关系？她连连摇头，背对着他，露出曲曲弯弯的脊柱，重新委身于哈立德·拉苏尔，这个仅在胡桃木相框中存在的男人。她想要爬回照片里去。他打开车门。“你在干吗？”她问。

“我自己走回去。”在她身边多待一秒，就要多承受一秒无法开口的怅然失落。他独自走上返回耶路撒冷的路。两分钟后，她从他身边驾车驶过，没有减速，甚至都没朝他瞧上一眼。看到她开车时僵硬地面朝前方，他知道她一定被激怒了。他的双脚很快就在跋涉中不听使唤，鞋太紧了。空气冰冷刺骨，膝盖疼痛欲裂。他似乎总在前行，欲与埃莉诺拉接近，但等待他的永远是下一场别离。

十二

伦敦，1927 年

我的新婚丈夫如新生儿一样赤裸，阳具绵软地缩成一个小团。他一只手搭在窗框上俯视伦敦，仿佛坐拥全城的巨人，桥梁、卵石，泰晤士河上从印度、中国和俄罗斯驶来的行船皆是他的囊中之物。他告诉我，广场上的男人正在为法国梧桐的树枝张灯挂彩，欢庆将至的圣诞。

我的躯体纤薄，昨晚沾了红酒和其他污渍的晚礼服还没换掉。我觉得全身上下像人造皮革那般光滑，这种感觉前所未有。我的身子像塑形的黏土一样被人肆意滚动，被亲咬的嘴唇好似食物，我的双手被紧紧攥住，直到包裹在外的皮肤变得惨白。我躺倒在辽阔的四柱大床上，身侧是客房的高窗，仿佛一艘船的舷窗可供向外观赏。我琢磨着下一步即将展开的伟大宏图。空空的肚子让我压力倍增，越发觉得事不宜迟：伦敦！开始吧！不过，要怎么开始呢？要开始做什么呢？皮埃尔大费周章地把家具拖过厚地毯，我的心沉了下去。

“‘驴子’放在这儿正合适，普鲁。你得离窗近点。你工作时需要光线。”

被他称作“驴子”的是一条窄木长椅，倾斜的椅背好让写生的学生们倚在上面。皮埃尔和他的朋友们从圣约翰伍德的写生课上把这把椅子偷了出来，那节课上有很多史雷德艺术学院的学生。我当时年纪太小，只有十八，因此未被史雷德录取，但皮埃尔偷偷把我带进课堂。他们口中的唐克斯教授两次请我上台当模特，我每次都拒绝。这样很好。皮埃尔说。保持冷漠能增加你的神秘感。

我合上眼。他在我进入梦乡时叫醒了我。他正不耐烦地敲着桌子，催促我起床开工。他铺好薄薄的蓝色酒店信纸，把一盒削好的铅笔放在地上。他想要为我创造完美的创作环境，用他的话说就是，制造绝对恰当的条件。他为我布置任务，这些小练习旨在打开我头脑中的空间，随后在图板上，为他，输出内容。婚前，这种训练起初以游戏的方式展开。用左手画画，在起床前随便写点东西，无须细想，看看能写出些什么。这就是艺术！亲爱的普鲁！艺术。但现在他布置房间时已不会再看我。他全心投入在自己手头的活上，把厚重的大窗帘拆回轻便的小条。每当这时，他的右眼角都会微微抽动。

我的名字是普鲁登斯·阿什顿。不，不是这个。

我的名字是普鲁登斯·米勒。

让他心情好转的唯一办法就是我在床上搔首弄姿。我换了个姿势，露出起伏的身体曲线，回头望着他。我本以为他会走过来抚摸我的背，但没想到我还没来得及反应，他就猛地跳到我身上，膝盖紧紧夹住我两边的胸脯。他身上的毛发很稀疏，嘴里叼着一支西班牙香烟。

我这才发现，他喝醉了。窗外的楼宇呈现出伦敦独有的灰暗，这梦幻的色彩正是韦斯特堡牡蛎壳里的颜色。昨晚，我们去听了一场雕塑家吉尔的讲座。讲座冗长，催人入睡，介绍了如何直接在石头上进行凿刻。不要精雕细琢，假如你的材料是块沉重的大理石，他说，你的思想和情感也会随之沉重。如果是块轻质的石头，你也会变得轻盈。我眼角的余光瞟见烟头的火光，像一块红炭，一只蛇眼。每当有空气吸入，烟头便灼亮一回。它逐渐向我逼近。

在皮埃尔的一手安排下，按他们的说法，我进入了上流的艺术圈。我的捉摸不定为他们带去了诸多乐趣。我了解国外殖民地的生活礼俗——从仆从、司机、厨师、园丁，到当地人和统治者——但在伦敦，我不理解他们的行事准则，人们把我有失检点的言行误视作离经叛道，我常带给他们惊喜。

我在皮埃尔膝盖的压迫下扭来扭去，指甲掐进他的皮肤里。我受够了这种游戏。他的言辞常常有失妥当，不仅打算自我毁灭，还永远把别人一起拉下水——蒙昧如我，都把这一点看得清清楚楚——但同时又不失雄壮和激越，能把庸俗的想法转变为高度集中的命令，坚持让所有人在他设想的轨道上行进。他是一个专横的暴君。

“从我身上下去。你醉了。”

他什么都没说，只是把抵住我胸廓的膝盖夹得更紧了。我又看见了最近出现在他脸上的那种表情，他盯着我，却又看不见我。他看见的是什么？一具物理实体，像是一只任人蹂躏的布娃娃，你拽断它的腿，就把它弃之一旁。

“走开，皮埃尔，快点。我要窒息了。”我猛踢他的膝盖。他不停摇头，松弛的嘴唇湿漉漉的。我没有在开玩笑。

“你昨天没画画。一幅新作品也没给我。”他长长地吸了一口烟，把脸凑到我的面前。

“我没有灵感。”我越是在他身下折腾，他的重量就越发倾覆在我身上。发光的烟头降到我们之间，烟灰落在我的唇上。

“哟——嚯。”传来一阵敲门声，是玛格丽特。她没等我们应声就自顾自地走了进来，这很符合她一贯的作风。皮埃尔像一只温驯的雄鹿从我身上跳下来，他转头前，我发现他脸上挂着讽刺的笑容。他在盛满干枯的圣诞菊的花瓶边上掐灭了烟。我把被单拉起来裹在身上。

玛格丽特穿着一双颜色靓丽的长丝袜，裙子上松松垮垮地系着一根腰带，垂坠的裙摆颇具古希腊的造型风格，身上披着一条宝蓝色吉卜赛披肩，她把门外的气味一并带进了屋。我到这儿来已经有些时日了。不知是几周还是几个世纪。有人替我们端来餐点。窗外天气变幻无常。她的到来没有为房间注入清新的空气，而只是另一种窒闷的浊气。玛格丽特看了我一眼，立刻移开了目光。

“请先别进来。”皮埃尔佯装惊恐地呐喊，抓紧时间顺着地板爬到房间那头的更衣室里。我衣不蔽体地在床上坐起来，试图想起我穿的这条裙子毁得或脏得有多厉害。皮埃尔行动迟缓，他纤长的躯干线条甚是好看，他也享受自己的肌肤沐浴在他人的注视之下。玛格丽特盯着皮埃尔，捏着烟的手不自觉地垂了下来。她的双唇微启，厚颜无耻地看着他，我心中升起一个问号：他们是不是睡过？答案不言自明：他们肯定睡过。

“玛格丽特女士，您究竟有何贵干？”皮埃尔扭头喊道。玛格丽特纹丝不动地站在壁炉前，仿佛只有半个人和我们共处一室，另一半则在外逍遥。有一夜，我和她一起喝杜松子酒时，她告诉我皮埃尔在战时遭遇过极其可怕的黑暗时期，那段经历对他的精神产生了相当负面的影响。在他的脑袋里烧穿了一个洞，这是她的原话。用一根点着的香烟。那一晚，她抓住我的手用拇指揉搓，告诫我切勿让他操纵我的生活。我不以为然，不管她怎么用力搓我的手，对我使奇怪的眼色。不顾她的忠告，我主动选择让他干涉我的人生。

“我来只是想告诉你们，赫伯特·瑞德[1]邀请我们所有人一起共进晚餐。他很想见一见这位迷人的小姑娘。[2]”

穿上裤子的皮埃尔正在系纽扣，他转过身，像要努力甩开让他心绪不振的一身浑浊酒气。

“真的吗？玛格丽特。真了不起啊，你是怎么抓住这个良机的？”现在，他对她热络起来，手指着壁炉的方向。尽管家境优渥，可皮埃尔俭省的天性驱使他在壁炉上自己搭了一套茶炊装置，女侍者和客房服务人员至今仍对此睁一只眼，闭一只眼。

“赫伯特·瑞德是无价之宝。”他说，轻轻拍手。“他在艺术界只手遮天。要来杯茶吗，亲爱的？我们的时间有点过糊涂了，我猜现在十一点多了吧？”他在房间里转了一圈，想确认时间，却忘了在我们乔迁至此的第一天，他就把所有钟表砸得稀烂。

“我可不觉得喝茶是个好主意，你觉得呢？”玛格丽特发出一阵狗吠一样刺耳的大笑，把手搭在颈上银质的护身符上。我看不清形状，只看到它在闪光。“他会带我们去萨伏伊。周五九点。”

她朝僵在床上的我看过来，床尾放着我的旧娃娃露露，她的眼神让我觉得自己更像他们的孩子。“父母”彼此交换了一个颇有深意的眼神，但我不知道意义何在。我也不知道为什么这只娃娃会出现在那里，我已经很久没见到过它了，一定是皮埃尔把它从我的大衣箱里取走了。我被皮埃尔初次引荐给朋友的那个夜晚，他拉着我穿过切尔西公寓人头攒动的房间，走到清静的角落，以便和我私下交流。

“我想给你看些东西。”他边说边打开本子。里面有一些绘画作品，或称之为涂鸦更为恰当，画得都差不多：拉长的头、眼珠、脸皮、拧

---

① 英国艺术史学家、诗人、文学批评家。

② 原文为法语，La petite fille。

巴的身体。画上是形形色色的布娃娃。有些娃娃的头被拉长，另一些脖子扭曲。它们都有一张相似的面孔，两只大眼睛分得很开。

“它们长得很像我。”

“这些是我五年前的画。”

“这说明什么？”

“这说明你来之前就已经存在于我的想象中。又或许意味着，我们的相遇是命中注定。”

接着便是意料之中的转变。他们在对待我的态度上发生了转变，不再视我为儿戏，也不再把我看作一只奇装异服的迷途羔羊。我的衣服难免让女人们揣测：她是不是故意把帽子戴成那样？他们和我说话时变得小心翼翼，好像我很难相处，有颗易碎的玻璃心。仿佛我刚从游轮上结束漫长的航海之旅，染上了无明显症状的不治之症。他们大抵将我视作皮埃尔的私人财产。他没和我商量就默认宣称了对我的主权，我搬进他的床。他的父亲，一个伯爵还是别的什么的男人负责为一切买单。他把除我以外的其他人全部赶走。一个不留。滚，滚，滚，我要把你们这群乞丐、小偷和艺术家统统赶走，给我们留个清静。此后没过多久，我们在醉意朦胧中步入了婚姻殿堂：贿赂了哈克尼的一名官员来为我们证婚。皮埃尔往他手里硬塞进一捆钞票，这个人一辈子都没见过这么多钱。玛格丽特一直在那儿，闪着光，步态如滑冰。她拿起娃娃端详一番，把它放回床边，又看了我一眼，她那眼神真像一条温顺的狗。低着头，你让她坐下，她就坐下，你让她跑她就跑。我倒是蛮想看她龇出牙花。

她前脚刚走，皮埃尔就指了指“驴子”。“赶紧来画画，快点起床。”他一拳打在床上，“起来，起来。”

我没有理他，转了个身。伦敦。皮埃尔。我父亲是个地地道道的英国人，由他主持重新规划的城市遍布天下，可他唯独没在伦敦生活过，这里没有人认识他。皮埃尔跨坐在我的背上，用手揪起我的头发，我不自觉地张开了嘴，发出一声自以为性感的喘息，可没等我反应过来，他已经把我的脸深深按进枕头里。眼睑里划过无数道亮光，我抬高脊梁想将他顶开，可他的手却纹丝不动。

他的声音甜腻得令人作呕。“我只是想知道从你漂亮的小脑袋瓜里会冒出些什么想法。画画，写字，都可以。”

他一放手，空气瞬间流回我的身体，我恼怒地把他从身上推开，跳下床，走到窗口，抹掉眼里的一滴泪，假装揉眼睛来掩饰哭泣。我在房里走动，他的言语像一条蛇在我背后纠缠不清。我明白，赫伯特·瑞德是个文人，同时也有艺术家的气质。镜中的我看起来饱受摧残，宛如一个心碎的新娘。我脱下晚礼服，利索地换上一条朴素的绿裙子。哪怕不看他，不听他说话，也丝毫无法减轻遍布全身的紧张。想要惩罚他的愿望扑了个空，因为他根本没在看我。我靠在“驴子”上，拿起铅笔。

~~亲爱的父亲~~

~~父亲~~

~~最最亲爱的父亲~~

~~父亲~~

皮埃尔走到我身后，我被他吓了一跳，把纸揉成一团丢在一旁。

“老天爷啊，我不是让你写这种东西。”他又递给我一张白纸，“给我讲个故事。”他对这些故事的需求甚至比酒精更强烈。他用刀挖出我脑中的一部分想法。假如我对他讲述一个梦，他会将这场梦境付诸笔上。假如我两眼放空、随性涂鸦，他会将写字板从我手中夺走。几小时，甚至几天后，他回来，向我展示自己最新的绘画成果，这些画却总以我的创作为蓝本。他抢走我的笔记本，变成他自己的囊中之物。我拒不看他，但还是顺从地画了。我画了一个鸟羽蛇形的生物，羽毛如攀卷的漩涡，我按他的吩咐，不去思考，任由图画自己从笔尖流散，线圈和利角、词句和划痕跃然纸上。我画画时，他消失了，城市消失了，大海、船只和天空都消失了，我进入到内在的寂止中，不安的感觉沉寂、隐匿，心绪复归平衡。

他不断掠夺，掠夺得一干二净，仿佛它们能填满他内心的缺口。

他最近唯一没有从我这里取材的原创作品，仍旧是一幅我的肖像，虽然这不是一幅彻底的现实主义绘画。我站在布卢姆斯伯里广场的一辆自行车旁，穿蓝色长裙，低头看地。画面的表达充满遮掩与怀疑，好像我将自己的道德品行一一陈列，等鸟儿分拣。我背后有一个人影，一身黑衣靠在花园的栏杆上，他的存在对我显然是一种恐吓与威胁。我将这个跟踪我的扭曲的怪人想象成皮埃尔，他将自己纳入了作品。

我走到壁炉跟前，两只手都放在炉台上。起初，那种成为瞩目的焦点，被他关注的感觉妙不可言。我觉得自己被沐浴与包裹，如同被人塞到床上，从肩头到脚趾都被暖烘烘地盖住，有人端详我、理解我、注视我。但现在，我厌倦了他的指手画脚。我抬头望着宽大的拱顶，回忆起小时候在耶路撒冷时，最大的梦想莫过于乘上一架飞机，飞越空空荡荡的楼宇，从空中俯瞰这个世界。我总觉得，能够俯瞰世界的人是自由的。

“我们现在这么安排。”皮埃尔整装待发，在客房里兜圈子，直挺挺的脖子活像一名军长。我常觉得他与其当艺术家，还不如去当兵。“我要去工作室，而你留下来工作。”

他口中的工作是一种威慑。这几天，他一直向我介绍他那家底楼新开的工作室，四扇落地窗正对小兔蹦跳的花园。“你会喜欢那儿的。”他嘴上这么说，却一次也没邀我参观过。

“我要去工作室了。”他重复一遍，好像这是对我的奖赏。

“你真的不需要我过去陪你一起工作？”

“你干你的，我干我的，这样更好。你知道的。有你在我没法做事，太容易让人分心了。我会在那儿……待上两天，吃的都已经拿过去了。”他指指办公桌，它已变成我们随手存放饮料的储物柜。上面有三只网兜，我看见里面装着橘子、蛋糕、酸面包和果酱。一大清早，我还在梦里，他就已经出门采购，没让商家包好送到家，而是亲自拎了回来。

接着，他把我带上了床。像是要关上一扇心门，这次做爱与以往大不相同。平时，我们的性爱是一场灾难，今天却格外温柔和细致。通常，我们会滚下床，撞到鼻子，喷嚏打在对方脸上，如果喝醉了，则很可能在做爱中途就昏睡过去。他意图与我四目相交，十指相扣。这举动令我反胃，所以等他发泄完，我立马翻了个身，半途而废的性爱引发的空虚侵蚀身心。他把我当作一个睡午觉的孩子，踮脚在房间里走动，他以为我睡着了。门咔嗒一声扣上。他的脚步一声、两声遁入走廊，再也听不见了。

我立刻坐起身来。一只鸽子振翅落到阳台上，凌乱的灰色羽毛在一潭雨水中拖曳。一条腿上，本应是脚蹼的地方，有一道可怕的伤疤。它垂头在水塘中饮水时，不得不一蹦一跳地勉强维持平衡。又一阵关门声，走廊尽头的门也上了锁。某种力量推动我走到窗边，打开了阳台的门。起码这扇门没有上锁，我俯视街道。皮埃尔谎称自己是个社会主义者，拒不接受家仆，但由于他无法摆脱错综的政治关系网——我们这个黄金时代常见的迷惘与矛盾——同意把一名叫巴恩斯的司机和他的那辆别克车留下。巴恩斯打开车门恭候一旁，皮埃尔大步流星地穿过马路，走到车子跟前。我一手搭在阳台栏杆上，观察他们。皮埃尔凑近巴恩斯，和他交谈几句后，转过身挥了挥手。只见玛格丽特拿着暖手筒快步走来，她一定已经等候多时。他们一起钻进汽车后座。

我回到屋里。通向走廊的门上了锁。当然，我可以大叫，砸门，等人解救我。我坐在地板上，背靠着阳台门的下窗格，手掌按进毛茸茸的红地毯，脚趾伸平，呼吸乱了节拍。我躺下来，头枕在地毯上。我就这么躺着。

皮埃尔告诉我，他是在查令十字街的书店里第一次看到我。我正涨红脸摘掉一双羊皮手套，举止怪异，可我的心思不在他身上。我已经观察卖书的店员良久，他留着整洁的大胡子，烟斗上吐出烟圈。我欲火焚身，想脱个精光，身上的棉布和丝绸像一种酷刑。我只想从帽子、手套、围巾和大衣中寻求解脱。书店里，我的两颊发烫。我知道现在必须马上从书店门口离开，可刚好碰上一个女人走进来。我莽撞地从她身边挤过，走入恼人的伦敦细雨中，不过，它浇灭了我皮肤上的焰气，这令我心存感激。

我穿过查令十字街，接着，皮埃尔说，他和他的朋友马库斯紧随我跑上来，我一不留神，差点被一辆飞驰的公交巴士撞倒。我钻到希腊街的赫丘利拱桥下，快步走到老康普顿街上，在那里，我往窄缝中伸出的手里塞了一便士，走下弥漫着尿骚味的陡峭台阶。一便士电影院。

那部电影是阿尔弗雷德·希区柯克的《房客：伦敦雾的故事》。银幕上，一个头戴黑帽、嘴上蒙着三角巾的男子来到伦敦的一扇门前。房东太太打开门，她身后的楼梯向上蜿蜒，仿佛通向天堂。我记得我身体发烫，皮肤如有火燎，眼睛盯着屏幕，手已经解开了连衣裙的上衣纽扣，又慌乱仓促地把剩下的扣子拧开。我弯下腰，解开鞋带搭扣。一瞬的平心静气宛如呷了一小口白兰地，但转眼欲望便膨胀起来。我卷下左脚长袜时，察觉到两个男人坐得离我很近：一个在我后面一排，另一个坐在与我同排的两个座位开外。我不以为意，又褪下右脚的长袜。没有什么能吓得倒我。我看他们长得还算俊俏，二十八岁上下，年轻气盛。就凭他们的尖鼻头和直挺的鼻梁，桀骜的眼神，矫饰的衣领，我将他们归入那一类人：想靠浮夸的做派和尖酸的俏皮话胜对方一筹。他们的注意力全在我身上，我不敢妄言他们的下巴掉到了地上，不过也八九不离十。他们像被我催了眠，不得动弹，时间流转全听命于我的使唤。我转头对离我稍近的男人说：

“麻烦在我脱光衣服被逮起来之前把我带走吧。”

希腊街充斥着醉汉和大嗓门，一群男人相互推搡，嚷嚷要再来几杯。几个在门洞中挤眉弄眼的妓女觊觎着走在我两侧的男人，说来奇怪，他们似乎在保护我，于是，虽然她们比我年长十岁甚至二十岁，我仍瞪眼想把她们吓跑。天已全黑，但雨也停了。我差遣两个男人帮我买袋栗子，他们照做了。这时我明白，他们会对我言听计从。不过，当我们走到沙夫茨伯里大街时，我突然如梦初醒，因为我的体力已经消耗殆尽，整个人疲惫不堪。我已经很久没吃上一顿像样的饭了。我一意孤行来到伦敦，并坚决不与姑妈同住，父亲为此与我断绝了父女关系，但好在还能从母亲家里拿到一笔微薄的进项——一年一百五十英镑——所以那些栗子嚼来有如久旱逢甘露。在路灯的辉映中，我看见店铺橱窗上割裂的自己，不平整的玻璃让它变了形。我抓住其中一个男人的胳膊，以免昏厥过去。他们介绍了自己。皮埃尔。马库斯。言辞文雅。耳净目明。露齿微笑。

“我不知道现在几点。”我说，“我叫普鲁登斯。”

“别担心，普鲁登斯。”金发男子说，“酒店里有钟，我们带你去。”

直到坐骨发疼，我才终于从客房地板上站起来。皮埃尔和玛格丽特一起走了，我知道的仅限于此。我不知道他离开了多久。我走到他放在桌上的打字机前，拿起一张纸。

~~生灵万物，谁又品尝过 xxxxx 婚姻桎梏的孤独~~

~~钥匙插入后门锁眼，最后一场冒险，连房间都无言~~

~~握住那趾头与脚踝 xxxxxxxxxxx~~

~~但别让 xxxxxxxx 醒来~~

我将这张写着拙劣的诗作的纸揉成一团，脱光衣服，放了一缸洗澡水。我坐在冰凉的池水中打着哆嗦，一身鸡皮疙瘩，心跳减弱，直到心里的什么东西驱使我逃离浴缸。

我从客房逃出去，顺着窗台爬到隔壁阳台，恳请屋里满脸错愕的女人让我借她的门出去。她像鱼一样张大了嘴，但还是给我放了行。从浴缸出来后，我全身湿透。走廊的厚地毯上留下一连串湿脚印。我没有搭电梯，从走廊尽头的楼梯爬下楼。一段副歌在我脑内循环不止：*上楼，下楼，去我女主人的房间。我该去向何方？我该去向何方？*[①] 一名酒店工作人员，一个门房，也可能只是个服务员或炊事员，诧异地朝我走来。

“你不可以到这里来，女士。”他说话有口音，眼神无处安放。

---

① 英国儿歌《鹅，鹅，呆鹅》中的歌词。

"你是哪里人？"我问他。

"意大利人。"

"啊。"

我一把推开他，走上大街。

"女士！"门房呐喊。

下雨了，拉塞尔广场上，矗立着一排排乔治式老房子，一辆出租车从滴水的宽敞门口飞驰而过，溅起水花。我站在路缘上。人们把我团团围住。女士。女士。巴恩斯已经回来了，正靠在车上抽烟。他把烟丢在人行道上，疾步奔向我。他把自己的外套脱掉罩在我身上，赶走了门房和聚集在拉塞尔酒店台阶上惊骇而又震怒的男男女女。我的裸体把他们吓得不轻。我能感觉到巴恩斯一只手放在我背上，把我推进别克车的后座。坐在皮椅上的我瑟缩在他的外套里，感激地打着哆嗦。

巴恩斯在驾驶座里从后视镜用惊讶而尽职的眼神看着我，等我发话。

"你能带我去兜兜风吗，巴恩斯？"

"米勒太太，您想去哪儿？"

"我也不知道。"

他恭顺地稍等片刻，问道："您想回房休息吗？"

"不，完全不想。"巴恩斯点点头。"说真的，巴恩斯，亲爱的，求求你随便开去哪儿都好。这不重要。"

"您是想进城，还是想让我沿河开？"

"沿河兜风听起来很不错。"我心怀谢意，却又很内疚——这种感觉前所未有——因为皮埃尔总害他为我们等候。

他开着车。很长一段时间里，我都默不作声。他的外套裹在身上有些扎人，我向前俯身。

“今天早上、昨天或者别的什么时候，你载过米勒先生没有？”

他警觉起来。“载过，女士。”

“去了哪儿？”

“皮姆利科的一个地方，女士。”

“皮姆利科？玛格丽特的……我是说，阿尔瓦太太家？”

巴恩斯的耳朵倏然涨得通红，想借咳嗽来掩饰一声痛苦的呻吟。

“非常抱歉。”我说，“我不会再问了。请原谅我。”

我沉默良久，我们弯弯绕绕地驶向河堤。河对岸的房子令人心神愉悦，雨水的泛光似乎为它们覆上一层银色的锡箔。泰晤士河畔的公路上，川流不息的马车、轿车和小巴让我们不得不减速慢行。水面上千帆驶过。一艘大货船如同冰山一般缓缓行进，后方的驳船险些要被装煤的货仓压沉。一辆汽船也加入了它们，穿梭在大船之间的是几艘玩具似的小渔船和帆船。我们驶过伦敦大桥。

别克车头正对码头的驳船区，那里不常见到头戴常礼帽的“城里人”。我们一直开到三浮标码头，前方已无路可走。巴恩斯停车，熄火。我打开车门，河面的空气流通进来，那是大海的气息，不染城市烟火。我把鸬鹚指给巴恩斯看，它们把翅膀吊在半空，像吸血鬼晾干斗篷。随后，我问他能否将我送回拉塞尔酒店，并替我对丈夫保密，他一一允诺。

然而，皮埃尔从酒店的流言蜚语中知道了一切。现在，我已经好几天被关在房间里，以前他拿走我的画作和随笔时也像这样把我锁在屋里。但这一次，他进门时都会端来新鲜水果，敲敲我的头，让我好好睡觉，别担心，别紧张，别有压力。玛格丽特来的时候带了一个医生，是叫里奇韦还是雷德韦？他的脸很窄，像只松鼠。有冲动的时候，不要马上行动。想象你正在做这件事，在脑海中细细地、慢慢地想，控制这个过程，冲动会自然消失。

我问他："你说什么冲动？"

"在公共场合暴露身体。你脱衣服的时候有什么感觉？"

"比我穿着它们更有安全感。"

医生走后，他们坐在我床边，谈论一场他们打算为我和皮埃尔的作品策划的小型展览。一名希腊的艺术买手有意向购入我的几幅摄影作品。

"哪几张照片？"

"那几张蒙了灰的，"皮埃尔说，"还记得吗？"

说得好像我是一个失忆的老太婆。他是指一系列倾斜摄影的特写镜头，我拍摄了一组蒙尘的玻璃片，为它们取名为《机上印象》，照片中的漩涡、直线和抽象图形的视觉呈现的确与航拍图像近似。我把玻璃盘放在床下积灰，在巴黎时，我也做过类似的实验。是罗斯·瑟拉薇[①]，他们说，好像我必须得为此激动一番。

他们又把另一个人带了进来：赫伯特·瑞德先生。

"我们不是本来应该在萨伏伊见的吗？"我问。

"无妨。"

"我气色很差。"

"别管这些了。"

他希望我对那张快照做出阐释。现成品和任意性。这是他们想要的。快照。那段淡忘已久的记忆，我的柯达依斯特曼相机（它后来去

① 实验艺术先驱人物马塞尔·杜尚1921年曾将自己装扮成女性，取名为"罗斯·瑟拉薇"，此名与法语"情欲，这就是生活"发音相同。

哪儿了？）和地上的鸟。埃莉诺拉手臂上的斑点，遥不可及的埃莉诺拉永远是我旅途中一道无解的谜题。虽没告诉他们，但我从床上感觉到窗帘边上有动静。那里一定躲了某个隐藏气息的生物。

“她到底在哪儿被你给发现了？”赫伯特·瑞德先生问。他摘下了帽子，把它摇摇晃晃地搁在桌子的边缘，我担心它随时会掉在地上。

“让普鲁登斯给你讲讲吧。”

我摇头。这是一位位高权重的艺术经理人，为艺术家创造财富，他正在我床前盯着我，这让我紧张。我听皮埃尔把苏豪区看电影《房客》那晚的事讲给他听。他们围坐在我身边，为我的健康与未来干杯。我躺在床上装睡，直到真的沉沉睡去。

十三

耶路撒冷，1920 年

伊赫桑找到普鲁时，她正站在大卫街和锁链街的交叉路口。假如她站得再久些，或许会化身为一尊意大利广场正中的石狮雕像。她以前坐火车时曾读到过这样的广场，她禁不住想象自己会施法术，而此地正如画卷般徐徐展开，这是她创造的作品，只为她而存在。但她终究明白，无论她在场与否，世上的各个地方都会一直存在。

每天，白日将尽时，圣城都像被收回盒中的玩具一样停止了运作。门窗似乎在她面前一扇扇关上。

“普鲁？”

伊赫桑被一件厚大衣包裹得严严实实，半张脸被围巾遮住。气温持续下降。几天没见，他有点不太对劲，像变了个人。

“你在干吗？”他问。

一见到他，普鲁的身体失去了平衡，摇晃起来。伊赫桑脱下外套披在她身上，她这才意识到自己已经冻僵了。大冷天里，她只穿了一条轻薄的单裙，连羊毛衫都没穿。起风了，寒气逼人。普鲁来这儿之后很怕刮风，她觉得风会将她卷走，把她吹垮。

“跟我来。走起来就暖和了。”

他们无言地快步走了起来。走出旧城，穿过大马士革门，沿那不勒斯街一路走啊走。她的鼻孔发疼。伊赫桑显然有明确的目的地。她应当不失礼貌地与他辞别，她知道，当他们走在路上时，伊赫桑正想办法把她半路甩掉。然而，唯有今天，她放下了尊严。

“不管你要去哪儿，伊赫桑，可以带我一起去吗？”

他掩饰不住蹙起的眉头。换作平日，她绝不会多做纠缠，可是今天，她不知为何害怕独处。

“当然，跟我来吧。”

斜坡上有一道蓝色大门。那不勒斯街由此沿橄榄山向上攀缘，通向斯科普斯山。伊赫桑在门上敲出一串暗号，一个右脸长着大块胎记的男人放他们入内。台阶很陡，两边是高大挺拔的雪松。这不像一座荒漠花园，反倒像德国童话中的场景。他们在楼梯顶上碰到一个男人，看到普鲁站在伊赫桑身边，他张大了嘴，用阿拉伯语说：“不要把英国小孩带到阿布·斯维伊的房子里来，你这个害人精。”普鲁对阿拉伯语只是略知皮毛，但还是抓住了话中要义。

“哈桑·法赫米在吗？”伊赫桑问道。接着，低着头的普鲁听见他用阿拉伯语说：“我找到办法了。她帮我们搞到了英国人那边的情报。”

名叫哈桑·法赫米的男人被人带到门口，普鲁微微后退，让他们讨论不想被她听到的话题。她默默从一数到十，忍住不擦鼻子，把快要决堤的眼泪憋了回去。一只知更鸟栖息在雪松的树梢，却避不看她，也不打算靠近她。

伊赫桑转过头，轻声招呼她：“普鲁，走这边。”

开阔的入口大厅里，内饰均由略带粉红的浅灰色耶路撒冷石岩雕刻而成。男人们三五成群，高谈阔论。伊赫桑在她耳边轻声说：“这就是穆塔迪文学俱乐部。”

他在漆黑的走廊中为她引路，走过一扇通往石砖地厨房的门，转身进入敞亮的客厅。墙边摆放着几张沙发，房间中央摆了一圈椅子，像是为会议或演讲而准备的。伊赫桑把她带到一张沙发旁，让她坐下。

“这是我的朋友萨利巴·玖兹。”伊赫桑介绍道。一个男人扑闪着大眼睛望着普鲁，仿佛她是某种啮齿动物。

“你在搞什么名堂？”他用阿拉伯语问。

“她和我一起来的，今天，她想过来看看。别担心，我们的事她不懂。”

“蠢货，快带她走。”

普鲁观察着伊赫桑的表情，他现在肯定后悔把她带来了。她趁他靠近时对他耳语：“伊赫桑，大家好像都不欢迎我，我是不是该走了？”

“来吧，来吧。别理那些没文化的笨蛋。”

侍者上前来取走了菜单，接着，爆发出一阵欢呼。刚才还集中在普鲁身上的目光转移到另一间房间的大门上，俯览全城的露台上刮来一阵凛冽而快活的微风。伊赫桑捏了捏她的手。

“普鲁，待在这儿别动，你不会有事的。我马上回来。”他站起来，加入露台上一小群男人当中。

一屋子都是男人。这些人大都与伊赫桑年龄相仿或比他年轻，唯有一个男孩只比普鲁大两三岁。他看到了她，但没提起兴趣，又朝身边的男人转过头去，这个不知是他父亲、哥哥还是叔叔的人将一双大手环在男孩肩上，他被拉到那群人中央，手和肩膀将他淹没了。

她仔细倾听男人们的说笑，试图听清男孩的名字，因为前辈们总拿他开玩笑。优瑟、优萨、亚撒、优素福、雅各布，好像是这个，但然后她又觉得这可能是那个长者的名字，年轻人其实叫伊萨夫或伊萨。年纪较大的男子抚摸他时毫不掩饰心底的光荣，一眼就能看出孰长孰幼、谁保护谁。男孩两次转头看她，但最终还是回头面对自己的庇护人。房间里的谈话声越发响亮，人们盯着她，同时又视她于无物。

伊赫桑回来的时候，她头一次见他这么激动。他的脸庞发烫，在她身边坐下，发出一阵怪声：唔弗。他做了个深呼吸，双手拍着膝盖，样子像是在说：我们终于来了。他把露台上男人的名字一一告诉她：玖兹，纳沙什比·法克利。很多人开始吟咏起来。

“伊赫桑，他们在说什么？”

“《贝尔福宣言》[①]是谎言，是骗局！叙利亚应当统一！”

普鲁睁大了眼睛。露台上主导谈话进程的是一个身材矮小的男人，背对着她。他的四周簇拥着一群神情严肃的同僚。

“他们现在又在说什么？”

“未来免不了流血冲突，背信弃义的英国。”

你不该带我来这儿。虽然她明白，是自己执意跟来的。

一个男子走进屋，引起几个人惊叫：“欢迎！万赞归主，他回来了。”新来的人很快就成为万众瞩目的焦点，人们拍着他的肩，托起他的手狂吻。他在房间里扫视一圈，看到普鲁时，霎时间瞪大了眼，他又看到伊赫桑，朝他点点头。露台上的吟诵重新响起。这时，男人朝着她的方向走了过来。他肯定是来找伊赫桑的，但她错了，他的目光一直锁定在她的身上。普鲁背上一紧。背信弃义的英国。当他走到普鲁面前，单膝跪下时，普鲁以为自己差点要失声尖叫了。

---

① 1917 年，英国外交大臣贝尔福致函英国犹太复国主义者联盟副主席罗斯柴尔德的信中表示赞同犹太人在巴勒斯坦建国，此举激起当地阿拉伯人的强烈不满。

“你好。你就是查尔斯·阿什顿的女儿吧？”他说英语的音调像在唱歌。

她点点头，他接着说：“可以替我将这个转交给你父亲吗？”

他递给她一张平整的卡片。一张光面打印的照片贴在卡纸上，画面上是一个院子，背景里有一扇门。地上躺着六个孩子，他们身边站着一个男人，手持扫把，对着镜头微笑。其中，离镜头最近的孩子——她看不出是男是女——光着身子，胸膛上晕开一摊黑色的印子，普鲁猜这应该是血迹。他的眼睛睁着，却了无生气，她这才意识到，照片上是一排孩子的尸体。站在他们身边的男人却面露笑意。

伊赫桑站起来，飞快地用阿拉伯语言辞激烈地说了些什么，但普鲁没有听懂。她的眼圈泛红。

“不。”那人抓住伊赫桑的手，反过来用英语回答。他又转向普鲁：“我希望你把它交给你父亲，转告他，我们认为他及罗纳德·斯托尔斯应为这几起屠杀承担全部责任。”

他那温柔甚至近乎慈祥的语气，和他话里的意思格格不入。伊赫桑伸手想夺走照片，但普鲁阻止了他。

“她自己都还只是个孩子。”伊赫桑忧伤地用阿拉伯语说道。

她仔细盯着画面，这才看清那是个男孩子。“他多大了？”普鲁问，她指着照片里胸口染血的孩子，在他的双眼和他们扭曲的表情上画着圈。她对面的男人换了个姿势，膝盖骨微微作响。他低头看着照片。

“我想他大概只有六岁。”

“他死了吗？”

“是的。”

普鲁看着他：“我会把它交给父亲的。”

“谢谢你。”

望着他的脸，普鲁这才把他和埃莉诺拉房间肖像上的男人对应起来。他就是哈立德·拉苏尔。他突然把头转向伊赫桑，没说阿拉伯语，改用土耳其语快速地说了些什么，普鲁对他们的谈话一头雾水。伊赫桑不停用手揉嘴唇，终于，哈立德·拉苏尔从他们身边离开，朝露台走去，又一阵沸腾的欢呼。

“我们得走了。我真傻，怎么会带你来这儿。”伊赫桑推着普鲁快步穿出房门，他们身边的男人刚好爆发出一阵哄笑。普鲁在房间中寻找那个年轻的男孩，但他们全都鱼贯而出，走到露台上，加入剩下那批开始诵经的男人当中。

天很冷，很多地方都歇业了。只有一家由士麦那来的基督徒经营的小咖啡馆还在营业。伊赫桑点完茶后，三番五次地向普鲁道歉。

“别担心，伊赫桑，我没有害怕。”她在说谎。她又补充道：“我不会告诉父亲的，你不要为此心烦。”

然而这也无法消除伊赫桑的焦虑。事实上，他在喝茶时越发心烦意乱。他阴郁地叹了口气：“你必须把那张照片扔掉，普鲁。最好能把它给我。我觉得你不该把它交给你父亲。”

照片就躺在她膝上。她不打算把它处理掉，但还是点点头，说：“我想把它留着，但不会给爸爸看。”

“不行，必须把它交给我。”

她摇了摇头：“我不会给他看的，也不会和他提起这次集会的事。”

桌上的花瓶中插着一束半死不活的迦密花。看到她正盯着它们，伊赫桑折下一支还在盛放的花朵，花茎上的一滴水落进了他的袖子。他一面看她，一面敲着淡紫色的十字形花朵。她以为他要把花递给她，可她想错了。咖啡店里只有他们二人，店主也不见踪影。这张桌子有点歪，她的一只膝盖刚好伸进桌子下面，另一只却被桌子顶着。

“伊赫桑，什么叫我搞到了情报，你找到了办法？”

他先看看桌子，再低头看地。对话中止片刻。

“普鲁，我能相信你吗？”他的神情严肃，轻声问道。

“当然。”

“我是不是让你从飞行员的房间里给我拿点东西？”

“对。”

“这都是为了大叙利亚的复国事业[①]做准备。我们之前讨论过这件事。”她低头看向膝上的那张照片：小小胸脯上的鞭痕与伤疤，皮肤上的烙印，肩上模糊的弹孔印记。那张像睡着了一样的诡异的脸，尸体旁的扫把上锐利的猪鬃。这个用扫把推尸体的男人是谁？他怎么还笑得出来？

“我父亲应该对此负责吗？”

“恐怕……是的。他在土地监察计划开始前就已事先派出了自己的警卫队。他们调查各片土地的所有权状况，对自耕农进行调查，莫沙瓦[②]，费拉辛[③]，假如他们不服从情报收集工作，就势必引发动乱。流血冲突。像你看到的这样。”

普鲁恨不得钻到咖啡桌下面去，厚桌布足以荫蔽她的身体。躲在下面，或许就能让时间暂停，至少重新排列时间的流向，让它不是向前进，而是走曲线，走螺旋，或在梯子边上徘徊？回到母性尚未消逝、父权尚未兴起的地方，在那里，时间不是推人前进的洪流，而是观测

① 一战结束后，黎巴嫩和叙利亚沿海地带由法国控制，此后，叙利亚国民大会多次争取独立，拒绝法国委任统治，均遭到压制；1920年，叙利亚在麦塞隆战役中战败，彻底落入法国之手。

② 莫沙瓦（Moshavot），犹太个体农户组成的村庄。

③ 费拉辛（Fellahin），阿拉伯农民，通常住在乡村中单间房子里。

世界的窗口。就像埃莉诺拉的相机镜头，剧场里的望远镜。

“伊赫桑，你知道是谁想暗杀我的父亲吗？”

“亲爱的，我当时就在现场！那个可怕的人……如果你想追查，我劝你从法斯特酒店的乐手名单入手。”

他坐起身。“你饿吗？要吃点什么吗？”她摇头。“你脸上的表情让我想起耶路撒冷闹饥荒时那些食不果腹的日子。当时，粮食价格飞涨，配给粮根本指望不上，没处搞到鞋子和香烟。唉，那些日子，真是受够了罪！”

她没有说话，她觉得这一小段演讲不太自然，像一场表演。他握住她的手。

“普鲁登斯，我觉得你……有点……缺乏安全感。”

她的眼皮直打战。他从口袋里掏出一本小巧的皮面笔记本，又递给她一支钢笔。

“用贾穆尔密码写下让你担心的事吧。”

他看着她写，但她用的不是贾穆尔密码，而是施芙拉。他的指导颇有成效，在反复训练的过程中，她已经能够流畅、快速地运用密码。她的字迹清晰，他倒过来也能读懂。她用密码写道：*父亲偷了我的信。他没有把信交给妈妈。我不知道该相信谁。*伊赫桑迅速阅读这些词句，他不像平时那样精神饱满。今天的他更为冷静，甚至有些许悲伤。他把手伸进口袋，掏出一支小烟斗，他喜欢烟斗甚于香烟。他看着她，露出她难以捉摸的表情。

“伊赫桑，这个给你。”她从包里翻出一本从威利房间的桌上找到的本子。

“这是什么？”

“是他的飞行日志。”

伊赫桑拿起本子，轻轻翻动。本子里是些威廉·哈林顿手写的列表和清单。

“真有意思。”

“可以读给我吗？”他把本子交还给她。普鲁抬头看向带有某种恐吓意味地悬在头顶却一动不动的风扇。“好的。‘A2。起飞。降落。紧急情况。中转。’”她停下来。伊赫桑的眼神恍惚，像在梦游。

“上面有没有写他飞去了哪些地方？”

“阿尔及尔—直布罗陀—拉巴特—直布罗陀—阿尔及尔—艾尔马斯—那不勒斯—巴里。”

“想想看。在这么多城市之间穿梭。”

她继续往下读：“爪马—萨洛尼卡—阿尔及尔—突尼斯—马耳他—阿尔及尔—艾尔马斯—那不勒斯。”

喀土穆、瓦迪哈法、阿玛扎、法伊德、阿丹姆、马耳他、罗马、伊斯梅利亚、巴伊德、法伊德、马拉卡尔、朱巴、内罗毕、阿斯马拉、本尼托堡、卢卡、苏丹港、赫利奥波利斯、摩加迪沙、哈尔格萨、摩苏尔。

“普鲁，谢谢你。”他从她手中拿走本子，向她俯身。“这一切都是为了伟大的民族复兴事业。你明白吗？”

“伊赫桑。”她说。

“你说？”有的时候，他坐直的样子很像一只猫。她没有把那些照片给他，她决定把它们留在身边。不过，她抽出从父亲书桌上拿来的一大张纸。她事先把它折了起来，带在身边。

“这是什么？一张白纸？”

“看。”纸张展平后，她用铅笔轻轻涂在纸的一角。父亲的规划图上凹凸不平的印子逐渐显现，在灰色涂层中呈现出魔法般的白线。

“现在，”他朝她笑起来，“这简直妙极了。”

这项工作的重点在于下笔一定要轻，力道太大，印记就会消失。不同的元素逐一显现：城市规划图、注释和城市肌理。一幅雅法门的设计图。文字浮现出来：雅法门钟楼拆除工程。

“拆掉百姓们爱戴的钟楼？”伊赫桑边说边摇头，他的语气变了。他从椅子里站起来，走到普鲁身后，看她继续涂色。这可不只是一张简单的地图。这是一种改造，一份政治宣言。它是有目的性的。把城市改头换面，让它异化。这是强加的烙印，是粗蛮的霸凌。这样的事决不能听之任之。谁给他们权利来对我们的事务横加干涉？雅法门的画上有一层坐标网格，普鲁能够看出世界就是这样被建成的：一石一瓦、一片街区、整张平面地图。她在涂阴影方面得心应手，甚至把纸张底部的脚注文字也解放了出来。亲耶路撒冷协会提议在法伊达拉·阿拉米市长任期内拆除钟楼，以纪念苏丹阿卜杜尔·哈密德执政25周年。设计采用与四百年前雅法门老城墙截然不同的“法式阿拉伯”建筑风格。

不行。伊赫桑在地板上重踩一脚：她惹恼他了吗？普鲁个子虽小，也看得出伊赫桑是个身型矮小的男人，发火时震怒地在座位上前后摇摆的样子令他又萎缩了不少，他变得像亚瑟·拉克姆笔下的精灵一样纤细。她看着他，无法分辨这只精灵究竟是温良还是坏心肠。

和伊赫桑分别后，她感觉自己仿佛将体内的一切全盘托出，清空了内心的秘密，背叛了身边的每一个人。她从穆塔迪集会开始就察觉到的潜在的不安感此刻已经完全占据了心房。在她脑海，他的话语在耳际萦绕、震颤。有谁值得信任？她那身为爱尔兰人的母亲总爱说这句话。出生在英国与爱尔兰文化交杂的莫纳亨，母亲说她生来迷茫。

我既不信任老家的爱尔兰人，又遭英国人痛恨。普鲁的思绪兜着圈子，父亲的脸在房间里朝她凑近：我可以画一张你的画吗，普鲁？然后，再次转身离开。

一次，普鲁曾和门房加罗谈起耶路撒冷。他有两瓣兔唇，翘起的上唇仿佛被细线拉紧的棉布。她喜欢它们。来这儿的第一周，她曾问过他的故乡在哪。在耶路撒冷，她向来分不清谁是异乡人，谁是本地人，哪一家世代居住于此，哪一人只是初来乍到。单凭着装、肤色、年龄、宗教服饰、帽饰都无法判断。这是一群成分复杂的住民。“我是亚美尼亚人。”他说，“我们被驱逐出自己的家园。希腊人、土耳其人也被迫从故土流亡。至于犹太人，他们不被任何地方接纳。这片土地在驱逐阿拉伯人，在金字塔顶端居高临下的是英国人。”说到这，他大笑起来，但她没有听懂这则笑话。

她不自觉地走上通往埃莉诺拉宅邸的小路，向露天市场的基督徒聚居区深入而去。惴惴不安的感觉愈渐强烈，她听见自己的心怦怦直跳，关注到自己眼睛的形状，骨骼在皮肤下咔嚓作响。或许是她有意要被埃莉诺拉吸引，因为她突然很想见到埃莉诺拉。飞行员没来之前，她们曾是挚友。千真万确，普鲁不相信她们的友情是她的凭空捏造。她们一起大嚼蜜馅点心，喝着茶，天南海北地畅所欲言。以海马形的纸镇为证。只是，在这里，气象变幻无常。她必须告诉埃莉诺拉，她见到了她的丈夫。他在耶路撒冷再次现身。但想必埃莉诺拉一定已经知道了吧？他肯定回家找过她了吧？他们很快便会欢庆重逢，过上甜蜜的生活。

在哈立德·拉苏尔的工作室门口，普鲁看见埃莉诺拉摘下了先前用于装饰大面积橱窗的大马士革门的画作，取而代之的是一幅照片，那天，普鲁作为“当日协拍”，参与了爱笑的穆斯林姐妹花拉米亚和特瑞雅的拍摄工作。照片下的标签上写道：耶路撒冷的一名英国儿童。普鲁看着照片中的自己。她的神情严肃，甚至称得上悲情。她的坐姿表现出她百般讨好，想赢得他人的喜爱，却总是徒劳。一瞬间，连她自己都唾弃自己的幼稚。那天，埃莉诺拉租下了橄榄山大街上的一座奥斯曼宫殿。底层雄伟富丽，上面几层则略显残破，漆层已经褪色，家具也不多。他们征用了最大的房间，其中有一扇大圆窗和几扇破损的百叶窗。他们起初循规蹈矩地拍摄了姐妹花的正装照。特瑞雅和拉米亚来时身穿靓丽的耶路撒冷式样的裙装，胯部松松垮垮，冗余的纽扣装饰有些看起来甚至没有对应的扣眼，搭配白色长袜和黑色鞋履。拉米亚长得漂亮些，个子也更高，瓜子脸。特瑞雅脸型偏方，天生一副闷闷不乐的样子，但实际上傻乎乎的，惹人发笑，拉米亚则羞涩得多。她们举着康乃馨，埃莉诺拉最后还是决定把花从她们手中拿走，又过了一阵子，两个人都开始咯咯嗤笑。埃莉诺拉打开了包，里面放着道具服、披肩、毛皮和念珠。

“跳起来！跳起来！”埃莉诺拉大叫。她的三脚架放在房间中央，照片拍了一张又一张。有些是摆拍：站在这儿，站在那儿，坐在这儿，把这个穿上。普鲁有时在一旁帮忙，有时自己也入镜。埃莉诺拉也加入她们，她坐在椅子上，把一只猫高举到面前，鼻尖埋进它的绒毛里。她把一张桌子拉到房间正中，让女孩儿们奔跑、跳跃、迅速移动。普鲁还记得埃莉诺拉的话：“你们的双腿此刻既是雕塑，又是建筑。”普鲁把它写了下来：双、腿、即、建、筑。从这些喧闹而欢乐的照片中，埃莉诺拉偏偏选了这张普鲁静坐的伤感之作。尽管照片中的她穿着衣服，十分矜持，然而看到自己被挂在工作室的窗户上，普鲁仍觉得赤裸，仿佛她脱下了裙子和鞋，全身脱得精光，连发带都解开了。她也不知道这感觉从何而来。

工作室的门开着，接待室里却空无一人，没有一个客人有意愿进屋来拍一张肖像照。

普鲁走进屋子，昏暗的房间里堆满了拍摄人像所需的物料和衣服。她移动得很慢，她又开始偷偷摸摸地潜行。她应该喊出声，好让人知道她在屋里，但她没有。相反，她继续蹑手蹑脚地穿过石板地。她打开后门，溜进大宅子，她对这里已经轻车熟路。萨米亚不在，但楼上传来一阵物件乒乓作响的声音。她爬上通往主楼层的弧形石梯，差四级台阶走到顶。她听到一阵精灵般的铃声，随后传来埃莉诺拉的声音：

“这是厨房的老铃铛，这又是什么？一只老鹰？”

“你不记得了吗？这枚徽章一直嵌在潘特罗霍滨宫厨房里的大炉台上。有一回，我用刀把它撬了下来。”是那个飞行员的声音。

“你这个小偷。”那铃又响了。“你一直留着这些东西？随身携带？”

“无论去哪儿，我都会带上。”

普鲁蹲下去坐在台阶上。他们看不到她，她也不知道自己是否该继续向上。她的胳膊下还夹着那张孩子尸体的照片。她把它在身边放下，又往上挪了一两级台阶。偷偷摸摸的小间谍。现在她看到了脚。她看见埃莉诺拉鞋上的狮形金扣带和哈林顿乌黑发亮的鞋，两双鞋鞋尖相对，挨得很近。

“埃莉，我已经说得很清楚了。我们现在就该回伦敦去，到了那儿再处理后续事宜。”

一阵沉默后，埃莉诺拉说：“威利，没那么简单。事情要复杂得多。”

“好吧，我不明白为什么。我们可以解释说，你犯了个大错。”

“谁说我做错了？”

“一切都能办妥，你不能留在这儿。”

“这没那么容易。”

“我没有说这很容易，只是……”

“这件事不容易，因为哈立德一家子的祷告终于奏效了，我怀了他的孩子。”

普鲁没来得及听到他的回话，就已经跑下楼梯。如果被埃莉诺拉抓到她正偷偷摸摸地监视她，恐怕会记恨一辈子。为了在他们毫不觉察的情况下逃出工作室，逃出这栋房子，普鲁强迫自己屏住呼吸，直到脑中嗡嗡作响。她成功跑出房门，用最快的速度跑回工作室的接待厅，但就在踏出门的一刹那，她才想起她把照片落在了光秃秃的冰冷台阶上。

十四

耶路撒冷，1920 年

普鲁在为晚宴梳妆时，两个人走了进来，鲍姆夫人和父亲。一开始，她还以为他们要告诉她开始打仗了。他们脸上挂着同样的神情，六岁起，她就一直记得这个表情，眉头深锁，严肃地坐在床上，摇着头。但伊赫桑明明说过，就算战争在耶路撒冷爆发，那也会是一场地下战，没有人知道敌人是谁，交战的是哪几方。

不过事实证明，她完全想错了。他们告诉她，她的母亲去世了。他们轮流坐在床边，把同样的话说了一遍又一遍。*你母亲被一片面包呛死了。*她偶然用错误的方式吞食了一片面包，面包未按所料从她的食道滑了下去。一片面包在她身上酿成一场灾难。

“在格瑞林威尔？”

“在格瑞林威尔。”

鲍姆夫人为赴宴穿了一身褐色长裙和一双异形鞋，色彩斑斓的帽子外面贴着黄色的羽毛。而噩耗偏偏不合时宜地传来，仿佛母亲欣然搞砸他们的宴会。普鲁的衣服穿到一半，海军蓝羊毛裙还没扣上扣子，头发散乱。他们一脸严肃地谈到面包、噎死的时候，她捧起相机在手中把玩。一瞬间，被父亲藏在桌子里的那些她写给母亲的信在脑中闪现。她没有继续听他们讲话，而是发现了窗外天空中不同寻常的东西。

"外面刮暴风雪了吗？"

他们二人都不再说话。父亲站起来，膝盖吱嘎响，他走到她屋里通往小阳台的那道长长的玻璃门边。

"是的，下雪了。"

*你听到我们的话了吗？*他们又开始念叨。*她死了。面包。噎死的。吞下去。*

所以，又开始下雪了。飘落的新雪融化得很快，这便解释了为何今天的光线有些反常。她很快又注意到另一件奇事：她的手不再颤抖了。普鲁走到窗前，发觉自己内心没有一丝波澜，只是觉得身体轻盈，仿佛没有重量，没有实感。但这算得上是一种感觉吗？

她的父亲站在她身边，抬起一只手，仿佛就要搭在她的肩上。但他没有这么做。*普鲁小乖乖*，他们说，*你肯定会受点惊吓*。他们还说了些别的话，不过她已经没法确切地听清楚了。许久以前，看护她的护士帮她在一个废旧的浴缸里洗澡。冷冰冰的洗澡水让她很想出来，但这时候，母亲进来了。*看看你的头发。你简直像一条美人鱼。*母亲跪下来，用手指沾了些冷水，梳进普鲁的长发。普鲁的胳膊上布满了又长又粗的抓痕，因为邻居家的狗总是朝她身上扑。她双手的指关节发痛，因为她只能靠咬指关节抑制双手的颤抖。母亲看着她的手，看到她右手手背上大片的伤痕，突然毫无来由地哭了起来。普鲁也跟着哭了，她想给母亲一些陪伴。

雅法城墙两侧的角楼上落了一层薄薄的积雪。雪花在魔法的指挥下从墙上和窗户里刮进来，飘进她的心上，栖落于此。

“离窗户远点吧，普鲁。太冷了。冷空气进来了。”说这话的不是父亲，而是鲍姆夫人。

普鲁转过身。或许这次，要和他在船上度过一段漫长的旅程？一座英国的宅子。甚至是一栋别墅。她的内心有些雀跃，但很快被羞愧盖过，眼前浮现出母亲的脸，她有意识地扑灭了这阵生动的幻觉。

“那我们是不是得回英格兰去了？”普鲁对死亡的认识只有一知半解，但她知道什么是葬礼，也模糊地记得安葬的仪式。父亲笔直地站起来，捋着胡须，修长的手指敲在脸上。

“我刚刚在总督官邸给伊莎贝尔的母亲打了一个长途电话。”他说，把自己那双无所适从的手握在一起，像在请求原谅。“葬礼将会尽快举行，我们回英格兰需要六周，他们肯定等不了。所以现在我们不着急走。我们可以再呆几个月，等到年底再走。”

鲍姆夫人望着地板。普鲁在想，在格瑞林威尔门口，那个女人递给她的那块绣着小公鸡的手绢到哪儿去了？鲍姆夫人脸上的情绪比房间里的其他人都要丰富，她走上前，戴满巨大钻石戒指的细长手指蠕动到她身边，想要抚摸，但普鲁一个闪躲，手指缩了回去。

“普鲁，亲爱的，你想不想吃点什么？喝点茶吗？”

她看着他们交换了一个意味深长的眼神，摇了摇头。这是一个千载难逢的好机会，他们从没像今天这样对她这么好。

“爸爸，我不喜欢住在这儿。”普鲁说得又急又快，“我是说，我不喜欢住在酒店里。咱们能不能搬到郊外的别墅去住？回英格兰也行。我真的觉得……我觉得……我很想要一个家。”

大家都沉默了。鲍姆夫人发出一声猫叫般的怪声，转过头去看普鲁的父亲。和平时一样，她挽着他的胳膊，但说话的语气比以往坚定得多。

“当然，她说的对，查尔斯。我同意她的建议。她需要一个家。”

普鲁非常感激，差点想对她微笑。父亲庄重地在她面前跪下。

“是的，亲爱的。”他说，“我们确实需要找一个你能住下的地方安家，我会尽最大的努力安排。这种漂泊的生活确实没有好处。”她发现他将前倾的身体保持在一个角度，以此保护丝绸衬衫不起褶子。他停顿许久，终于用他能发出的最低沉的声音说道：“我决定让晚宴照常举行，毕竟，我觉得我们待在这儿干发愁……也未必能带来什么实质性的进展。”他从口袋里翻出一张手帕，抹了抹眼睛。“生活还是要继续，这对我们都有好处。就像整顿部队，重振士气。”

“如果你不想来的话，亲爱的，”鲍姆夫人匆匆说道，“我可以陪着你？”

“哦，不用了。”普鲁说。尽管她们刚才相视一笑，但一想到要和她共处一室，她就浑身不舒服。“我觉得我也应该继续过日子，父亲，和你们一样。”

他笑着看着她：“你是个坚强的小兵。”

普鲁没有作答。他们一起走出房间，如同天鹅在湖面上转身。

“如果你需要什么，一定要告诉我们。”

“当然。”

他们离开后，普鲁站在自己的客房中间。她任由双手颤抖——凶猛而激烈——而当它们平息下来时，她的肌肉也镇静得多，她的手和膝盖落到床上，然后把肚子也贴了下去。她向前趴下，把身子展得和床一样平。在尘埃飞扬的黑暗房间正中，她闭上双眼。她希望看到母亲死亡的实证。谁能保证这不是个谎言或伎俩？她想看到一张死亡证明或类似的东西，比如盖章的文件，一张电报也可以。然而他们没有出示任何证据。母亲重病已有好一阵子，她对普鲁的态度称不上和善。

有几次——很多次，母亲掌了她的嘴，揪她的头发，几天不理睬她，把她一个人留在房间，几个小时后才回来。但同时，普鲁也记得母亲得病前，甚至生病以后那些流露爱意的瞬间。她讲的那些长长的故事：美人鱼啊，海洋生物啊，还有那些迷路的水手。故事通常关乎航海历险或海洋世界。普鲁闭起眼，摸到了手肘上的一处结痂，开始抠动它的边缘。她们喝茶时通常会简简单单地配上一个水煮蛋和一块蛋糕，这时，妈妈便会说："看看咱们，茶、鸡蛋和蛋糕一应俱全。"

"现在，"普鲁对自己说，"你可以哭了。"

但她并没有哭。结痂还没有完全长好，它湿湿地黏在伤口中间。她挠着它的外边，渐渐睡去了。

普鲁醒了，但丝毫不觉得饿。她打开背包，朝皮夹子里看了看，里面的钱正好够在锡安剧场看一场电影。

耶路撒冷的夜色冰冷而沉寂。锡安剧场还在上映《青鸟》，这部电影从她到这儿以来一直放映到现在，虽然电影已经放到一半，但票房里的人还是放她进来了。皮亚斯特[①]落在手掌上，他露出了笑容。

锡安剧场称不上是一间货真价实的电影院。它只是一个大工棚，父亲告诉她这里是从亚美尼亚东正教会手中租用的，寒冷的剧场里能呼出白雾。以前她看这部电影时还有乐队伴奏，但现在只能听见放映机的齿轮的厉声嘶鸣。

普鲁找了个前排的位置坐下，那里只有一个人。电影演到孩子们在寻找"幸福青鸟"的途中抵达了"未降生的婴儿王国"，孩子们如同幽灵般披着白纱漂浮的画面充满了整个银幕。我们在等待降生。命

① 皮亚斯特，一种货币名称，法属印度支那地区及奥斯曼帝国币制改革后曾流通该货币。

运由不得我们选择。电影和她的所思所想重合在一起，耶路撒冷的一家剧场里，一个小女孩看着另一个小女孩寻找“幸福青鸟”，小女孩们融为一体。她们有谁真的活着？埃莉诺拉的体内正孕育着新的生命。它会是什么模样？像屏幕上那些披纱的幽灵般的小生命一样吗？还是烛芯在被点燃的一瞬间，迸发出的第一缕光芒？它是否会像她在夏夜里穿过深深草丛，踩碎脚下的蜗牛壳，拼命追逐的那些萤火虫？

在她身后，剧场的门开了，刮进一阵刺骨的寒风。脚步声沿着木地板逐渐靠近，缓慢而富有韵律。她想尽量在不转头的情况下看清来者是谁。男人戴一顶帽子，但那不是哈西迪派[①]戴的那种她叫不上名字的大黑帽，也不是伦敦常见的圆顶礼帽，这顶帽子的檐更宽些。

然后，这个男人坐了下来。整个剧场的座位那么多，他却偏挑她正后方的位子入座，尽可能地往她身边靠。烟草味、肉味，还有一种熟悉的气味，马？它们身上浓重的汗味和草料味。普鲁并拢双脚，她的脚趾冰冷，他的呼吸声短促而深沉。屏幕上字幕写道：你会在家里找到小生命的迹象。我们静候出生的时辰。我们无法选择命运。我们是还未降生的婴孩。她身后的男人向前欠身，马的味道、窗外的气息和这个男人的形象融合得更加紧密。她低下头，故意认真地望着眼前的银幕。

她的脖颈上攀上了几根手指，粗糙不平，长着茧。她在木地板上搓着船鞋的皮尖，身体僵直。起初，只是指尖的按压，然后一整只手滑了上来。他没有很用力，但那双大手足足盖住了她的大半段脖子，最后整个握住了它。但那只是短短一瞬。她的头发捋在耳后，在她裸露的耳郭上能感受到他的呼吸。接着，那只手放开了她。普鲁转过身，

① 犹太教正统教派的一支。

看到一个宽脸盘的男人，长着凸出的大鼻子。

“送你的礼物。”他说，他身上散发出酒精的恶臭，她早已通过父亲的晚宴熟知这些气味：红酒、苹果酒、威士忌。气息刺鼻。他抓着一只蠕动的浅棕色老鼠的尾巴，在她面前晃动。它把身子蜷成一个小球，脚爪是接近透明的粉色。

“你喜欢吗？”

她下意识地点点头，伸出手来。男人轻轻将老鼠放在她的手上，它一接触到她的皮肤便安静下来，在空气中嗅着，似乎在思考下一步该采取什么行动。它静静坐着，仿佛正躲在树丛或深洞中，倾听外部世界的动静，来决定是否要跑出容身之处。

“它已经被驯服了。”男人说。他说话带口音。“看。”

他从口袋里拿出一颗带壳的花生，嘴里发出咔嗒咔嗒的声音。老鼠立即蹿了起来，转了个身，两条后腿直立，前腿举在半空。

“如果它是你的，还是只驯服的老鼠，那我不能把它带走。”普鲁低声说，比起世界上其他任何东西，她现在更想得到这只老鼠。

“只要弄出点咔嗒声，再给它一颗花生，它也会和你成为朋友。”

男人站了起来。从她坐着的角度看过去，他很像一棵高大的橡树，帽子像牛仔帽。他从兜里掏出一个装了坚果的锥形纸筒递给她，摘下帽子，走向门口。他脚上的靴子很大。他令她联想到中国的皇帝。

他走以后，战栗的小老鼠纹丝不动，仿佛在等待她来决定它的命运。她琢磨了一番自己的口袋。她裙子前的围裙上有两个口袋，它们的大小应该足够放下一只老鼠。她把老鼠装进左边口袋，虽然老鼠离自己太近还是有些困扰，但她仍舍不得放走它。这是“中国皇帝”赏赐的一只老鼠，是一份礼物。随后，伴随一丝模糊的罪恶感，她突然想起母亲以前害怕老鼠。

十五

耶路撒冷，1920 年

埃莉诺拉把他推到一旁，走进他的房间，迅速关上身后的门。

“说真的，威利，你脸色很糟。”她的裘皮大衣上落了一层正在融化的小雪花，她摘下手套丢到他床上。

“几点了？”

“凌晨四点。”她说着，把手包放在他的桌上。

怪不得晨光如此反常。他的房间里只有一张床和几面镜子，棱角分明。她站在他的房间，这赤裸的现实近乎亵渎。他能够清楚地看到她，这同时也消损了她的些许美色。他坐在床上，眨眼看她。

“我不知道和谁待在一起能给我些安全感。”她颓丧地坐到他床上。

“早上这个点起来的人一般都不知道。你进来的时候，前台没说什么吗？”

“我就这么进来了。夜里应该把门锁好，你懂的。”

接着，她蜷起身，好像说出这些话已经耗尽了她的气力。

“哈立德？”

“他现在在耶路撒冷。”

威利四下摸索找烟，找到后点上一根。她没脱裘皮大衣。半夜擅闯别人房间很像她的行事风格，这样的意外让他烦恼。与他相反，天生的激情从不允许她做事前经过理性的深思熟虑。比如这一次，她可没法等到早上九点再来找他。

“那你为什么还要到我这儿来？”

她站在床尾看着他，这时，他才意识到自己的一切都暴露在她面前。累累的疤痕仿佛等高线、涡流和山脊，汇集成山区般的隆起和低洼，整具身躯都不堪入目。他把被子拉到下巴上。

“他虽然在耶路撒冷，”她说，“但却不在家，我是说……他来了，又走了。”

“他这回是要去哪儿？”

“他对那个男人着了魔，我是说洛夫蒂·麦克劳林。哈立德在拍摄他的一举一动，谴责他的兽行。这些都合乎情理，我也相信这是真的。问题仅仅在于，哈立德总是一次次地弃我而去。”

“洛夫蒂。”威利说。

她反常而绝望地看了他一眼，然后凑近他，坐到床上。他抽着烟。被单下面的伤口灼痛难耐，他的心猛地抽动了一下，伴随一阵紧张和恶心。她拉下被单一角，轻抚覆在他锁骨上的一层死皮。他很难克制不闪躲，一个他思考很久的明朗事实嵌进大脑的间隙，似乎早就等待这一宣判：他失去了性爱的能力，再也无法享受他人的爱抚。他从她身旁扭开了身。

她垂下手，打开手包。“我能为你的手拍张照吗？”她取出一台小型相机。

“好吧，但我不知道这有什么意义。”她的表情专注，不像在开玩笑。他看见她摸索相机搭扣的双手直打战，想到自己毫无防备的样子被人抓个正着，心里又一阵恼火。说实话，他宁愿自己在睡觉，或是在和她做爱。他不希望身体的任何部分，尤其是皮肤，被别人当作摄影对象。

“拜托你了？”她耷拉着眼皮，眼窝深陷。还是个孩子的时候，这双眼睛让她显得严厉，似乎总在蹙眉，而如今则蒙上一层伤感。她的脸不自在地涨得通红，虽然她也不确定这样的请求是否合适，但说话的语气仍像是在给他某种施舍。他明白，这是她尽力坦诚待他的一种方式。

“悉听尊便。”对他来说，这是一双丑陋不堪的手。

“把手放到那儿。桌上的台灯下面。”

他按要求摆好双手，望着她的脸。他们四目相对，她想对他微笑，却做出了近乎龇牙咧嘴的表情。

“不要压着它们。”她说，“保持双手自然的姿势。”

自然的姿势难以维系。酒店尽头的嘈杂声传入耳中。厨房工们起床了。她拍了十张、十一张、十二张照片，这时，他发话了：“你跟丈夫学摄影的时候，你能想到自己竟会在一天半夜去拍别的男人的手吗？”

她停下手中的活，垂下了头。他看见她湿了眼眶，他把手从她身边抽走。

“我想，这件事大概会让事情有转机吧？”

接着，她没头没脑地说了一句：“我挺喜欢你爸爸的。”往年纪事如同久久不散的气味向他们袭来，他恨不得抓起烟灰缸往她身上砸。他不想谈论自己的父亲。她坐在那儿，坐在他床边，身上笼罩着一圈辉煌夺目的光晕，噼啪作响，闪烁不定。

“你还记得吗，我一直想方设法从潘特罗霍滨宫逃出去？”

“埃莉。”他说。言外之意是：别再说了。

“你还特意追到这儿来，真傻。”她轻声说。他挪到她身边，他们肩并肩地坐在床上，一本正经，坐得笔挺，仿佛两个被遗弃在集体宿舍的孤儿。

“还记得吗？”她的声音嘶哑，“我可以左右手同时从两个方向写字，学校的修女都因此觉得我是魔鬼的孩子？”

“哦对，我现在想起来了。”

“嗯，也许我归根到底就是个魔鬼。修女们说得对？”

“我不同意。”他浑身上下的紧张感全都聚拢到太阳穴上的一点，很快——他很清楚——便会深入他的两耳，开始一场折磨。

她抽回了手。“哈立德的心思不在我身上。他想要闹革命，但这并不妨碍我爱他。”

霞光渐亮。她是否仅仅是一张他只可远远乞求，却不可触碰的幻灯机影像？他只想向她确证一件事。他能否开口询问她是否幸福？她幸福吗？

你和拉苏尔在一起能幸福吗？

不，他问不出口——哪有男士会冒昧对女士提出这种问题？尽管这里不该是她的归属。她应当回到渺无边际的潘特罗霍滨，回到那儿的角角落落，破败的内室，高耸的拱顶天花板，漏雨、落漆、摇摇欲坠的木梁，穿着小裙子在房间之间不断奔跑。

“他算哪种男人，可以不把家庭和妻子作为第一要义？”

“他说自己和我保持距离是为了保护我的安全，和他在一起会很危险。他不会在此久留，很快又要远走。我总有一天会理解的，他说。

然后就是一句抱歉。”

他们陷入了沉默。威利身上的一部分突突直跳，但他不知道那是他的心、他的头，还是腰。

“别担心。”威利说，“我们总能找到在一起的办法。”

“我不能再见你了，明白吗？”

他们同时发话。她看着他，摇了摇头。房间里裂了一道口，白日也裂了一道口，这一切宛如一幅油画，有人用刀在画布上割开一刀。

“埃莉诺拉，告诉我。为什么你今晚要上这儿来，到我的房间来？难道只是为了告诉我你爱的是他，而不是我吗？”

“我不想要这个孩子。”她说着，把手放在肚子上，“但我不想让他知道。”

“他知道你妈妈是怎么死的吗，埃莉？”她立刻转过头，看着他，按住从额上垂下的一缕头发。“我是说。”耳鸣开始了，耳道中似有飞蛾扇翅，响铃震颤。“你可以和他解释一下？”

他在干吗？教她怎么向拉苏尔解释？他的口中泛起一丝苦涩。她摇摇头。

“我一点也不明白。”他说，“你告诉我，到底是怎么一回事。”

于是，她对他和盘托出。

故事如下：这是埃莉诺拉·罗伯茨与名人哈立德·拉苏尔之间的风流轶事。一场非比寻常的爱情。拍摄空间。存在于天地之间的空间。这是他们最初在苏黎世的暗室里共事时，哈立德教给她的第一课。她看看脚下的大地，再抬头仰望长空。万物如何与天穹融为一体？它们与天空之间形成怎样的关系？探索光线如何塑造建筑。

哈立德教她运用光线、遮罩，切割画面。将快门保持在原位，踏入画面，再从中走出来，如何走动、观察，学会在不断行走和观察中找到切入点，再重新审视它。哈立德·拉苏尔是一个神秘莫测的人，这个全力以赴、自学成才的摄影师来自《圣经》上记载的地方。不可能有人来自耶路撒冷。谁会说自己是个耶路撒冷人？她当然看过圣城的照片。在那里，通路、拱廊、走道和楼梯井织成漫无边际的巨网。再后来，她终于明白为何他总痴迷于给所有东西镶上边框。

“那是一个虚构的地方，你也是个虚构的形象。”她说。

“那是一个真实的地方，那里是我的故乡。”他说。

除了教她如何运用光线，他还会教她跳华尔兹。他们在一家名叫“九命猫”的俱乐部跳舞，仿佛他不是耶路撒冷人，她也并非威尔士人。确切来说，是潘特罗霍滨人。他说那里像梦一般，仿佛一方秘境，像沙漠一样遥不可及。那里有落雨、云翳、柴火与燧石。蕨类植物。黏土和石灰石。“多么神奇。”他说。

“可我不是地道的威尔士人。”她说，“我们一家是英格兰人，但却住在威尔士。所以威尔士人讨厌我们，英格兰人也讨厌我们。我们是非此非彼的存在，只不过坐拥那里的大片地产。”

“让我们跳支华尔兹，把地产的事忘了吧。”

“来吧。”

哈立德师从摄影大师凯勒，后者受聘于路易丝-伊丽莎白·德梅隆[①]，为埃莉诺拉的父亲拍摄阿姆索尔丁根堡的照片。父亲做梦都想将潘特罗霍滨宫按照这座城堡的外形、地窖和花园的样式改建。听说了这个项目后，她便央求跟过去学习一些摄影知识。她的父亲简直烦透了她。他刚一踏出房间，她就从外面进来。听说她不打算出席成人

① 瑞士一名显赫贵族。

礼舞会，他更是瞠目结舌。她料到父亲会拒绝她的请求。

“现在的局势不适合出游。”

“瑞士是中立国。”

最终，父亲还是同意了，但只是因为他的哥哥碰巧在那里旅行，而且他也已经被她的麻烦事折腾得筋疲力尽，是啊，让她去瑞士对大家都好。

旅途并不愉快。无论对于埃莉诺拉，还是那个怨声载道的叔叔，他可不欢迎这个旅伴。他把她丢在苏黎世，她留下来当了摄影师助理的助理。凯勒受不了继续拍那些瑞士城堡，他宁愿拍军旅照片。迫在眉睫的战争让他厌烦了为行将塌陷的古堡取景，德梅隆夫人也让他觉得反感。

讲述这段故事的时候，埃莉诺拉坐在威利的床边，对他们之间的空气说话。他用被单把自己裹得更紧了，想遮住难看、瑕疵的身体。对面的墙上挂着一系列镶了框的巴勒斯坦当地草药的插图。*旋覆花*、*茴香*、*海葱*。他盯着画，想借此压制住耳中的轰鸣。

“而你已经远走高飞了，威利。开飞机去了。你飞去了希腊，或者别的地方。”

“我上了战场，埃莉。”

“嗯，是的。”

她说话时，他只觉得一阵无可救药的空虚，一场彻头彻尾的失败。

她继续说下去：

埃莉诺拉·罗伯茨和哈立德·拉苏尔在卡巴莱跳着华尔兹，许多个夜晚，他们和一名默剧表演家同饮，他身边常有一名宣称自己和鹦鹉做爱的奇女子相伴。这段时期，总有军官搂着漂亮女郎排队入场。他们跳舞，唱歌，大杯喝酒。埃莉诺拉看见一名军官的袖扣掉在地上，便把它捡起来放进口袋。当他们的第三个朋友—— 一个名叫施特尔的画家和他的模特——双双在自家工作室旁一场原因不详的事故中遇难时，埃莉诺拉问：“我们可以去耶路撒冷，搬到你提到过的那栋房子里住吗？那座世代相传的老宅？”

哈立德说：“也许吧，快了。”

他试着说服她去鹦鹉女士那里跳舞，她和他们住在同一栋楼，总在午夜召唤他下楼。“下来吧。”她的话如同磁铁般将哈立德吸引过去，“我们来喝酒。”土耳其人统治耶路撒冷的时候，他滴酒不沾，他这辈子都没喝过酒，所以现在要把过去的损失都补偿回来。

“何不来和我们一起跳舞？”他问埃莉诺拉。

“我不喜欢那些军人。我觉得不安全。”

瑞士是中立国。他们说了一遍又一遍。和威尔士一样，是中立国。

“什么能带给你安全感，埃莉诺拉？”

“比如，你能爱我一辈子，比如吃得很多但仍能保持身材，比如待在被书籍环绕的图书馆里，书页皱了，天花板上贴满地图，地图上的蓝线彼此相连，国家不被孤立，没有边界，在这个世界中联为一体。那些身穿军装、不认同军令却难以违抗的人，不会屠杀年幼的孩子。”

哈立德用异样的眼神看着她，然后大笑起来。

“我不希望孩子出生在一个会遭军队屠杀的世界上。”

哈立德继续凝视她，一脸费解的表情，像是听不懂她在说哪国语言。尽管他三番五次地告诉她，自己在耶路撒冷的一流院校接受过世俗教育，所以他的英语说得比英国人都流利。

“另外，我不信任鹦鹉女士。她穿的鞋很奇怪，那是靴子，男靴。”

哈立德照旧在午夜离开，消失在门框中，蹑手蹑脚地慢慢溜出去，然后沿着木楼梯一路小跑下楼。但是，有一夜，他一回家就一头栽倒在床上。他的脸肿了，她趴到他身上检查他脸上的伤。她的手指碰到他的皮肤时，他呻吟起来。这时，他说："我们该走了。我收到婶婶侄子的一封信，她过世了。虽然家里人抱怨连连，但她的房产将由我来继承。房子里现在住满了家里的亲戚和叔侄，不过，他会把他们都赶走。然后，它便会如愿成为我们二人的天地，我们自己的工作室。娶了你，我也可以免服兵役。"

"哦，走吧，走吧。"现在，跳舞的军官真的把她吓坏了。掉了袖扣的那个人处心积虑地想要吸引她的目光。

"好。我们去耶路撒冷，但是要先结婚。"埃莉诺拉的心飞出了胸膛，飞向天边，再也没回来。

这便是她的叙述。威利点了一支烟。他盯着她的面庞，它悬停在他的面前，在他酒店的房间。她的肌肤苍白、毫无血色。在他看来，她总像一名服丧的女儿。

有一天晚上，埃莉诺拉接着说，他们去了一个从前线逃回来的艺术家的房间。几个男人，法国人居多，有一位王储或类似身份的法国显贵，还有波兰人、立陶宛人、匈牙利人，而在所有人中间，躺在沙发上的是一名来自斯科普里[①]的年轻女孩。男人们轮流用一根手指叩击她的脚踝。首先是一个上了年纪的法国人，他蹲伏下身时，膝盖发抖，接着是一个年纪较轻的秃顶奥地利人，留着尖尖的胡子。埃莉诺拉坐着围观，女孩的表情没有一丝变化。她只比埃莉诺拉年长一点，兴许有二十岁，比在场人士的社会阶级都要高出一等。她纹丝不动，像在等人解读她的表情。

埃莉诺拉靠近哈立德，说："这一定会是幅好照片。"

"我也这么想。"

---

① 马其顿共和国的首都。

“听说你要回耶路撒冷。”斯科普里来的女士说，她纤薄的声音从躺椅的正中升起。

“是的。”

“他们也许诺给我几间房间，在圣弗朗西斯街上。战争近在眼前。”

“那么我们可以做邻居了。”哈立德说。

*

埃莉诺拉的故事讲完了，她的手放在肚子上。“于是我们就来到了这里。”这就结束了？她有没有从瑞士启程去其他地方？他先看她，再低头看她的手。他们都默不作声。接着，她发出一声恼火的低吼。

“我需要你的帮助。”她说，发红的双眼直逼向他。“这件事我只能和你商量。所有一般的手段我都试过了：跳下床、蒸洋葱。”

她与耶路撒冷的摄影师坠入爱河的故事正让他头晕目眩、奄奄一息，威利没听清她在说些什么。

“把孩子生下来，我必死无疑。”她换了种更简单的说法。

“你怎么知道呢？只是因为你的母亲……”

“我就是知道。”

威利脑中的啸叫变了节奏，更像是骇人的砰砰声。

“我敢肯定有药水能管用，可是要我到哪里去找？难不成要找伊斯兰大夫？你能想象吗？”

他终于听懂了她的意思。

“亲爱的威利，”她抓起他的手，“如果你爱我，一定要帮帮我。”

她终于说出了这个字，可是却有条件的约束。这只是一种解决方案。如果你是这样的，你是吗？

“什么？我完全不知道该怎么做。”

她脱下裘皮外套，里层的蓝裙前襟有一排扣子。她站在床边，低头看他。神经末梢强烈的刺激，似乎使他被单下饱受折磨的坏死皮肤重获知觉。她的手指颤抖地解开肚脐上的扣子，解了五六颗之后，露出了美丽洁白的小腹。

“你必须使出全力，狠狠地朝我这儿打过来。很抱歉，我知道这个要求很过分，但为了我，你可以这么做。”

他的心沉了下去，和驾驶舱着火时的感觉如出一辙，火势蔓延到他身上。

“你是认真的吗？”

“这是我能想到的唯一出路。”

他们生命中共度的时光如同细线上的串珠彼此纠缠。这完全是另一码事。

“我不确定我真的听懂了。”

她没有回答。

“埃莉诺拉，我坚决拒绝，我只是……”

她没有动，一只手悬在裙摆前，像是在将自己能够与他的疤痕媲美的创伤揭露给他看。但他目之所及，只有一生都魂牵梦绕的纯白肌肤。如果没有那颤动的下唇，她简直是一尊雕像。

“你是我唯一的希望，除此之外别无出路。”

“不可能。我就是做不到，我做不到。”

“我明白。我明白，亲爱的，但这是我的请求，我这辈子对你提出的唯一请求。我在恳求你。”那么多年，她的面孔始终高悬在无花果树的树顶，还有她向后倒去，翱翔天际时发出的那一声轻柔喘息。

“我需要考虑考虑。”他说，仰面倒进床里。他多希望这是一次永无止境的坠落。

十六

肖勒姆，1937 年

比利站在我面前说话，但我听不见他在说什么。我只能想到斯奇普蹲着看海星的画面。

我逼他离开了父亲，这就是我的所作所为。我把衣服打包进棕色的小手提箱，告诉他玩具之后会用卡车运过来。我说了谎。我把他像包裹一样捆起来，从疼爱他的琼斯奶妈身边偷走了，她至今还爱他。我把他从疼爱他的皮埃尔身边偷走了，他至今也仍爱他。难道我觉得自己有如此充沛的爱，足以弥补这些人的空缺吗？

比利用他的大胖手推着我逃离大雨，走进阿尔弗雷德·斯内林的肉店前厅。这个屠夫自己从后门进来，围裙上沾满了鲜红的血手印和紫色的污渍。

“你可真惹眼。”他说。一开始，我以为这话是对我说的，直到我发现他正看着比利鼻青脸肿的面孔。我转身重新打量他的伤口，是我的错。他右眼的伤势最重，整个肿成了乌青块，他努力撑开眼皮时，眼球里一片血红。

“谁干的？”

比利把整件事的来龙去脉告诉斯内林先生，而我的脑海中浮现出一只狡猾的黑眼珠海鸥，它正在袭击斯奇普，尖喙啄着他的开襟毛衣，脚爪将他拎向空中，飞走了。它与送子仙鹤扮演对立的角色，是个专抓小孩的小偷。

“听着，普鲁，他想要什么？”两个男人看着我。

我咳了一声，答道：“他先问了我几个问题，之后又追着问我要一个老朋友的文件，里面有一张照片。”

“朋友？”我现在想起来，比利提到过一个政府部门。什么部门？信息部还是情报部？斯内林先生没有请我们就座，而是走向他的摇椅，一屁股坐了进去，我们只好屈身而立，仿佛天花板变矮了似的。沿壁炉挂着一排相框，照片里都是眼皮耷拉的狗，最后一张除外，我猜那是斯内林夫妇的新婚照片。他的脸庞清瘦稚气，而她则忧心忡忡，仿佛行将来临的夫妻初夜让她倍感焦虑。

“问题在于，”斯内林先生说，“他还会回来吗？”他们彼此使了个眼色，我将这个男人间的暗号解读为：我们会抓到他，以牙还牙，类似的意思。我现在意识到，比起用木棒在狂风戚戚的海滩上搭房子，在一个卖命为生的人怀里寻求安逸要愚蠢的多。

“普鲁？”比利说。

我像被掐了一下，惊跳起来。

“老天爷啊，斯奇普。我今天不应该留他在家。我现在最好回‘塞西莉亚’去。”我挤到门口，正好碰上斯内林太太端着一盘司康饼往屋里走。抱歉。抱歉。我走到屋外，眯眼望着肖勒姆的天空。跑到自行车边时，比利在斯内林的店门口呼唤我，但我充耳不闻。我向他挥一挥手，飞也似的离开了。

我铆足干劲骑车过桥。桥下潺潺流水仿佛银光闪耀的小径，远处，埃杜河沿岸的排屋消失不见，变成了棚屋和临时搭建的马厩。空气中弥漫着浓烈的盐的气息，我试着回忆斯奇普和我讲过的冒险见闻，我总是放任他自由探索，四处闯荡。退潮了，我握在车把上的手指冻得失去了知觉。

发丝吹进我的眼睛，雨总算停了。我朝“塞西莉亚”骑过去，它像一座姜饼屋，被沙滩上的老鼠啃得不成样子。斯奇普不在游廊上，不过，他也不可能在那儿。莫非他会像童话书里的小男孩一样乖乖坐着等我回家？一个桶里装满了奄奄一息的海星。我把自行车扔在地上，蹬车让我气喘吁吁。我把手放在胸口上，惊讶于自己竟选择把斯奇普带到这儿来。细枝末节的选择逐日累积，堆成生火的薪柴，它们看似是生命中的无用之举，漫无目的。这些枯枝日积月累，毫无裨益，只会引燃大火，再化为滚滚浓烟。

“塞西莉亚”，斯奇普吊床上的毯子滑落在地。烧柴炉前，他用来反复排列不同星座的白垩球原封未动。我举起迪尔太太早已喝干的茶杯，又将它放下。斯奇普经常独自外出，没什么好担心的。诚然，今天只是平凡的一天，与我平时赶他出门玩耍、游荡，在我完工前随意消磨时光的日子并无不同。然而，一种感觉挥之不去，如果你相信，可以称它为母亲的直觉。我打开门，再次站在游廊上。海面上的泛光过于耀眼，似乎迫不及待要刺伤你的双眼，激起一阵阵头痛。远处的海岸线上，有几个孩子站在沙滩上，在白垩巨石堆旁凑成一圈，我向他们直奔过去。脚下作响的卵石滩引起了他们的警觉，我还离得很远，他们便已如戒备的小狗一般竖起身来提防。他们正在把小木棍捅进一个新发现的东西里，但我一眼就能看出，斯奇普没有和他们在一起。

他们都抬起头来，三个野小子和一个蓬头女孩都是一副犯了错的样子，像是翻垃圾桶的猫被逮个正着。

“你们有没有见到我儿子？”他们畏畏缩缩地靠在一起，试图藏起身后不知为何物的东西，摇头不发一语。我的目光从他们身上移开，投向海岸，空中低垂着沉甸甸的云雾。

“他在用桶捡海星呢。”

“我们和他打了个照面。”说话的是沃尔特，我朝他跨了一步，弯下腰来想把他看个仔细。他被我突如其来的关注吓了一跳，微微噘起嘴，向后仰头躲开。风撩拨起他浅栗色的卷发，在他的脸庞到处拍打。不难看出，他的眼睛既有比利的影子，又继承了酒吧里酗酒的乱发女子的某些特质。他与斯奇普同龄。我想，在肖勒姆，对我儿子心怀恶意的孩子不止他一个。

“什么时候的事？”

“是昨天的事了。”那个看着年纪稍长的女孩说，她——我现在可以确信——脸上的雀斑和那个女人的如出一辙，但没有比利的尖下巴。看得出，他们已经很久没用洗脸巾擦过脸了。“我是说今天，你们今天见过斯奇普吗？”他们摇头，眼里掠过一丝亮光。我看出他们在撒谎，至少有所隐瞒。

“你们背后是什么东西？”

“没什么。”

一阵风从海面刮过来，卷来一阵腐臭味。我把女孩推到一旁，他们像连体婴般朝后跳去。在几块白垩巨石的夹缝中，我看见一团灰色的物质，一瞬间，我以为那是斯奇普像螃蟹一样被砸得粉碎。但后来，我发现那是一只海豹幼崽，半边脸被海鸥啄食殆尽，脂肪层下方的白垩被染成了粉色。所以他说的没错，这里真的有海豹出没。

我从孩子们的所在之处转头看向内陆，没有理会他们在我背后的私语和窃笑，也全然不顾年长的女孩斜眼看我，所有孩子里，就数她的表情最肆无忌惮。我又低头看了看海豹幼崽，向后跳去。某种东西正从它的身体内部吞噬着它，肿起的皮囊向外翻出。

“好吧，如果你们遇到他，麻烦告诉他我在找他。”

我大步穿过卵石滩往回走，在途中停了一会儿，举目望着海边的几栋小木屋和铁道车厢。我再次呼唤他，但风仅仅将他的名字吹向海边。我的后脑勺被蜇了一下。我转过身，脸颊上又遭一蜇。他们正把尖锐的燧石片朝我身上砸。现在，落石已如倾盆雨下，我举起手臂遮住脸向后退，扎人的小燧石擦过我的耳边、脖颈，如此恶毒，如此令人害怕。

高处的一条卵石小径上，比利罩住双眼朝我的方向投来目光。他一定是跟着我过来的。他挥手招呼我的样子，让我想起水手们追随美人鱼蛊惑的讯号误入歧途。我奔向他，奔向这名拳击手。他摸了摸我脸上的血迹。“是谁干的？”

“你的儿子，沃尔特。”

听到你的儿子这四个字，比利的眼睛微微睁大，随后，他低头看着海滩上的那群孩子。

“他是个淘气的混球。”他说，但我摇了摇头。

“没关系。”我想说的是：你不必向我多做解释，比利。

“哪儿都找不到斯奇普。”我尽量说得轻描淡写，然后在卵石滩上转了一圈，像是要证明各个方向都没有儿子的踪影。接着，比利的脸色变了，我知道他要说什么。我想起哈林顿曾把一先令交到斯奇普手中。我摇着头四处张望，期待能有一个人从迷雾中走出来，终结这场噩梦。你给我听着！我真想对他咆哮。他一定就在附近。比利望着大海，像是在用耳朵搜寻某种特殊的动静。可是，所有努力都是徒劳。他什么也没听到，我也一样。

“我敢肯定他就在附近。”他说，但话音里没什么底气。

我踮起脚尖，石块不甚稳固，令我的脚踝直哆嗦。“斯奇普。”我朝着海滩呼号，两手垂落在身旁。

迪尔太太正沿卵石路走着，她转过头看着我们，满脸忧虑。

“迪尔太太，”我说，“迪尔太太啊，你看见斯奇普了吗？”她穿过乱石和海白菜，向大海投掷一瞥，又抬头仰望苍穹。她走到我们跟前，看到比利脸上的伤时张大眼睛，摇了摇头。

“有个警察正在‘塞西莉亚’等你。”她说，“所以我觉得最好到这里来找你。”

“警察？”作为必须尽量躲着警察生活的那类人，比利有点紧张。我快步朝前走，但血液一下子冲上了头。在一些不愉快的时刻，我常会喘不过气，身体失控，昏厥过去。我将它视作一种自卫机制，如果我不想再在此处逗留，就让自己跌倒，意识模糊。但此时此刻，我不想要失去知觉，只想保持清醒，我必须在场。比利拉起我的手，手掌粗糙的触感将我拉回现实。在卵石斜坡上怎么也跑不快，我们只能一同从海边慢慢撤离。

头戴硬质防护帽、脚踩警靴的警察站在隔壁名叫“袋鼠”的平房墙边。看到我们走来，他直起身，不是向我，而是先向比利行了个礼。

“下午好。”

我们这个不自然的组合站成一排，面面相觑。

“是斯奇普的事吗？”我问。警察对我歪了歪脑袋，指向“塞西莉亚”的大门。“这是你的房子吗？”

“是的，请进。”

我们勉强都塞进了狭小的空间，紧挨着床和桌子站成一圈。一时间，恍如时光倒流。今天的时间似乎没有按计划向前推进。我在脑中看见斯奇普像躲避飞镖般躲开我的飞吻，衣衫褴褛地跑向海滩。这是今早发生的事吗，还是另一天？他的衣着犹如牧民，吉卜赛人的孩子。何时起，我不再得体地为他打点衣装？其实，我心中早有答案：从琼斯奶妈不再替我为他穿衣那天开始。我们刚来这里的一个晚上，我带斯奇普到海滩上看流星，时值八月末。他蹲伏在我身边，把鹅卵石踩得咔咔作响，把它当成一件严肃的大事。他一言不发地仰望夜空。*妈妈，你的呼吸声太响，我听不见星星的声音了。*

他们都看着我。迪尔太太、比利，还有那个警察。

“警局给你的传话。”

“什么？”

警察往前踏了一步，架势像是要发表演说。

“局里刚刚接到一通电话，让你立刻前往军用机场。”

“什么？”我又问了一遍。

“是那个记者打来的吗？”

警察摇头。“不是。实际上，这是伦敦方面的指示。政府官员的要求。会有专人护送你到机场，然后，传话的内容是，我发誓我听不懂那是什么意思，所以你最好能明白，‘提供事先要求的文件’。”警察又耸了耸肩，“我只能说，这是高层的消息。”

“高层？”迪尔太太冷笑一声，似乎完全不能将此话当真。

“他们派专人乘飞机过来，他应该会在四点三十六分抵达，届时有专车接应他。他是来见你的，米勒太太。”

他们都看着我，我总算将肺部和喉头急促的呼吸平复下来，但另一种新的缺氧症状开始在我体内发作。

“斯奇普在机场吗？”

警察一副困惑不解的模样：“斯奇普？”

“就是我儿子？”

警察翻看了他的记录。“抱歉，女士，没有任何关于你儿子的消息。”

比利握住我的手。“我的猜想是，他会在那儿的。”

“你是说，他被人带走了？”

“我不知道。”

我和斯奇普经常一同攀上山丘，眺望飞机库的房顶和后方的停机坪。你能在那儿看见一些停泊的飞机的机翼尖，它们在战时曾用作战斗机，如今则成了去黑斯廷斯和利德兜风用的客机。斯奇普着迷于各式各样的飞机，纸、木块和木棍都能成为他制作飞机的原材料，他将其放飞，任其坠落，它们出现在他的梦里和画中。没错，我想。哈林顿想劝说斯奇普和他一起到机场去简直易如反掌。那片机场寒气逼人，停机坪上总是一幅快要泛滥的景象。

“但是，他们让你带的究竟是什么？”比利问我，好像我清楚事情的缘由。初学雕刻时，我曾在蜡上凿过一些小孔，在奶油状的材料里用手指戳出洞来，它们在某种意义上制造出间隙，将我生命的各个部分相互连接。我朝小小的写字台望去，它正抵在一块旧时曾用作车厢壁板的木板跟前。桌上是那张法斯特酒店的照片。迪尔太太用她明亮、清晰的嗓音接过话茬。

“我提议，”她说，“我在这里陪普鲁登斯，帮她找到这个男人还是什么部长想要的东西。您二位绅士等在门外，等我们准备好再一同离开。”

“不。”我说，“我们应该直接去机场找斯奇普。”

警察在空中挥舞笔记本。“他们让你把东西带过去，这才是重点。”

“我不在乎。”我说，转头想搬比利作救兵，但我从他脸上的表情看出来，他更认同警察的说法。连迪尔太太都表示同意。

他们走到屋外，轻轻关上门，身后的大海一如往常，唯独斯奇普人间蒸发。我听见迪尔太太的鞋跟前后摇摆，有如潮汐拍岸。我迅速转身对她说：“他们要什么我都给，迪尔太太。我只想找到斯奇普。”

我走到大衣箱旁边，我把装满各种文件的手提箱存放在那里。我听见她搓着那双饱经风霜的干瘪双手，正在思考该对我说些什么。一生中有过无数次，每当我看到身旁的东西摊得杂乱无章，多么真心地希望能够将生活收拾得井井有条。就连对我而言弥足珍贵的素描本和笔记本，我都乱塞一气，很多已经找不到了。

“你说，这个人是强行把斯奇普拐走的，还是骗他说只是带他出去玩一圈？”迪尔太太轻柔地问道，她的一双干手仍在摩挲，身子还在前摆后摇。

“我不知道。”我觉得像有一双手攥住了我的咽喉，越掐越紧。妈妈，这他妈的是一先令！“但我觉得，是斯奇普自己乐意跟他走的。”

“真的吗？”

“我感觉，只消给他一两个硬币，他会跟那人走到天涯海角。”

迪尔太太将信将疑地站在门边。

“他可能只是在生我的气？”我说。她没有作答，这是迪尔太太的一贯作风。思虑周全，谨言慎行。

我把陈旧得快散架的手提箱从衣箱后面拖了出来。我一生的纸质文件全都贮藏在里面，看到它们混乱无序地堆在一起，我自己都觉得震惊。在我认识的人当中，只有我活成了这样。就连玛格丽特有一回向我展示她在十二年间拍摄的雕塑影集时，都将它们精美地分门别类：柏林的天使塑像、《胜利之马》、罗马、朱塞佩·威尔第、《女孩头像》、戈尔酒店、伦敦……所有照片都齐整地标注好日期记录在案。无论如何都难以将她清秀的字迹和那疯癫的眼神联想在一起。我在桌上打开了手提箱。

“迪尔太太，过去总是这么沉重。”我半开玩笑地说。迪尔太太正静静地收拾屋子，把斯奇普的衣服从地上拾起。也许她答复了我，但我没听见。

我不喜欢回顾影射人生的人工制品，过去的信件令我伤怀，老照片更引我忧思。手提箱里充斥着昔日的种种。我首先拿出一个黑色的长方形相册，正面是我的笔迹：斯奇普——成长日记。作为一个母亲，我曾短暂地用照片记录过他的生活，这场实验只持续了六个月。

在一张照片上，斯奇普和皮埃尔分别坐在两栋海滩上的茅屋跟前，这是斯奇普快满三岁时的一趟海滨度假。他们没有肢体接触，但却在模仿对方，脚趾陷进沙子里，仰着头。

“我不该把他从皮埃尔身边带走。”我小声说。周全的迪尔太太把一把坏掉的椅子推进肮脏的桌子下方。

斯奇普还不太会走路时，只能挂在椅子腿上，保姆休假时，我没办法，只好把他带去工作室。我在那里做着木工雕刻。柚木。尽管说起来俗套，但唯有雕刻能使我快乐。工作室里堆满了各色材料，凌乱不堪，与皮埃尔那间空旷朴素的房间（事实证明，即使这样他仍然一无所获）截然相反。斯奇普长大一些后，我只要一有机会就把他转托给别人照顾，但偶尔也有别无选择的时刻，找不到人收留他，只得把他塞到桌子下面，放任他自己玩耍。有一天，他去拽一块布，把它扯了下来，那座用脆弱的纯白大理石雕刻而成的名为《形式》的雕像掉了下来，摔得粉碎。

我对他大声嚷嚷。那时他还不满两岁，小手腕胖乎乎的，下巴上有好几层肉。他爬到桌下躲起来，眼里充满犹疑，但之后他认定这是一场游戏，便开始偷偷看我，露出头来，又缩进去。他找到一把小木槌，朝我的脚趾扔去。我把他揪出来，怒不可遏，全身发红。我拽起他的上臂狠狠捏他，对着他圆圆的脸蛋尖声责骂。我的手掌扇在他脸上，一击接着一击，他哭得更厉害了。我大概总共打了他三四下。

他从我身边爬走，蜷缩到桌子下，吮吸拇指，暗自啜泣。我回到座位上进行先前的雕刻，脑海中响起山呼海啸，声音大得甚至盖过了他的哭声。我的心如铁石，毫无悔意。然后，我听见什么东西打翻的声音。我转过身。斯奇普又爬了出来，从桌上扯下一张防尘罩，上面的一盒钉子掉了下来。那是一整盒小尖钉，针尖落在他身上，扎进他的皮肤，又掉在地上，扎得他遍身都是红印。

迪尔太太在我身后咳了一声。我翻看着这些没有被装订好的照片、信件、信封和纸屑，相册下放着一堆照片，我从中抽出一张较大的。这是一幅我的肖像，大概十七岁左右，坐在椅子上。我看上去并不是很愉快。我把它推回箱底，发现了一张玛格丽特的留言条——我的小心肝，今晚请佩戴钻石耳环和彩色鸵鸟羽毛出席——接着，我找到了它：耶路撒冷的粉色信封。我把它拿起来。里面装了什么？几张照片，几封信，过去的气息。它对我而言无足轻重，这个男人想要什么就拿去吧。我顺便捎上了法斯特酒店的照片。

“迪尔太太，我找到了，咱们走吧？”我的雨衣已经披在了肩上。我系紧皮带，把自己整个裹在里面，扣上了扣。

“好，好。”她在我身后说。

我们走到门外，比利和戴头盔、纽扣发亮的警察正在抽烟，相谈甚欢。一辆打过蜡的黑色警车停在远处的公路上，“袋鼠”里的女士们偷偷观察，对我们指指点点。天气有些反常，似乎有一股能量正从海面向天空积聚。警察招呼我们上车。

我从后座上发现比利的脖子上长了一列梯子状的痣，我以前从没留心过它们。我在窗外寻找斯奇普，目之所及唯有空空荡荡的海滩。遥远的海面上，一场风暴蓄势待发，斯奇普没有和我在一起，他不在我身边，也不在我的视线里，没有与我肌肤相亲，这感觉就像是皮带紧紧勒住了我的肚子。

没过多久，我们便抵达了机场。我还没来得及移动，比利就已经跳下了车，绕过来帮我开门，活像一名私人司机。在奇异明亮的清晰光线下，他的伤口看起来尤其夸张。我感谢他握住了我的手，因为我差点又要昏过去了。

“这样的暴风天，什么飞机都飞不了了。”警察说。我抬头望着天空，黑压压的云层垂得很低。我趁斯奇普在我床上熟睡时抚摸过他，现在，掌心的那一部分疼得发烫。

十七

耶路撒冷，1920 年

电梯停在一楼，又和往常一样，卡住不动了，普鲁等不及，便向楼梯跑去。她不想再待在这栋楼里，也顾不得身上的单薄衣衫，只想冲到门外的雪地上去。跑过最后一圈楼梯时，她突然被一个坐在台阶正中的人的后背绊了一跤。她还没来得及反应，他们已经同时向前倒下，把小平台上的一堆东西压碎了。普鲁的头发挡住了脸，一个陌生人的鼻息吹在她身上。

"真的太抱歉了。"她对压在她身上的肩膀说道，那个人松开了普鲁，她发现他就是一周前警告她当心手榴弹的手风琴家。

他直起身，边摇头，边呻吟。他的个子很高，瘦得皮包骨。他们脚下的石阶上散落着绿色的毛毡圈、纽扣、长木钉和小短针，这些都是他手风琴里的零部件，主要的琴箱落到了几级台阶之外。

"真的太对不起了。"她又说了一遍。

"别担心。"他虽然说的是英语，但口音很重。"你看到了，我刚才在修琴。也许我应该找一个更合理的地方。"他跳下几级台阶，捡起琴箱来细细端详，拉开风箱，放在灯光下，手沿着木箱边缘一路摸到风箱下方，随后又把它整个拎起来对着灯光。普鲁帮忙捡起他脚边七零八落的碎零件、琴键和短针，干完分内的事，她一只手握空拳，把拼图碎片般的零件填在手心里。

“它是不是修不好了？”她不忍心看它。

“演奏用的乐器总是得经历修修补补，它们一生颠沛但寿命很长，别担心。”可他的表情却那么悲伤。“今晚的演出，我可以用备用琴。虽然比不上这台，但还挺好用的。”他做了自我介绍，他叫雅各布·斯洛尼姆斯基。他已经知道她叫什么，也知道她是查尔斯·阿什顿的女儿。

“我们见过。”他说。她点点头，想起他在幕布后面搭在她身上的那只手，她满脸羞红。他也沉默了。过了好一阵，她不得不无奈地开口发问：“你当乐师很久了吗？”

他摇摇头。“实话实说，我是三年前才学的手风琴。如果你在各处都遭人唾弃，被人驱逐，那么尝试用他们熟悉的、舒适的方式与他们沟通可以改善你的处境。明白吗？小提琴、手风琴，都是这个道理。”他向她挤出一丝啼笑皆非的笑容。她觉得这里的人都是一个样，她和他们的言外之意永远隔一层纱。

“你赶着要上哪儿去吗？”他问。

“没有。”她靠在墙上。他们头顶传来了关门声。

“普鲁登斯，我想告诉你一件事，但你一定要保密。”他站在她下方的几级台阶上，所以他们现在差不多一样高。

她点点头。

“在亲耶路撒冷协会晚宴上投炸弹的人不是我，你明白吗？”

“嗯。”

“我只是……我知道会发生这起袭击，所以特意来提醒你。”

他眸子里的棕色很像她以前捡到的一根羽毛，她将它珍藏许久，直到和所有羽毛一样，这一根也掉光了毛，只剩一根光杆。他是不是也企图杀害父亲？她已经知道“死亡”一词如何用阿拉伯语、土耳其语和西班牙语表达，也学会用施芙拉码和贾穆尔码书写它，可是“杀害”呢？除了母语以外，她不知道这个词用外语该怎么说。

“在这间酒店住得还愉快吗？”他问。

很显然，住在这里由不得她选择，可人们总爱问她这个问题。她如实回答：“我不知道。”

他挠了挠下巴。“虽然你没有向我请教，但我想给你一个忠告：任何一栋房子甚至酒店，都不可信赖。”

她不知该说什么好。

“其实，我是指一切形式的建筑。它们都不堪一击。我们用家具、橱柜、软垫将它们精心装点，但终有一天它们将归于尘土，随风飘散。”

“是的。”普鲁回答，她想装作自己全听懂了，因为她认为自己至少听懂了一半。“我能明白。”

他们相视一笑。

“你的家人住在哪里，斯洛尼姆斯基先生？”她有些混乱和局促，“嗯，我是说，斯洛尼姆斯基阁下[①]？”

他点了点头。“在一个山区小镇上，但我的家人很久不住在那里了。”

“他们现在在哪儿呢？”

“他们去远足了，要穿过一整座森林，但他们被迫继续前行，一场突如其来的火灾在他们身后竖起一道屏障，让他们再也无法走回头路。所以，自那以后，他们想尽办法回家，却不得已要花上几年时间，

① 原文将称谓由英语的“先生”Mr，改为了德语中对“先生”的尊称Herr。

绕一个大圈。”

她确信他在逗她玩，但他的表情不像在开玩笑。

“他们会给你拍电报吗？”

“不会。”他说，“但是我们自有妙招。我们在梦中和彼此对话，所以，我可以问：‘爷爷，你在森林那边过得还好吗？还不能回家吗？’然后他答：‘雅各布，我一边上坡，一面又在下坡。’”

“这听起来像个童话。”普鲁说。雅各布·斯洛尼姆斯基的手指扒在手风琴的风箱边，把它推进、拉出，像是叹了口气。坏掉的乐器零件还攥在普鲁手里，她伸出手，把它们倒在他的手上。

“再见，普鲁登斯·阿什顿。”他说。她挥挥手，但他腾不出手回应她，他的臂弯里抱着手风琴。他下楼，她上楼。他刚走，她就开始后悔没有和他多聊些有趣的事情，接着，发现自己又回到了本想逃离的铺着地毯的走廊。懊丧之余，她突然想起自己被要求出席晚宴，现在必须赶快梳妆。

*

晚宴桌边只有普鲁和鲍姆夫人两个人。这是法斯特酒店里最大的餐厅，普鲁宁愿选择一个小而通风的就餐环境。她和餐厅的小猫结成了好朋友，它拍弄着她鞋上的蕾丝，而她的视线越过桌子，盯着鲍姆女士的手。她两只手上各有一根手指佩戴了戒指，它们像黄色的骆驼眼睛。普鲁蹬了下脚，甩掉了小猫。

“布朗教士别墅的事有什么新进展吗？”普鲁问。她拿起一只勺，露出一本正经的表情，假装是个小大人。

“哦，你说那个啊。我觉得没什么希望了。”

“哦，为什么？”有数不尽的时光，普鲁都暗自躲在被窝里，沉溺于对别墅的向往。她描画出它的形象，幻想它的门楣和窗框。

“嗯，关于房屋所有权的问题还未有定论。教堂向一个叫普拉泽的先生交纳租金补贴，但他反而要给一个阿拉伯富豪，哈桑先生，交纳名义租金，这个人在里佛塔地区有多套房产。一言难尽。”

“好吧。”普鲁说，能够被人当作活生生的人来交流令她备受感动，可同时又险些打翻了餐巾旁的杯子。“我们按期交租不就行了？”

“哎，那可不行。这片土地的产权也存在争议。这块地的实际继承权归属于一个家族，但争议点在于，老祖父对纷争不断的男性子孙不抱期望，把这块地留给了女性后裔。然而，根据法律，她们不具备继承房产的合法权利，所以使用权转归教士所有，但他却没有来住，事情就这么不了了之。”

“那我们为什么不能换间别墅？非住那栋不可吗？”

“不行，亲爱的。”鲍姆夫人说，“布朗教士司管的教会与英军达成了协议，由于前者在另一处土地上修建了一座小教堂，市政项目顾问——你的父亲，将拥有这栋别墅的使用权，作为征用该地的报偿。”

餐厅的小猫原谅了普鲁的变心，又开始敲打她的脚踝来吸引注意。服务员弯腰问他们是否需要加些饮料，鲍姆夫人摇了摇头。

“不过，它真的很迷人。那栋房子有它不寻常的地方。你来之前，我们去参观过。”

普鲁能看出鲍姆夫人在努力善待她，但不知怎的，普鲁发现自己难以回应她那乏味的亲切，也不愿用埃尔斯佩斯来称呼她。鲍姆夫人将目光投向餐厅的窗外，普鲁在她的视线中仿佛消失了一般。她是个谜一样的女人。她在大战前结过婚吗？她是寡妇，还是弃妇？关于她，普鲁又了解多少？她只知道，鲍姆夫人常常去耶路撒冷城外爬山，勘察山石，对它们加以研究。她会从黄土中刨掘古瓮，喜欢带黑色羽毛装饰的帽子。普鲁仅仅知道这些。鲍姆夫人缺乏埃莉诺拉身上的夺目光辉，而且，她还偷走了父亲的心。其实，一切再简单不过：鲍姆夫人既不是埃莉诺拉，也不是普鲁的母亲。

“哎呀。”鲍姆夫人显然如释重负，“他们来了。”

“可爱的女士。”阿什顿致以问候，虽然不知这话是对谁说的，“抱歉，我们来迟了。”

他并非独自赴宴，身边还有一个陌生男子相随。个子高，秃顶，还有一撮精心修剪的小胡子。

“普鲁登斯，这位是维克洛先生，英国来的情报人员。”这名男子把自己的椅子向后拖，古怪的小胡子下方露出洁白的利齿。他本想说些打趣的话，但收效不佳，把气氛搞僵了。

“普鲁登斯刚才问我布朗教士的房子怎么样了。”鲍姆夫人说。两个男人就座时，她看着阿什顿，一副煞有介事的样子。

“是啊，这家伙他妈的上哪儿去了？他还用咱们的钥匙开门溜进来过呢。”阿什顿招来服务员，花了点时间点菜。

他们的言语在普鲁耳边溶解。说到底，她为什么会出现在这儿，在这个房间的这张桌前？她有种错觉，总觉得自己正飘在半空。*和维克洛共进晚餐总是很愉快。这间房间里就没有他不认识的人。*也许那些真实的事物——礁石环绕的海边；灰蒙蒙的背景中那座她年幼时曾造访过的花园；在你身旁，坐在琴凳上演奏的那位母亲——到头来都不是真的？*嗯，那些显贵我统统认得。坐在那儿的金发男子是蒙提·帕克。伊顿公学的老校友，在格拉德斯通的前任政府担任内阁大臣。*普鲁低头在桌子下面寻找猫咪。找到它似乎是当务之急，可惜它已经弃她而去。*他是个头脑发热的傻子。和他待在一起的法国夫妇是卢和他*

老婆，不过咱们还是来看看站在吧台旁边的那个男人吧？他钻研《以西结书》已经好些年了，说服帕克资助他寻找一串密文，然后从帕克伦敦的资金流里抽资营私。这是很严重的诈骗。所有人都看在眼里，但帕克本人却一无所知，还在向伦敦的朋友筹钱。她的手快在大腿下面压麻了。

普鲁抬起头，她在餐厅拱门入口的地方看见埃莉诺拉正走来走去。埃莉诺拉手里拿着裘皮大衣，身穿一件无袖凹凸编织纹裙，裙子是近乎透明的咖啡色，在这种天气里，这样的衣服未免太过单薄。在她身边，普鲁看见了那个男人：哈立德·拉苏尔。埃莉诺拉有没有在台阶上捡到那张照片？普鲁压在大腿下面的双手开始发烫，但她没有动弹。她的目光追随埃莉诺拉和拉苏尔缓缓向他们的餐桌走来，埃莉诺拉面带灿烂的假笑，没有察觉到普鲁的存在。他们成了万众瞩目的焦点，餐厅食客、酒吧侍者、正被服侍就座的女士，所有人都看着他们。

“晚上好。”埃莉诺拉说。她的唇色红润，颈上点缀着一条黑色项圈。

普鲁的父亲起身大叫：“拉苏尔。真是意料之外，惊喜十足啊！”

他们被引荐给维克洛，他站起来与拉苏尔和埃莉诺拉握手。大家互相拍着肩膀。普鲁注意到，拉苏尔举止镇定，彬彬有礼，反而是那些英国人在他面前口沫横飞。普鲁陷进椅子里观察他们。哈立德像国王一般，俯视远道而来的朝觐者。普鲁觉得，他的眼神在嘲笑他们。他虽然一言不发，可那些男人——也包括她的父亲——却接连朝他转身，所有的谈话和提问都是针对他，这一点相当有趣。她希望他别看她，但他理所当然地向她投来目光。她在椅子里陷得更低了，手指在桌子底下交叉，祈祷他不要把穆塔迪集会的事告诉父亲。他会不会提起那张照片：孩子们的尸体和大概是拿来清理尸体的扫把？那天，他请求她把照片转交到父亲手上，而如今他却亲自驾到。不过，由于埃莉诺拉拽着他的胳膊，他从普鲁面前转过了脸。埃莉诺拉将这群人的注意力引导到自己身上。

“明天我要和美国殖民地的摄影团队一起拍摄一幅新作：《芦苇圣颂》。我想邀请你们和我同行，可以吗？腾出一天的时间？”

鲍姆夫人插话问道：“那地方离里佛塔近吗？”

“很近。”

“我们刚才恰好谈到那个村子呢。普鲁，你也一起来吧？”

终于能到别墅去，亲眼看看它了。

“天呐，太好了。”普鲁说。她终于松开双手，在埃莉诺拉面前高高举起，后者用异样的目光俯视她。水色的眸子。

“我倒不希望普鲁跟来。”埃莉诺拉说。

这次，轮到鲍姆夫人提高音量了：“她如果不能去，将会是莫大的遗憾。”

但埃莉诺拉已经在继续刚才的话题，她那优美迷人的声线已令英国情报局来的绅士深深陶醉，他坐得笔挺，点头回应。普鲁的右手抽搐了一下，她赶紧把它攥成拳头，喋喋不休的话音包围了她。我倒不希望普鲁来。埃莉诺拉没有看她的眼睛。

飞行员没来以前，在一趟徒步旅拍中，埃莉诺拉给普鲁讲了个故事。当她（埃莉诺拉）还是个小女孩儿时，在威尔士，她跑到炊事楼旁边的一棵树下给乌鸦投食。她向厨子讨来一块变味的面包和一点残羹剩饭，又偷来一些肉混搅进去。她在一棵山毛榉下扔下这些饲料。日复一日，在同一棵树下。埃莉诺拉那时只有五六岁大。起初，只有零星的几只乌鸦飞来，后来越来越多，十只，十五只。她继续投喂它们，直到有一天，树下留了一小片玻璃。第二天是一块碎耳环。再后来，是牡蛎壳里的一片碎银。自此之后，它们的礼物从不间断。

“直到什么时候为止？”

“我被逼着去什罗普郡的婶婶家探亲，待了一个月。我们回来时，那些乌鸦已经飞走了。”

乌鸦回礼的故事，使普鲁对埃莉诺拉的依恋更深，她希望自己的一部分能够依附于埃莉诺拉，留在她身边，不论风吹雨打，不论她要去向何方。尽管普鲁清楚，埃莉诺拉已经一把推开了她，就像逗狗的人厌烦了狗，就挥手把它打发走。普鲁听见埃莉诺拉对维克洛先生说：“哦，哈立德有几句话要和你说。”

维克洛笑着站了起来。“来吧。”两个男人向吧台走去，像老太婆那样弓身凑近。

“他们在嘀咕什么呢？”父亲问埃莉诺拉，他显然很不满自己被排除在外。但她只是放声大笑，耸一耸肩，在他背上拍了几下。

哈立德回来后，他们又开始了一场漫长的告别。亲吻、拍肩、点头、微笑，这次他没有特意朝普鲁看。

“很好。”他们离开后，父亲说，“伟大的拉苏尔又回来了。我简直没法想象咱们的飞行员会有多高兴。”

鲍姆夫人重新回到座位上。“可不是吗。”她意味深长地说。随后，她把目光投向餐厅尽头。“那个抽着烟，举着手杖的人是谁？”

维克洛发话了：“那是拉吉卜·纳沙什比。”他说，“你可能已经注意到停在法斯特酒店门口的那辆绿色美国豪车，那是他的帕卡德。”

鲍姆夫人靠近普鲁，此举意图显然是想让她也融入谈话中来。“这儿的英国人把在寄宿学校时结下的恩怨也一并带来了。他们倾向于聘用耶路撒冷的名门望族，因为这些人让他们找到家的感觉。他们还是寄宿生，只不过这次要争夺的是领地和房产。”

阿什顿朝她瞪了一眼，但维克洛只是开怀大笑，和查尔斯继续刚才的谈话，像是女人们根本没开过口。我得撤了，今晚有潜伏任务。然后，为防止旁人听到他的话，他压低了声音。普鲁受够了当局外人，取下餐巾。

“父亲，”她说，“我可以现在就走吗？突然有点累了。”

他们中止了谈话，看着她。“当然了，亲爱的，都依你。”

鲍姆夫人问：“需要我陪着你吗？”

“不了，谢谢。”普鲁尽量让语气听上去礼貌，从一数到五十才站起来。双脚着地时，她才想起地面是稳固的，不论神圣与否，它的平坦与坚实足以令人信赖。她刚一离开他们的视野，走进接待大堂，便拔腿奔上楼去。

普鲁关上门，站在房间中央，狂奔过后，她有些喘不上气。她用空抽屉为老鼠做了窝，但不到一小时，小家伙就逃跑了。抽屉里只剩下一个锥形纸筒和几粒花生。她在梳妆台上点燃一支蜡烛，盯着忽闪忽灭的火焰看了一会儿，不安地坐到床上。

房间凄冷，她想起母亲曾声称相信世上有鬼。母亲说她在花园里见过幽灵，还承认自己和它们说过话。黑暗的思绪又一次笼罩在心上，普鲁用暖烘烘的小手搓着脸，想要驱散这些坏念头，但无济于事。她想起母亲坐在一张钢琴凳上，转头问普鲁：你是谁？是个小幽灵，还是个小恶魔？

不详的黑色念头正在步步成真。如今，母亲去世了，而普鲁大概——不只是大概，而是真的再也不能回家了。这个既成的事实在普鲁心上投下一片阴影。早知如此，她就应该在打包来耶路撒冷时考虑得周全一些，而不是把裙子和鞋一股脑塞进行李箱。她会把那些照片梢上，那才是人间至宝。

普鲁在房间里四下环顾。她似乎失去了可以寄托的感情，除了强烈的不安全感。每当有人要为她作画或拍照，或者让她在相机镜头前站住不动，都会令她惶恐不安。这种感觉很可怕，但至少熟悉。普鲁想到，埃莉诺拉再也不需要她了。埃莉诺拉怀上了孩子，她的身体中孕育着生命的种子，她还有一个飞行员朋友，已经没有留给普鲁的位置了。

她突然心生一计。她费了很大的劲把梳妆台推到房间中央，时刻留意不能把点着的蜡烛打翻，然后像祷告一样跪在桌前。但她个子太矮，根本够不到桌子。于是，她把椅子从书桌旁拉过来，坐在上面。埃莉诺拉体内生长的那粒种子屡屡令她分心。普鲁凝神许下一个愿望，必须将它想象得尽量逼真、生动。但她突然停了下来，睁开眼。为了让它成真，必须发生某种变形和转化。物态变化是成功的关键。

她从笔记本上撕下一张纸，将它置于烛火之上，她看到纸张的边缘迅速卷曲、冒烟，接着，凶猛的火势吓得她措手不及，连忙吹熄了它。纸烧成灰，化作一缕青烟。现在可以开始了。她懒得再次坐下，索性站在蜡烛和焦黑的纸页前。她死死闭上双眼，屏住呼吸，在脑中浅吟低唱：生命之种归入海，埃莉诺拉还复来。这是一条愚蠢而幼稚的咒语，但她把它重复了无数遍。有一阵子，她将祷词稍做改动：吾母还复来。直到钟声发出警鸣，普鲁这才打了个冷战，对冰冷的空气心生厌恶。

十八

耶路撒冷，1920 年

敲门的人是维克洛，他竟穿着一身贝都因人[①]的装束，头上裹着华丽的围巾，肤色暗淡黝黑，两眼饱经大漠的风沙吹打。

“我能进来吗？”他踏进威利的房间。“真要命，你脸色差得吓人。”

整个下半夜，威利灌了很多支威士忌，仍旧无法冲淡像文身一样烙印在脑中的场面。在他的拳下，埃莉诺拉像水晶装饰一样摔得粉碎。他的皮肤正承受着耻辱之痛，也不明白维克洛为什么站在那儿看他。

他说自己需要考虑一下，可是埃莉诺拉翌日深夜，也就是昨晚，又来登门。据她所说，白天她和哈立德在一起，等他睡着后才悄悄跑过来。留给她的时间所剩无几。

“明天我们就要去里佛塔了。”她反复叨念这句话，威利不明白其中有什么因果关系。

“那又怎样？”他问。

---

① 以氏族部落为基本单位在沙漠过游牧生活的阿拉伯人。

“求求你了，拜托了。”

你确定吗，确定吗，确定吗？那就站到床边去吧。刻不容缓。他的一只手已经在准备发力，屈起手指，绷紧肌肉，可一想到将要做的事，就差点要打退堂鼓。她的心到底属于他，还是属于哈立德·拉苏尔？这是他一心想问的问题。但想到自己是此事唯一的知情人，也是唯一愿意帮她的人，威利感到一丝宽慰。

第一拳还有些许犹疑，但他还是从她脸上读出了痛楚。她用尽全力想忍住哭喊，可还是叫出了声。这时，他的脑海中浮现出一个画面：哈立德·拉苏尔撬开她的身体，插进去，抽出来。于是，打下一拳时，他的指关节真的下了狠劲。

他一度想要罢手，可她央求他继续，说是以防万一。当她终于在他拳下瘫倒时，就像一块薄木片被折成了两截。她的唾沫从口中飞溅到他脸上，他伸出手指摸了摸它。最后，她拒绝让他搀扶，跌跌撞撞地走出房间。万事宁息后，他吐了。现在，他的嘴里还飘着一股臭气，牙齿黏糊糊的。他眨眼看着维克洛。

“你来干什么？”

“快，”维克洛说，毫不掩饰威利让他反胃的事实，“哈林顿，赶紧上楼到阿什顿的套房来，有急事。”

“你怎么穿成这样？”

维克洛没有回答，一瞬间，这两个男人面对面贴得很近，像学校食堂里的两个男孩。

“给我五分钟。马上过来。”

*

在阿什顿的套间里，威利看着两个男人脱下各具特色的外套。查尔斯脱掉亚麻西装外套，露出汗涔涔的淡紫色丝绸衬衫。维克洛敏捷地从落满尘土的沙漠服饰中钻了出来。

“你上哪儿去了？”

“显然是打进敌人‘内部’去了。昨天半夜，我变装潜入了希伯伦外面的村子。接到了一通线报。”

威利重重地在一把皮椅上坐下，在裤兜里找烟。他捏着鼻梁，努力让视线聚焦在面前的男人身上。维克洛的表情让人火大，他手里握着他们不知道的情报，却故意不说，显然很享受此刻的优越感。威利虽然生他的气，还是忍不住对他高超的变装水平和入乡随俗的能力啧啧钦佩。

“你说外国话吗？”

“方言？当然会。迈达尼、浩兰、阿杰朗、巴达维语、贝都因人说的话我都会。”但威利指的其实是阿拉伯语、希伯来语或土耳其语。虽然还没到午饭时间，阿什顿已经给每个人斟了一杯威士忌。房间里一片寂静，只听见酒灌下肚的声音。口中的液体让威利元气大增，他的视线不再涣散，血压也稳定下来。

“好了，”查尔斯终于换好衣服说道，“那个头脑发昏的白痴还是动手了。”

“谁？”

“还能有谁？”维克洛说，“当然是麦克劳林。”

“我想听完整的报告。”阿什顿又给自己斟满威士忌，一口喝光。

他走到窗边俯瞰耶路撒冷。威利真想把昨晚的事一笔勾销。但他既然已经对她唯命是从，就没有退路可走。

“最近一段时间，”维克洛说，“洛夫蒂一直在追踪和惩办一个犯罪团伙，他们在耶利哥和雅法的大路上烧杀抢掠。”

他继续将事情的来龙去脉娓娓道来。

这群亡命徒对所有人而言都是种威胁，商人、旅者和村民都可能成为袭击对象。洛夫蒂率领宪兵队一路沿法拉尔旱谷追踪过去，但无功而返，丧气地回到了营地。

在宪兵队里，少数爱尔兰和英国长官负责统率其余的本地军官，他们正在开会决定下一步对策，这时，一个开店的老头来到门口。他脸上青一块、紫一块，血迹斑斑，明显是刚遭毒打，情绪很不稳定。借助一名翻译，他解释说，多年前，他花钱保释了一名待审的匪徒穆罕默德·阿丹，但后者没有偿还这笔欠款。店主听到风声，说阿丹现在成了一个匪帮头目，在里佛塔和“撒母耳之墓”两地间的山洞出没。他通过几个耶路撒冷旧城里的中间人促成了一次约谈，还亲自到山洞去要求归还至少部分欠款。然而，洽谈当天，他的唯一收获只有一顿毒打。因此，他对洛夫蒂和他的同僚说，他决心出卖自己的敌人，给英国人指路，直捣阿丹老巢，让他血债血偿。

维克洛边说话，边用一条阿什顿的毛巾擦去脸上易容用的化妆品。威利看到他眼白里的亮光，才意识到他涂黑色眼影的方式和大市场的妇女一样。现在，情报官恢复了精明、甚至油滑的英国人形象，他把毛巾扔到椅子上，笔挺地微笑。这场变身真叫人过目难忘。

威利对宪兵队所知甚少，只知道他们有一套惊世骇俗的酷刑手段。他们是英国临时政府和总督府殖民官的武装力量，但后二者却很少在崇尚古典精神的上流社会公开谈论此事。宪兵队像是儿戏，但显然又令所有人恐惧。

“他们受你指挥吗？”威利问。

“其实是斯托尔斯在指挥他们，我只是让他们帮忙搜集这块地区土地产权的明细情报。这里毕竟有那么多无人管理的荒蛮之地。”

“所以你有权对他们发号施令。”威利说。恶心、疲惫、忏悔、绝望，一浪接着一浪，所有线索终于串在了一起。维克洛正仔细地端详着他，那双蓝得过分的眼睛钩在他身上，捕猎者的眼神。

“是的。我有这个权力。”

“维克洛，这些情报是你从哪儿搞来的？”阿什顿问。

维克洛忸怩起来，用手背擦了擦嘴。“我和哈立德·拉苏尔在晚宴上稍稍谈了谈心。”

威利把身后不舒服的靠垫抽出来，扔到地上。他很吃惊。

“拉苏尔？”

“对。其实我们那个时候在讨论你给我看的那几张照片。”

“我可不觉得是我给你的。”

阿什顿扬起眉毛，他有点糊涂了。“什么照片？”

“事实上，是埃莉诺拉建议我和拉苏尔谈谈的。”

“埃莉诺拉？”他一拳击中她最柔软的部位，一道口水顺着她的嘴唇流淌下来，他宁愿忘记这段隐秘的回忆。

“是的，她也在那儿。”

“昨天？”

“对，在我和阿什顿、埃尔斯佩斯共进晚餐的时候。”

这就说明，这件事发生在她半夜来访之前。她怎么没告诉他？也没有提到过维克洛。他望着眼前这个神气活现、趾高气扬的男人。为了更胜一筹，威利对整个房间宣布：“我认识他。很早以前就认识了，在萨洛尼卡的时候。”

“你说谁？”

“洛夫蒂。”

两个男人现在都转过头看着他。维克洛眯起眼：“你之前可没说过。”

“对。”威利轻描淡写地说，“花了点时间把他和脑子里的人对上号。他那时候无休无止地发疟疾，是个疯子。”

你这个卑鄙下流的叛国贼。你不配当英国人。

维克洛意味深长地看了威利一眼，他的内心正在做出判断，把威利的说法前后比照，然后，接着概括那份报告。

洛夫蒂秉承自己的一贯作风，没有因为店老板告密就对他大加犒赏。相反，洛夫蒂立马把他铐起来绑到一匹马上。他们把他五花大绑，告诉他假如没能把他们领到山洞，就当场枪毙他，更别提什么奖赏了。他们还警告他，如果他把他们带进埋伏圈，那么他会是第一个吃枪子的人。

黄昏时分，他们抵达摩押山脚，继续向上朝他们认为是山洞入口的地方徐徐前行。就在他们步步逼近时，一个阿丹的手下跑了出来，指着身后的山洞对英国人尖叫，出卖了自己的老大。“他就在里面。赶紧进来抓他。”阿丹亲自从背后将他射穿。接下来发生的事不言自明，按维克洛的话说，“老一套的擦枪走火”。和洛夫蒂共事的当地军官对阿丹喊话，劝他投降，但他不顾一切地朝他们开火。他们把马留在了山谷里，于是只好在乱石中寻找掩护。英军扔了几颗手榴弹，一个当地军官心生一计，决定爬到山洞上面的一块凸岩上去。他悄悄爬了上去，一枪打中土匪的脑袋。

房间里一片静默，只听见阿什顿钟表的滴答声。

“据说，他的武装相当精良。”

“怎么个精良法呢？”阿什顿问。

“两副左轮手枪，一把英式军用来复枪，四百多条弹带，背包里还有两个手榴弹。”

“所以，现在局势如何？”阿什顿的两根拇指按在灰白的眉毛上。维克洛喝完最后一口酒，继续说道：

“他们发现整个村子的人都帮着包庇逃犯，给他们提供面包和各种必需品。洛夫蒂认为自己有义务‘杀鸡儆猴’，以此警告其他有类似企图的村落。”

“好吧，这又是什么意思呢？”阿什顿问。

“埃莉诺拉也不知道，但她说我们今天必须赶紧去村里一趟。”

“必须采取行动了。”阿什顿说，“趁这件事还没传出去，引发群众暴动。我们非得阻止他不可。天知道洛夫蒂会对那些妇女做出什么事啊。”

阿什顿站在窗口，他低头望着大街，看上去并不慌乱。也许，关于洛夫蒂和妇女问题，他也只是随口说说罢了。看样子，维克洛也多少明白了这一点。阿什顿挺直身子，转了过来。

“你说的是哪个村子？”

“里佛塔。”

“这就奇怪了。埃莉诺拉今天已经带着鲍姆夫人到那儿去帮美国殖民地的人拍照了。”

“是吗？”

威利右眼爆发出一阵无法忽略的疼痛。

“是的。他们希望埃莉诺拉帮忙布置场景，你懂的，让它看起来更真实。不过，仔细想想，这肯定是埃莉诺拉的主意，是她说服殖民地的人让她帮忙的。”

“你是说，埃莉诺拉也去了？”威利说，“在她传话给我们，也明知那里会出事的前提下？”

维克洛皱起眉。“在我看来，是她执意叫我们过去的。是啊，仔细想想，我当时听见她邀请大家都到他们的拍摄场地去。哈立德自己也这么坚持，他们好像站在同一边。”

十九

耶路撒冷，1920 年

尽管埃莉诺拉不希望普鲁出现在《芦苇丛中的摩西》[①]的取景现场，但普鲁还是欢欣雀跃地穿戴整齐，混迹在成员当中。她从鲍姆夫人口中得知，一辆小轿车会把他们载到很远的地方，接下来的路段他们需要步行前往，或者从农场借几匹马骑过去。美国殖民地的摄影部门负责人拉尔斯和成员们在那里和他们碰头。看到普鲁也来了，埃莉诺拉挑了挑眉毛，但什么也没说。而现在，接近中午时，普鲁觉得他们已经默许她待在现场了。

耶路撒冷的积雪融化了大半，但郊外仍残存一些顽固不化的冰块。四面响起鸟儿的啼啭，但普鲁没看到鸟，仿佛是树木兀自歌唱。

普鲁走进拉尔斯搭的临时帐篷。埃莉诺拉蹲在她的手提旅行包前，掏出各种东西——手帕、药盒、钢笔——但显然没找到她要的东西。他们现在位于耶路撒冷以西的里佛塔的村庄近郊，普鲁只想看看那栋

① 《圣经·出埃及记》一章中记载埃及法老下令所有以色列人所生的男孩，都要丢在河里。婴儿摩西被置于蒲草篮中，放入尼罗河旁的芦苇丛。

别墅。鲍姆夫人答应她一拍完照就带她去走一遭，但现在看来，距离摄制结束还遥遥无期。

“普鲁，把那把椅子递给我好吗？”普鲁机械地照做了。她尽量避免和埃莉诺拉眼神接触，但很难不注意到埃莉诺拉今天有些反常，入座时比平时沉重的多。她掏出金银丝细线镶边的粉底盒，普鲁看到她照镜子时，身体直发抖。

普鲁走到帐篷口外张望。两名“婢女[①]”打着冷战，他们身旁的涓涓细流显然发源于沙米旱谷中的里佛塔泉。摄影的魔力会把这条小溪变成尼罗河，篮子中露出头的木质布偶扮演“摩西”，美国殖民地和埃莉诺拉的联合摄影一定会畅销。来耶路撒冷寻找自我的朝圣者源源不断，照片在他们中能卖出几百万套，然后皆大欢喜。普鲁心想，你们都会遭天谴的，蝗灾、蜂祸、饥荒、雷劈。

“普鲁，能不能帮我拿杯水？”普鲁在她背后转身。帐篷里的埃莉诺拉似乎变小了，她正指着鲍姆夫人留在桌上的水壶，旁边是一堆背包。

“没问题。”

普鲁无法继续故意不看她，于是开始仔细观察。她的眼皮憔悴泛红，脖子绵软无力，脸上大汗淋漓，她一直在擦拭前额。普鲁正准备问：你还好吗？发生了什么？但拉尔斯的喊叫打断了她。“埃莉诺拉，装婴儿的篮子在哪儿？”

普鲁替她答道：“在这儿。”她捡起放着娃娃的编织篮，走到被遗忘的两名“婢女”——拉米亚和特瑞雅身边。拉米亚正在调整凉鞋。这对姐妹一身米色长袍，站在摇摇晃晃的仿大理石阶边。埃莉诺拉皱

---

① 《圣经·出埃及记》第 2 章第 5 节中记载，法老的女儿来到河边洗澡，发现芦苇中的箱子，让婢女将其拿来，发现摩西。

着眉头走向他们，又去三脚架旁看了看。她先把头伸到相机遮光罩下看了看，接着低头查看取景器。

“这样拍不好看。有什么地方不对劲。”

“是不是光线的问题？”拉尔斯认真问道，他很专注，也从不和普鲁说话。

“不，不是。”

普鲁看着这一切，就好像在……该怎么说？在别处？或许，她就是埃莉诺拉照片中的女孩，时光滴答向前，而她却被留在房间，最终逐渐淡去、模糊？平时，她会像只家犬一样在人们脚边跳来跳去，努力融入，逼他们不得不承认她的存在（她借此变得真实）。但今天，她只是在高墙上俯视他们，他们也几乎注意不到她。凛冬的树皮中依旧回荡着不绝于耳的神秘鸟鸣。

“我想，增加一名婢女可能会好一点？”普鲁被推进拍摄现场，埃莉诺拉俯身解开她的发辫。埃莉诺拉的手指在她的发丝间游移，划过她的头皮，她有点不习惯。

“可以麻烦你把鞋脱掉吗？”

普鲁很听话，由他们任意摆布。她光着脚，在裙子上套上一条米色长袍，被安排站在姐妹花前面。

“站在那，低头看芦苇丛。”

“好。”

“你是对的。”拉尔斯从取景器下探出头，大声地说，“画面大有提升。”

在她身后，特瑞雅悄悄用阿拉伯语抱怨自己快饿死了，英国佬都是些说胡话的疯子。

“你说的没错。”普鲁说。她不想被镜头后面看着她的那只眼睛捕捉到，于是，她盯着浑水下的乱石，它们是红石、犹太石，还是金石呢？她暗自揣度。

“这次的照片肯定没问题了。”拉尔斯说，为自己鼓起掌，转过身来，可埃莉诺拉却不在他身后，她已经在往帐篷走了。

“普鲁。”埃莉诺拉叫住普鲁。她进帐篷来找鲍姆夫人带来的白干酪和巴勒斯坦面包。

“怎么了？”

埃莉诺拉脸色惨白。她走到普鲁身边，抓过她的两只手紧紧攥着。埃莉诺拉自己的手像冰一样冷。“过一会儿，他们就要上里佛塔去了。但我希望你别去。”

“可是我想看看那栋别墅。鲍姆夫人会和我一起去。”

“由于某些原因，那儿有陷阱。你会有危险，我该怎么样才能让你相信我？”

“埃莉诺拉，你让我相信你？”

“他们会和哈立德一起……其实，这件事和你父亲有关，是他对当地人干的事，他默许的事。”

“你是指钟楼吗？”

埃莉诺拉摇头，她脸上掠过一丝惊惑，垂下眼。普鲁顺着她的目光看去，只见鲜血正滴在埃莉诺拉一只鞋的狮形搭扣上。

“埃莉诺拉，你受伤了？”

她们看着这股鲜血顺着她的脚踝和鞋子缓缓淌下。

是我的错。那阵轻烟，那张烧焦的纸片。

帐篷外，普鲁看到暮色渐浓，天边染上一片紫红。鲍姆夫人在和拉尔斯谈话。她正想把他们叫进来，埃莉诺拉突然大叫一声，朝普鲁身上倒，普鲁却后退一步，没有接住她。

普鲁拔腿狂奔，几乎要飞起来了。最后，在旱谷的山脚下，她真的飞了起来。她在一堆棕黄的积雪上着陆，花了些时间镇定感官。

在她面前，一条小径徐徐延伸。鲍姆夫人告诉过她，去别墅要先下到谷底，再沿旁路上山。普鲁把裙子向下扯平，继续前行。

什么都别想。

可惜没用。走路时，她的双手垂在大腿两侧。她很快就走得全身燥热，忘却了凛冽的寒风。走了一会儿，小径伸入一片茂盛的老橄榄树林。

这里的空气好像刚刚被她在别处呼吸过。路段变得陡峭，冻土在脚下裂开。上方山岭上有几座石头房子，无一例外都用接近耶路撒冷白石的灰石砌成。普鲁打量了一圈，万一布朗教士恰逢今天回家，正在窗口等着她呢。呼吸随着步伐均匀起伏。死亡会是一个人的过错吗？举例来说，假如父亲想到一个办法，逼着母亲住进了格瑞林威尔，然后她很快就去世了，父亲该为此承担过错吗？又或者，如果一个人在烛光前许愿，导致婴儿还没成型，就变成鲜血涓涓流走，那人是否应承担这份罪咎？

普鲁穿过树木交错的天然拱廊，另一头的一片旷地上，一位老人正在花园中劳作。他正围着一棵树挖出一个圈。普鲁努力把它和《黎凡特植被百科》上的树种对应起来。从它颤动的宽叶片来看，很可能是核桃树。她记起父亲的话，核桃一词源于盎格鲁-撒克逊语中的Wealh，是遥远、外来的意思。可是在这儿，在阿拉伯语里，“核桃”又该怎么说？毕竟，核桃树在这里可不是什么稀罕、遥不可及的树种。她不知道，不过很快就想到了答案。邻近耶路撒冷的乔斯旱谷意为核桃山谷，阿拉伯语里的核桃是 Jouz，但这个词在埃及语中却指的是骆驼眼睛。泥土冻成了硬块，老人每次拿铁锹凿进地面，都发出龟裂的巨响。他边喘粗气，边骂脏话，要是发现普鲁在看他，恐怕会收敛一点。最后，她用阿拉伯语冲他喊：“嗨，你好！你在这儿工作吗？”

老人直起腰板，花了足够长的时间细细打量她。“我们家世世代代都在这块地上工作。”他说。普鲁看不出他是否会嫌她不懂礼貌。

“布朗教士的房子在这附近吗？”她从他的眼神里看出他没听懂。她追问道：“那个会演奏音乐的、弹风琴的男人？”

可惜她不知道赞美诗在阿拉伯语中怎么说。在教堂里唱歌？园丁的嘴里正嚼着类似树叶的东西。他把树叶吐在泥土中，斜倚在铁锹旁，移开目光，看着一只脚边的麻雀活蹦乱跳，尔后拍翅远翔。

他摇摇头，指向远处山丘上的一片树林。“搞音乐的男人一直住在那里。”

“哪里？”

她转过身，视线穿过层层树枝落在高处的一条小路上。那里，一座四四方方的石头房子像从石灰岩里冒出来似的。它看起来像是由数不清的动物尸骸和碎骨修葺成的，在最外面洒了一层沙。

“我家的房子。”他说。

“那是你的房子吗？”他点点头，又向四周看了一圈。我的园子，我的果林，我的旱谷。

“我可以进去吗？”她尽量礼貌地询问。

他耸耸肩，她一时不知如何是好。见他似乎已经对她失去了兴趣，她转身要走，但他叫住了她。“有个男人在里面睡觉。”他说的是阿拉伯语，语速很快，为了理解他的话，她请求他再说一遍。男人。睡着了，在房子里。

"哦，我明白了。"虽然她什么也没明白。"谢谢你，先生。"

花砖地板上确实放了一双穿旧的靴子，鞋跟周围有一层坚硬的外皮。柴火刚点上不久，但已经化为了灰烬。房子里暖融融的，普鲁的指尖和湿冷的脚趾在骤然变化的温度中发烫、发痒。

就是它了，她魂牵梦绕的别墅。

那是他们第十二、十三、十四次搬家。母亲说："你现在可以想象一栋房子，那是你爸爸最后专门为我们盖的房子。这栋房子是你可以信赖的。"

普鲁走进一间低矮穹顶的房间。这里比她想象中的别墅要小得多。她弯腰解开鞋扣。终于能给脚趾透透气了。她把分别把两只湿袜子卷成球，像睡鹅那样单脚站立，搓暖一只脚丫，打量着整个房间。她可以在这儿住下吗？当然可以。她走向烧尽的炉灰，一只脚伸在前面，直到皮肤在热气里起了红斑。

她听见一阵响动。起初，她还以为是自己热血上头，后来才发觉整栋别墅的框架都在震动。她的脑子里浮现出汉塞尔和格莱特[①]：小老鼠，啃又咬，是谁偷偷啃我家？响声是从隔壁房间传来的。普鲁慢慢靠近，她倒不紧张，只是有点昏昏欲睡，大脑一片空白。卧室的床上躺着一个脸朝下熟睡的男人，他没脱衣服，只有靴子整齐地摆放在身边的地板上。宽厚的后背随鼾声一起一伏，让人联想到藏宝洞前酣睡的巨龙，他的脚尤其大。

普鲁僵直地站在那儿。他的呼吸充斥着整间屋子。天花板和四壁被刷成白色，地板用就地取材的花砖铺就。这就是那些神奇的地砖吗？

---

① 《格林童话》中的一则童话故事的两名主角，汉塞尔和格莱特误闯巫婆的糖果屋，险些被巫婆吃掉的故事。

她趴到地板上，手指顺着方砖间的凹槽划过。床边的椅子上，放了一顶牛仔帽和一把左轮手枪。原来，这人就是驯鼠的“中国皇帝”。她凑近看了一眼，又退了回来。

普鲁披着薄外套靠在墙上，盯着手枪。她还从没摸过真枪。鼾声犹如火山喷发一般响彻房间，她记起电影院里按在她脖子上的手指的力度。她转头望着窗外的山峦，这里的人称旱谷为瓦迪，干涸的河床蔓延至天涯海角，然而，她知道这世上并不存在所谓的“天涯海角”。

“你好。”

“中国皇帝”发话了。“原来是你这个丫头小不点。”他说，“我是在做梦吗？”

普鲁没有立刻转身，她冒出一个没头没脑的念头。我是首饰盒里的芭蕾舞演员，转了一圈又一圈。他半坐起来，她头一次见到他大肚子上的层层赘肉。他露出笑容。

“可爱的姑娘，到这儿来吧？”他的皮肤粗糙不平，细小的毛孔上似乎都蒙了一层淡紫色。她是否应当告诉他，这是她的别墅，这里本应是她的家？她停泊的港湾。他拍着床，双手变得模糊。拍，拍，拍。她被墙壁环绕，别无选择，只好朝他迈了一步。孩子总是很听话。拍，拍，拍，他屁股下的床陷下去，又弹起来。她又往前走了一步。他又把身子往上抬了些，肚子上的褶子更深了。他看着她，手指在鼻下摩挲。

她与他近在咫尺，他用一种巧妙的方式拽过她的手腕，好像没花一丝力气，却让她整个人扑倒在他身上。他的双手把她举过头顶，又让她落在自己的腋窝和柔软肥大的肚皮褶皱之间。他身上有股类似香肠的刺鼻味道。现在，她像露露、像布娃娃一样仰面躺着，而他的脸、姜黄色的胡须、雪白的眉毛和红色的大鼻子遮蔽了整片洁白的拱形天花板。

“咱们接下来该做什么？”他的指尖按在她两根锁骨之间凹陷的小坑里。她没回话，只是望着头顶，这时，他唱起一首歌。闭上疲惫的双眼。宝贝的笑容尤甜。天使守望，伴你入眠。小宝贝，快安睡，妈妈膝上寻安慰。天使在你身边，天使伴你入眠。这是一首爱尔兰民歌，可能是支摇篮曲。也许在他小时候，妈妈会把这首歌唱给他听？也许他只是在自己童年的卧室里有过耳闻。她无从知晓。

二十

耶路撒冷，1920 年

来不及安排其他交通工具，他们只得骑马上路。路上的大半时间，威利都没吭声。他的马沉着稳健，任劳任怨。白日的天空中挂着一轮月亮，他心不在焉地仰头望着它。天很冷，说来奇怪，他似乎对严寒产生了免疫。维克洛指向旱谷深处的一小块营地。

“摄影考察队驻扎在那儿。可洛夫蒂在哪儿？”阿什顿问。

“他们刚才肯定是上村子另一头取景去了。里佛塔是山区高地，我怀疑美国殖民地的人已经听到了风声。”维克洛把烟头扔进灌木丛里。

“除了埃莉诺拉之外还有人知道？”阿什顿问，“埃尔斯佩斯和他们在一起。我就是不明白埃莉诺拉怎么把她给带来了。”

“喏，从咱们这儿看过去，他们很安全。”维克洛说。

“是的。”查尔斯说，“但我希望他们能立马回旧城去。”

维克洛走在最前头，身后依次跟着查尔斯和威利。他们顺着一条窄路向下走，威利身下的马跟着颠簸。走马的体态像精密的建筑元素。

它们的胁腹如何起伏、膝骨如何发力，以及马蹄敲击的节奏，都快从他的脑海中淡忘了。一段往事浮现在他心中：大约四五岁时，威利跑出潘特罗霍滨的领地边界，钻进一座农舍。那座宏伟的豪宅四周环绕着漫漫荒野，遍地是潮湿的荆棘丛，时常能遇见穷人家的儿子。一个农民被绑在篱笆上挨鞭子，作为虐待他那匹黑色小马驹的惩罚。一群男孩正幸灾乐祸。马驹站在一旁，为了防止它乱动抽搐，它的口鼻被牢牢拴在木桩上，它的两肋划了四道血红的口子。威利十六岁的哥哥爱德华把年仅四岁的威利往后推。*别看*。

威利着迷于这只牲口笨拙的步态，他闭上眼，假想自己不再是一个被勒令停职、无足轻重的飞行员，再也无法在荒渺的山谷中冲上云霄。他在另一片柔软的土地上，芳草淹没白垩，马蹄回音轻柔。那里的色彩从微光闪烁的鲜绿渐变至灰色，而非眼前这般黄沙滚滚，满天弥漫着夹杂粉色的黄尘。那里也没有这股味道——这是什么味道？他说不上来，辨别不出。他打着冷战。真他妈的冷。他的心绪难以平息，埃莉诺拉告诉维克洛的事让他神经紧绷，他看得出查尔斯也和他一样不安。

快要抵达营地时，他们看到拉尔斯正在挥舞双手，可那不是友好的招呼，而是在催促他们快点过来：有麻烦了。

“阿什顿。”拉尔斯大喊，“谢天谢地。”

阿什顿快马加鞭，小母马打了个鼻响，飘出一股马的气息。

“埃莉诺拉恐怕是病了。快来。”

这番话是对阿什顿说的，但威利当即跳下马，跟着阿什顿跑进帐篷。埃莉诺拉披着鲍姆夫人的裘皮大衣，坐在一张凳子上瑟瑟发抖。鲍姆夫人蹲在她跟前，握住她的双手。直到她抬头，先看看威利，再看看查尔斯，威利才明白自己有多渴望见到她。他为犯下的一切忏悔，移开了视线。窗外的世界罕有人迹，山谷里空空荡荡。他知道事情会变成这样。“哦，查尔斯？”他听见鲍姆夫人在他身后说话，“你怎么来了？不管了，我们现在必须马上把埃莉诺拉送到法国医院去。”

威利转身面对埃莉诺拉。他欲下跪，但她对他摇头，左右转动眼珠：别这样，站回去。他的双耳已是雷声轰鸣：咚、咚、咚。他的双臂无力地耷拉下来，踱了会儿步，又在原地站定。阿什顿在鲍姆夫人身边跪下来，把埃莉诺拉的手放在自己的手心。

“哦，埃莉诺拉，我的孩子。”阿什顿说，“发生了什么事？”

在他们身后，维克洛把拉尔斯拉到一旁，连珠炮似的向他提问。他听见枪响了吗？发生骚乱了吗？拉尔斯摇头。村子里有没有人抗议？他们其实没进村，仅仅是在现在所能看见的这片郊区取景。埃莉诺拉暗淡的脸庞被他抛到了九霄云外。

“你能不能骑马载她走？”鲍姆夫人问查尔斯。她指向埃莉诺拉脚边一摊鲜红的血迹。威利刚才还浑然不觉，他的脑子一团乱，但现在他看清了血迹斑驳的地板，看清了她苍白的肌肤。

查尔斯说：“我们有十万火急的事亟待处理，埃尔斯佩斯。我们必须先进村一趟，然后马上回来接埃莉诺拉。”

鲍姆夫人的嗓音破碎了：“什么事比这件事还紧急？”

“也许可以叫拉尔斯带她走？”

“你不行吗？”

“事情很棘手，是关于洛夫蒂的。出事了。”

这时，埃莉诺拉抬起头。“是的，查尔斯。”她轻声说，“你得赶快上里佛塔去。”

查尔斯对她皱眉：“埃莉诺拉，你到这儿来的时候就已经……？”但鲍姆夫人制止了他，气氛十分微妙。

“还有你，威利。”埃莉诺拉语气温柔，“你也应该上山去。拉尔斯可以送我去医院。”

她的言语暗示了潜在的危险。威利在脑中罗列出所有能为她做的事，只要她允许，他愿意为她拼上性命。

“普鲁在哪儿？”鲍姆夫人问道。

“她刚才还在这儿。”埃莉诺拉说话时伴随一声轻喘。

查尔斯从地上弹了起来，威利察觉到一处此前从未在意的细节：他的右手不太对劲。通常，查尔斯都会佩戴手套或穿长袖的衣服，丝绸西装也是特别定制的款式。他右手的小拇指有轻微的萎缩，惊愕的面孔涨得通红。

“你是说，普鲁也在这儿？”

鲍姆夫人慌了神，她回头看了一眼，说：“我猜她是找那栋别墅去了，我说过我会和她一起去——你得把她叫回来，查尔斯。”

“普鲁往那个方向走了？”

维克洛站在威利背后。“哈林顿，过来。”威利没有挪步。他凝望着埃莉诺拉时，内心中某种隐秘、自然而又稚气的情感愈演愈烈，又倏忽熄灭。那感觉有如利刃擦过，当场给他下了死亡判决书；因为他现在全明白了：她早就下定决心演这出戏。

“我可以带埃莉诺拉走。”威利说，他猛一转身，想要掐灭自己的胡思乱想，他对阿什顿说：“你们继续上路，我带她去医院吧？”但维克洛向他迈了一步。

“不。”他说，“我们得一起去。我觉得我们该走了，去找你那个老战友。”

“没错。”阿什顿说，“拉尔斯，能麻烦你把她送去医院吗？”

“当然可以。”

埃莉诺拉的目光不在威利身上。她在看什么？他也不知道，她的眼神空洞，她的轮廓模糊。一如那些她坚持冲印的照片上，影像的边线都已消磨。

维克洛向威利递来一把上膛的手枪，他接过来，马儿们沉着地迈开步伐。威利跟在阿什顿那匹步调规律的深棕色母马身后，不时拉紧缰绳。每走一步，都仿佛是埃莉诺拉重新揭开他身上的疤。他身上的伤口灼烧起来，时刻提醒它们的存在。埃莉诺拉脚边的血迹还印刻在他脑中，怎么也挥之不去。

路上，维克洛向他们转述了后续消息。布朗教士不幸身亡。他和一个在沙漠定居的伪弥赛亚产生了一点小摩擦，惨遭枪杀。一个说英语的男人身着白色长袍，在村庄广场上布道传教、设宴饮酒。但是，在英军辖区，传教或任何形式的公众集会都被视为非法行为。布朗教士走到自诩先知的人面前，礼貌地暗示这种行为的违法性，想借此给他警告。而这个妄想自己活在《圣经》年代的男人却把布朗教士称作“百夫长[①]”，百夫长，您吩咐我做什么？天知道，最坏的情况发生了，他的确拉拢了一批信众，聚集的人群骚动起来。这的确是群虔诚的信徒，因为有人放了一枪，布朗教士向前倒下，他的头刚好落入先知的胸膛。

过了不久，他们便看见里佛塔第一批房子的迹象，这片孤零零的住区在山坡中半隐半现。

“哪一栋才是布朗教士的别墅？”威利问。

“不知道。我觉得还要再往里走一些。”

---

① 古罗马军队中管理 100 名士兵的军官。

在这样一个一月份寒冷的日子里，大地了无生气，但仍能看出土壤上明显的耕作痕迹。一排排干枯的蓟花、梨状仙人掌生长在耶路撒冷的巨岩周围。他们听见砰的一声从山谷下方远远传来。

维克洛大叫："有人开枪？"

无人应答。阿什顿和维克洛在主干道上加快了步伐，这条路顺着一道岩石罅隙蜿蜒上升，只见越来越多的石头房子从山的那头崭露头角。威利的马发出抗议，它不想往前走了。威利用脚踝夹紧它的侧腹，拍打它的一侧脖颈，可倔强的牲口就是不予回应。环绕在他们周围的橄榄古树已经开裂，弯下了腰。

"大姑娘，快走啊。"他边说，边用靴子戳进马的两肋，可马仍牢牢站在原地。"我也心疼你，但我们必须得赶路才行。"

阿什顿和维克洛消失在前头。又一声巨响。这时，威利听见身后有人在叫他。是穿着她那身黑色裘皮的鲍姆夫人正向他跑来，她的两颊绯红，黑发被风吹得散乱在外。

"是那栋房子。"她说，指向高处一条小径上的石头房子。门边放了一堆木头。

"这就是普鲁想找的别墅。我觉得你应该进去找她。"她上气不接下气。

"哪栋房子？"

她又指了一次，比他想象得要近。威利喝住了马。

"可埃莉诺拉怎么办，你不去陪她吗？"

"拉尔斯把她放在自己的马上拉走了，他们会尽快换乘马车或者汽车。你知道吗？我总觉得普鲁会出事。"

威利对阿什顿的孩子并不关心。他的马抬起身，迅速低下了头。他不知道该怎么看待这个在阿什顿身边寸步不离的女人，但她身上的某些特质，也许是她焦虑的样子、瘦削的手指，和她黏人的气质，让他停下了脚步。他点点头。

“真是个蠢货。”他爬下马，推着这匹动物向一道栅栏走去。他把它拴好，留它低头吃草。

“埃莉诺拉，”接着，他说，“她会不会……”

“她的情况不容乐观。”

他们互相望着对方。他知道自己羞红了脸——活像个白痴，他也察觉到她正仔细端详着他的面孔。她把眼镜从鼻梁上推了推，想要开口说些什么，他打断她。

“她明知道这里会出事，为什么还要把大家都叫过来？”他问。

鲍姆夫人耸耸肩。“为了哈立德？”

“哈立德”的名字在树林间回响，在叶片和干枯的树干之间来回飘荡。她又指指房子。“我们是不是该去找普鲁了？”

别墅外的空气凝重而死寂，似乎连风都放弃了它。威利凭直觉没有敲门，而是悄悄打开了门，鲍姆夫人紧紧跟在他身后。他做了个手势，示意她等在这儿，他的眼睛花了一些时间适应屋里的黑暗。

整洁的房间中摆放着光秃秃的家具。一座农舍，朴素却迷人，屋里很暖和。他本想叫出声来，但没这么做，而是朝角落里的一扇门走去，门通向另一个房间。她就在那儿，普鲁像小猫一般蜷缩在床上，房间里散发着一股奇怪的金属气味。他低头看着眼前这幅不协调的景象：阿什顿的女儿在房间里熟睡。这时，他才突然发现她的样子有些异样，脸色煞白。“普鲁？”他走到她身边，又闻到了那股刺鼻的味道。虽然握着左轮手枪，他的手仍不住颤抖。他刚一碰到她的手臂，她全身便痉挛地抽搐起来，膝盖紧紧缩在胸前。

“普鲁？”

没有回答。她的小裙子被撕开了，内衣拧成一团，身体赤裸在外。他倒吸一口气，闭上了眼睛。

“鲍姆夫人？”他大叫着走到门口。鲍姆夫人站在那里，扑了粉的脸庞尤为白净，眉毛精心画过，头发染得乌黑，一副忧心忡忡的表情。

“她在屋里。”他低声说道，摇了摇头，嘴里泛起苦涩，“我觉得有人侵犯了她。”

鲍姆夫人从他身边走进卧室。威利扶着墙走到屋外，他的双脚使不上劲。终于，他找到一扇小窗，朝里看去。鲍姆夫人像儿童故事里的皮影玩偶一样穿过房间，她既可以扮成梦想和财富的传递者，也可以出演夜间盗窃珍宝的小偷。这是一幅稀松平常的景象，像是母亲观察熟睡的孩子。威利四下张望，洛夫蒂会在附近吗？他感到不寒而栗。

威利看到孩子做梦般恍惚地坐了起来，过了一会儿，她们一起出现在冰冷的空气里。鲍姆夫人拎着普鲁的两只靴子，普鲁把鲍姆夫人的手帕贴在脸上，因为她一站起来，鼻血就流个不停。她的裙子皱巴巴地罩在身上，让他想起开罗军区医院的病号服。房子边上的树枝吱嘎作响，普鲁彻底恢复了意识，她迷茫地嘤嘤啼哭起来。

“我把她带回去。”鲍姆夫人说，她脱掉自己的熊皮大衣裹在普鲁肩头，推着她走上小径。

“我和一个园丁说了几句话，他是个阿拉伯人，在这里工作了五十多年，”普鲁说，“你们遇到他了吗？”

威利听到埃尔斯佩思温柔地回答：“没有，他不在这里。”

威利不知自己该做什么好。每棵树上都停落着白嘴鸦，它们的姿态像随时准备进攻，它们的存在本身都像一桩罪证。他这才发现，空中又飘起雪花，缓慢而轻盈地降下。当他抬头望向山脊，每棵树背后似乎都藏着洛夫蒂的影子。一棵棵嶙峋、凶恶的树。突然，一阵爆破声划开天空—— 一声清晰、嘹亮的枪响。

威利说：“快带她从这儿离开，回营地去。拉尔斯应该没把东西全收走吧？”鲍姆夫人点点头，她搀扶普鲁穿过梨形仙人掌丛，路过树丛间的白嘴鸦。威利来不及回头找他的马，拔腿狂奔起来。

村落广场被窄巷环绕，每条街上都搭起一道拱桥，连接两栋高高的石头房子，使这些住所看上去彼此连通。苏哈，意即广场，这个词是威利在开罗时学的。空气中弥散着惴惴的紧张，似有噩耗将至，头顶的天空晕染上雪的颜色，浅灰和海蓝。成群的男女站在周围交头接耳，窃窃私语，女人们把披肩拉过肩头，在雪地里瑟瑟发抖。在广场的最南端，几架梯子靠在一座小清真寺的外墙上。威利在对面一角辨别出阿什顿和维克洛的背影，他们正在和几个人交谈。他转过身朝他们走去，哪儿也没看见洛夫蒂。

威利喊了一声，但没能引起阿什顿的注意。他又透过大脑中的那双眼睛，看到普鲁的细胳膊上烙下的粗大、发青的手指印。他来到广场中央，靠近梯子时，发现每架梯子上都绑了一捆东西。人群看着它们，又移开目光，指指点点。一阵声响从天边传来，汇聚成他熟识的声音：妇人们的哭声。

“查尔斯。”他又喊了一声，跺了两下靴子。维克洛和阿什顿终于回过头看他，招呼他过去，这时，他又转身看向梯子。

现在他看清楚了：每架梯子上都绑了一个人。他停下了脚步。查尔斯在朝他嚷嚷些什么，但他已经听不见那些话语。受吊刑的全都是阿拉伯人，很可能是阿丹的匪帮同党。绳子缠在他们的腹部和脖颈处，像是一场对盖伊·福克斯[1]的令人生畏的吊唁。

他加快了步伐，走到阿什顿跟前。“老天爷啊，他们死了吗？”阿什顿点头。

“我们不该把尸体放下来吗？”

“我们打算这么做，但他们很确定他还在附近。”

“洛夫蒂？”

阿什顿垂下头。“恐怕是的。他这次做得太过火了。”

威利看着他，张口想告诉他普鲁的事。阿什顿那张儒雅的、蓄胡须的长脸正观察着广场上发生的一切，眼神里没有恐惧，却带着几分敬仰。他亲手制定了一场规划井然的妄想——手工艺培训、珠宝制造、陶具研究、文物搜集——他编织出一张复杂的网络。可他究竟是谁？没错，他永远在写写画画，制图、重新设计、做调研、收集资料，然而，归根到底，在那顶红色圆帽之下，在支离破碎的阿拉伯语背后，他究竟有什么资格来指手画脚？威利明白了，阿什顿不仅批准洛夫蒂胡作非为，甚至还认可这种行径：把那些男人绑在梯子上。

威利四处张望，仔细观察村落广场和喃喃低语的人群，突然，他注意到一个女人正伏在地上默默抽泣，另有两个妇女安慰她。他看着广场四角的螺旋形楼梯，它们伸向封闭的桥拱和走廊，走廊通进房子后侧，成排的房子一路深入村落中央。两个男人被绞死在那儿。他们折断了脖子，如同圣诞树上的装饰般在风中摇晃，似乎没有人急着把他们从上面放下来。

一只扁耳朵、豺狼般的小狗一路嗅着爬向梯子，一个失声痛哭的男孩吼叫着把它赶走，向它扔石头，把尘土往它的眼睛里踢。可是，

---

① 英格兰天主教会地方成员，1605年策划暗杀英国国王，用火药炸毁英国议会大厅，被处以吊刑、剖腹与斩首。

这条狗却丝毫没有退缩。先是龇着牙低吼，然后开始狂吠不止，叫声高亢。它对地面上的某个东西很感兴趣。阿什顿和维克洛低头凑得很近，正在和一个里佛塔村里的长者交谈。那个男人身体前后摇晃，不停摇头。

威利离开他们，朝狗走去。它溜上前，又弹回来，发出阵阵低吼。男孩继续扔石头，但狗也不甘示弱。威利刚一凑近，便立刻看清了狗想要接近的东西，他能闻到那股气味。残手和断脚堆成一摞，有的皮肤泛白，有的血迹斑斑，上面爬了一群苍蝇。小男孩用阿拉伯语飞快地说着什么，打着手势，泪流不止。看见威利，他朝一个被捆起来的男人指去。爸爸，爸爸。威利用手捂住了嘴，指甲盖、长茧的指关节，残肢上的戒指，眼前的景象让他的胃里翻江倒海。他脚底一晃，险些昏厥。绑在梯子上的尸体的双手和双脚都被砍断了。

村子里的长者退回广场边的一栋房子里，阿什顿开始和另一人谈话，他似乎在恳求对方。维克洛笔直地站在旁边，一言不发。他和威利的目光相交时，移开了视线，咳嗽一声。

和阿什顿对话的是一个阿拉伯人，算不上高，留着一缕小胡子。他身穿黑色西装，带着一个箱子。他挣脱了阿什顿，走到广场正中央。威利看着他，所有人都看着他，就连维克洛都纹丝不动地观察。

男人打开箱子，取出一台巨大的三脚架，然后蹲下身打开另一个小箱子。他把三脚架放在第一架梯子前，绑在上面的人的头向前垂，舌头从张大的嘴里伸出来。四肢断面上的血迹已经发黑，蚂蚁爬在上面。他没有和任何人交谈，不紧不慢地从摄影器材箱里掏出一张胶片，转身抬头看天，像在测光。他按自己的想法摆好三脚架，插入胶片，拍下了照片。接着，他有条不紊地绕着广场徐步走动，拍下每一架梯子上的死人，其中也包括两个绞死在角落里的男人。

维克洛面色阴沉，他往嘴里塞了一根烟，但没有点燃。

随后，这个男人退回广场西侧的角落，他眯起眼睛。维克洛站在阿什顿身边。威利也站在附近。他正在拍摄他们的照片。拍好以后，他将三脚架留在原地，朝查尔斯·阿什顿走来，但在最后关头却转向威利。果不其然，此人就是埃莉诺拉的丈夫。脚下的石子咔嗒作响，他在威利面前停住脚步，从口袋里拿出一只小酒瓶，毫不慌张地启盖慢饮。然后，他将酒瓶递给威利。

“喝水吗？”他用英语问道。

威利摇了摇头，耳朵里嗡嗡作响。那条狗又开始吠叫，叫声比上回更加顽固。不吃到近在咫尺的血肉，它绝不善罢甘休。

“埃莉诺拉说她觉得你们会在这儿。”哈立德·拉苏尔说。他的小胡子。那双平静的棕色眸子。拉苏尔知道埃莉诺拉这会儿正在经历些什么吗？

“我觉得有必要把你们放到这组照片里来，英国人的行径很快将昭彰天下。”

威利的手在抖，维克洛向前迈了一步。威利看到他的手正扣在手枪扳机上，眼中黯淡无光。威利的耳鸣演变为喧嚣声响彻脑海，淹没了狗吠和苍蝇的嗡嗡声。阿什顿警惕地看了一眼维克洛，站到威利身边，对哈立德·拉苏尔直摇头。

威利转头对查尔斯说：“你的女儿……”他刚开口，却被阿什顿的惊叫打断了。

“苍天啊，他还活着。”

他们都沿阿什顿的视线望去。维克洛把刚点的烟扔在地上，阿什顿飞奔到中间那把绑着人的梯子跟前，威利紧随其后。从男人两只断腕上淌下的黏稠血液在地上汇成两摊猩红的圆圈。没错，男人还在抽搐。那个刚才默默哭泣的女子突然开始尖叫。

威利从口袋里找出小刀，爬到梯子的第一级上，他必须靠得很近才能够到男人肚子上的一圈绳子。哈立德·拉苏尔站在他们身边，将这一幕拍摄下来。

“说真的，”阿什顿说，“别再拍了，拉苏尔，你在帮倒忙。”

但他没有罢手，快门咔嗒一声按下。一天便成了幻梦，定格在一张照片里，悬停在似是而非的光线中。维克洛接住了坠落的男人。他含混不清地呻吟着，绿色的液体顺着他的嘴流出来。那名女子跑过来，瘫倒在他身上。其他人也相继围了过来，四周的空气中突然人声鼎沸，仿佛打破了静止的魔咒，被震惊攫住、不得动弹的整个村子在这一刻突然复苏，被允许发出哀鸣。

这具躯体被抬入广场边面包店隔壁的房子里。屋子里塞满了人，女人们挤上前来清洗包扎血流如注的伤口。一个女人的脸上皱纹密布，如同橄榄树干瘪的老树皮。她弯下腰，看着那一堆爬满苍蝇的、棕褐色的手脚断肢，对那妻子喊道：哪只是他的呀？

威利站在面包店的门里，这里，一群人围在幸存者身边。对拉苏尔的恐惧耗空了他的全部精力。它关上他脑子里的一种官能，又再次唤醒，关上，再唤醒，把威利折磨得头晕眼花。

拉苏尔知道威利对他的老婆做了什么吗？但这都是她的授意。这个念头盘踞在他脑海，是她叫我这么做的。

埃莉诺拉说她觉得你们可能在这儿。我觉得有必要把你们也拍进照片里。

这句话背后有什么深意？该死，真该死。

威利看着拉苏尔迈着迅捷而坚定的步子在广场上四处走动，和村民交谈。一个穿黑罩衫的女人走上前去，身上落了几片轻盈的雪花。她用尽全力发出一声呼号。他的阿拉伯语再好也只能说得磕磕巴巴，反而是开罗方言说得更好。她先是双手抱头，疯狂地摇晃脑袋，然后爆发出一声悲鸣。英国佬，英国佬，英国佬。[1]他听懂了这个词。这是谴责的呼喊。两个同样一袭黑衣的年轻女子走上前来，把她拽走，她尖叫着消失在一道门里。门砰的一声关上，隔绝了悲惨的厄运、窒息的空气和被鲜血染红的黑蚂蚁。

威利的双手被汗水浸湿，黏糊起来。拉苏尔不时拿出一台小相机，不知在拍些什么。拉苏尔的眼睛凑在那台盒子上。他并不敌视英国，但他的行为却是一种……怎么说呢？威利努力寻找合适的词。公然挑衅？他走路时，会激起一种静默的威严。这是威利仅能想到的形容。

阿什顿和维克洛双双脱下衬衣，把它们撕成条，用作绷带缠在伤员身上。受伤的人被抬到一张床上，正喘着粗气。在这个阶段，这种高尚行为已经毫无意义。一切都太迟了，没有丝毫诚意。一个老太婆在威利面前伏倒在地，失声恸哭。不管是祈祷还是辱骂，她的一举一动都饱含哀伤。威利转过脸不想看她，却看到普鲁正在穿越广场，两颊光泽红润，风吹乱了她的头发。

“普鲁来了！”他冲阿什顿大叫。

鲍姆夫人追在她身后，踉跄地伸手想要抓住她，但这个孩子却跳到她面前，把她一把推开。

“我记得你说埃尔斯佩斯正在照看她？”阿什顿回头说道，他的衣服撕开一半，露出赤裸的胸膛。

---

① 原文为阿拉伯语，Ingliz。

我说过吗？威利回想方才发生的一切。我没有说过，是阿什顿自己这么以为的，他根本没有过问普鲁的事。

孩子正在朝梯子走去。天色渐暗，角落里的楼梯井里，螺旋状的楼梯衬出村舍清晰的边角。普鲁驻足盯着它们看了一会儿，然后转身走向那两个无人问津的吊挂的男人。威利觉得不该让她看到这幅景象，他朝她走去。应该有人来保护她远离这一切。但紧接着，他停住了脚步。她又不是他的孩子，帮助她也并非他的义务。阿什顿走到门口，在亮光里眯起眼睛。蜡黄、瘦弱的胸脯上没有血色，肚子滚圆，肚脐下长着一列黑色的汗毛。

“她在哪儿？”

“在那儿。”威利说。小女孩孤零零地站着，抬头盯着在空中摇摇晃晃的两具尸体。

“普鲁。”阿什顿喊道，“不许上那儿去，快走开。”

广场一角的树丛中响起一声枪响，惊起一群飞鸟：乌鸦、白嘴鸦，各色鸟儿遁入天边。只见洛夫蒂从一栋附属建筑后面走了出来。几个女人发出警惕的叫喊，连忙躲到男人们的身后。哈立德·拉苏尔站起来，眯眼看着他。

“洛夫蒂，”阿什顿大叫，爱尔兰男人的目光直射过来，“你到底……上帝啊，瞧瞧你都干了什么！”

洛夫蒂步伐缓慢，但看到他的人无不后退，拉住身边的人，叫出声来。普鲁没有留意四周的动静，只是牢牢盯着如秋叶般悬在半空的男人。洛夫蒂一手执土耳其鞭，另一手握来复枪。有一个女人正跪在一架梯子跟前，见了他，突然剧烈地颤抖起来，失声尖叫。洛夫蒂把枪口对准威利的脸。“你，”他说，“让她别再叫了。”

阿什顿向前一步，“洛夫蒂，老兄，事情已经失控了，我觉得我们应该……"

"你，"他又对着威利重复一遍，"让她给我停下来。"

那双血红的眼睛又浮现在眼前。你不配当英国人。说这句话的却是个爱尔兰人。

"让她别叫了。"洛夫蒂的来复枪指着威利，他能看到枪口中央的瞄准器，一把货真价实的枪抵在头顶。威利走到那个歇斯底里的女人跟前，向她俯下身。别叫了，别叫了，别叫了。

"把你的枪掏出来。"

阿什顿原本在他们身后大发言论。"洛夫蒂，住手吧，你玩得过火了。"他也突然闭上了嘴。他和维克洛都看着威利，威利拿出了维克洛先前交给他的小手枪。

"把枪对准她。"

威利的双手颤颤巍巍地拿起枪，指向在地上啜泣的女人。她和埃莉诺拉年龄相仿，她抬起头看他。在她身后，男人们的尸首还挂在梯子上，无主的双手和双脚堆成一座小山。维克洛向前一步，阿什顿向前一步，所有人都抬头看着洛夫蒂。突然间，只听见咔嗒一声，但这不是枪声，而是按下快门的响声。拉苏尔将这一幕记录了下来。

听到相机的声音，洛夫蒂吃了一惊，转身向后看。威利终于垂下胳膊，女人仍在弯腰痛哭。维克洛走到她身边，对她说了些什么，想要扶她站起来。而阿什顿怒不可遏地捋着胡子，向洛夫蒂吼道：

"狗娘养的，你他妈的到底以为自己在干什么？"

"哦，我不过是在例行公事罢了，查尔斯。"

这时，威利看见阿什顿转过身，他看到自己的女儿正站在广场另一端的梯子跟前，盯着它们。

"谁把她一个人留在这儿的？"阿什顿嚷嚷，由于把衬衫贡献给了那个受到非人般虐待的男人，他现在光着半个身子。他向她走去，没走几步就开始狂奔。

都是你的错。你的错。是你把她留在那儿的。威利抬头看天，雪花已经不再落下。其实，方才都称不上一场风雪，只是零星的几片雪花，一场无缘无故的飞雪。

二十一

伦敦，1933 年

查令十字街、丹麦街、圣吉尔斯大街，当然，雨还在不停落下。“我的朋友，咱们走过去吧。”我注意到他是个害羞的人，这是他最大的特点，令我不安。伊赫桑本人和信中判若两人，他在信中的笔触温情脉脉：“我的可人儿[1]。每当耶路撒冷阴雨绵绵，我都想起你正身处伦敦……”

“你饿吗？”伊赫桑问。四步之后，他又问了一遍相同的问题，我说没有，但其实早就饿了，都这个点了，哪个伦敦人不想吃点东西？每个人都疲惫不堪，为谋差事四处奔走。我还能靠皮埃尔家的补贴过活，但我认识的女孩，比如斯莱德学校里艺术家的模特，和酒馆里的流浪汉都仍旧饥肠辘辘，所以我也跟着他们一起挨饿。这是我感受世界的一种方式，我想，尽管世间大部分事物都有固定的状态与情感模式，这种现代思维不愿意以自我毁灭为代价与他者感同身受。我穿着

① 原文为阿拉伯语，Habibti。

皮埃尔那件口袋又长又深的军用雨衣，它在我身上显得过于宽大。

“伦敦的雨，”伊赫桑说，“和你描述的一样。”

“我敢说，这儿的雨和别处也没什么不同。”

他站在街上，双手高举向天空，可爱的脸蛋仰面朝天，他那来自耶路撒冷的吐息和耶路撒冷的头发被雨打湿，却拒绝撑伞。

“不，”他说，“不一样的。就像你这件雨衣下包裹的身躯也和别人不同。”他说。不再看天，转而看我。“你冷吗？”

“如果你喜欢雨的话，我也想淋雨走。”

“看来我们是天生一对，是吗？保姆能把小宝宝照顾好吗？”

“嗯，她其实称不上是保姆，他也不是宝宝，他已经两岁了。不过，没错，他很喜欢和她待在一块。”

他勾住了我的手臂。这是他来这里以后我们第一次肢体接触，没过多久，我们步调的节奏就变得完全一致，挤成一团，共同抵御十二月的严寒。

“耶路撒冷是座郁郁寡欢的城市，普鲁。能够远离它对我来说是种宽慰。”

我不知该如何回应他。这座城市在我心里留下一生难忘的光辉，但是说真的，我很难清晰地回忆起每一处细节。我记得蜿蜒的窄巷，无尽的阶梯。我记得寒风凛冽，我总觉得那风的一部分总在变形，变幻莫测，反复无常。

“我不会在这里久留。我来为家人办事。”他不想参观任何伦敦的景点，我便带他来到托特纳姆法院路的里昂咖啡馆门前。他犹豫片刻，随我走进店里。这间茶室颇受欢迎，店里的人气丝毫不受大雨影响。女服务员穿着一身黑白制服，活像一只企鹅，她花了几分钟时间帮我们找到了座位。我们很幸运，因为窗边刚好有一个两人座，不必和他人拼桌，还能观赏窗外仓皇而过的行人。

我们身边的英国人无不忧郁地盯着茶杯，伊赫桑坐在这群乏味的英国面孔中间，一眼就能看出是个外国人。他的着装称得上讲究，一件笔挺的西装剪裁时髦，但不是常见的英伦款式，他的领结则更添几分异域风情。茶具、蛋糕和一小壶奶油一并端上桌，我们之间的气氛有点尴尬，这和我设想的不太一样。服务员看他的眼神，像在怀疑他会把店里能偷的东西都卷走，而她好像希望把茶杯从他面前撤走，以此保护其他客人不受这个外国佬的威胁。然而伊赫桑对此毫无察觉，也许他注意到了，只是没有表现出来。

我面前装了糖的碗里掺了成分不明的杂质。我把两脚交叉又分开，雨水渗进了我的几层衣服，让我直打哆嗦。我摆弄起茶碟，撒着糖玩。我不太清楚该如何与他相处。我刚在斯莱德的“小古董”艺术项目里度过了才思泉涌的十四天，有许多艺术主张想与伊赫桑分享。然而，我们之间巨大的时间鸿沟已是无可争议的事实，但似乎也随着里昂咖啡馆挂钟的滴答声逐渐消失。我们熟悉吗？我们亲密吗？很难定论。我以前不知怎的曾给他写过这样的话：“我希望艺术能够捕捉光线的流动，让观看它的人目眩神迷。我切实体会到一种感觉：失衡，生活永远游走于边缘。”而我真正想说的是：“我在努力关心呵护幼小的孩子，我们给他取名为斯奇普，但孩子和工作，两者无法共存。”当然，我对此只字未提。我应当稍微过问一下他的家庭和他的事业，但我只是冲他笑笑，他也冲我笑笑。

我们都很拘谨。尽管这些年我们一直有书信往来，但我们从不讨论现实生活，也避免触及实际问题。我发现关乎他私生活的问题都让我难以启齿，比如：他是否打算娶妻？他会不会觉得孤独？他还在写诗吗？我也很少谈到皮埃尔或自己的母亲身份，我要如何开口呢？我想方设法把脸遮上，一会儿双手交叉挡住嘴和牙，一会儿用手掌托着来遮住脸颊。我坐在他对面，暴露在从窗户中射入的日光之下。多年之后，这样的暴露令我恐慌。我宁可在黑暗中与他会面。

拉塞尔酒店，活像《爱丽丝梦游仙境》里“疯帽子”的门房为我们拉开两边金碧辉煌的大门。看到伊赫桑的阿拉伯面孔和他锃亮的鞋，他们扬了扬眉毛。现在才下午四点，但在伦敦的隆冬时节，夜幕已然降临。我们走进大厅，伊赫桑抓住我的胳膊。

“这会不会有些不太合适……？”他面露羞涩。

“什么？”

“我提出从公共场所换到你的房间聊天。我有些事想和你谈谈，你丈夫在房间里吗？”

“不在，不过他随时可能回来。别担心，伊赫桑，很多人都会来我们的房里坐坐。咱们上楼吧。”

楼梯盘旋上升，大堂乐声阵阵。我认识的人中，没有人有个像样的家。这个人有间茅草屋，那个人要退掉肯辛顿的房间，你要来入住吗？所有人都居无定所，四处漂游，我不明白这样做的道理。是艺术家的天性使然，还是他们压根不信任房子？与刚才在茶室时不同，伊赫桑的话变多了，他每走一步都要恭维几句：“我就知道你会出落成一个优雅的大家闺秀。”我拧开门锁，推开门，客房里的霉味扑面而来，我的衣服和内衣堆得到处都是。混乱不堪的生活暴露无遗。

“失礼了，伊赫桑。”我冲进房间，想赶紧把东西收拾干净。

他站在飘窗边俯瞰拉塞尔广场，又把我们的套间打量了一圈。角落里放了一架钢琴，但我和皮埃尔都不会弹。床面宽大，有四根帷柱，衣柜比床还大。我的裙子成堆散落，很多都是一个继承家财的美国富家女某个夜晚送给我的，因为她懒得把它们全打包带回纽约。房门在我们身后砰地合上，发出一声难听的电子音。这里归根到底不过是一间酒店客房，而我发现，伊赫桑对于我而言不像一个老朋友，更像一个陌生人。但是，我们之间的年龄差距——以前是十一岁和二十岁，如今是二十四和三十三，却似乎不再像以前那样难以逾越。

“你的丈夫上哪儿去了？”亲爱的伊赫桑，他正和别的女人腻歪呢。但我没有这么说。

“我想他应该在工作。”

他脱下外套，走到钢琴旁，把手放在上面，仿佛在为它祝福。“为什么你们不找个稳定的地方安家，非要住在宾馆里呢？”

“我不相信所谓的住宅。”我讨厌自己说了和皮埃尔一样的话。虽然时间尚早，我习惯性地快步走到饮料柜旁，转过身。“伊赫桑，你想喝点什么吗？”

他发出一声女孩般的咯咯轻笑。“如果可以，我想要一小杯红酒。”

“那我得叫人送上来。”

“孩子呢？”他环视一圈，似乎觉得斯奇普会躲在窗帘后面或沙发底下。

“他们应该出去散步了。我也不知道。”事实上，我让奶娘带着他在外面尽可能久留一会儿。我不想让伊赫桑看见自己面对孩子时的手忙脚乱。我点酒的时候，他去了洗手间，我在卧室的镜子里看到了他眼中的我。一副大牙，一脸倦容。皮埃尔现在和一个叫卡米拉的女学生上床，这件事在每一个清醒时分都刺痛我的心。他在房间踱步时，那双大眼睛好像随时准备忏悔。每当他面带这样的表情“信步”游走时，最终都会回到我身上寻求慰藉。我早就猜到这个女人和他有关系——不过，还是称她为女孩更恰当——然而，当那一刻终于来临，当他终于将一切向我坦白，他语气里的焦虑在转化成词句前就已在我面前消融。这不是我期待的那种悔罪。相反，这更像一种怨愤。他愤愤不满，因为我把太多时间耗在工作室里，因为我可以聚精会神，因为那些买手竭尽全力想挖掘的是我脑子里的灵感。皮埃尔自己创作不出艺术。他可以当个批评家或者艺术经纪人，因为他有一流的艺术品位，他可以发表议论，也已经沉浸其中，除了钻研艺术，他别无所求，只想和艺术融为一体，吸收它的精神，理解它的奥秘。悲哀的是，他唯独没有生产艺术的能力。那一晚，他彻底看清了这个事实，趴在我的膝盖上哭得像个孩子。为什么？他反复叨念。为什么？我实在不知道如何回答。“也许你还没有准备好把自我暴露出来？”我想起那些被他锁在客房里的夜晚，他从我这里汲取“材料”。那些年华伤痕累累，不忍回看。

为了在这种刻骨的折磨面前妥协，他开始靠和其他女人上床重新找到生活的目标。我能理解吗？也许可以，但伊赫桑没必要知道这些细枝末节。

我在鼻子上重新搽了粉，想遮住眼睛下的黑眼圈。我回到主卧，给自己倒了一杯一指高的威士忌，在伊赫桑回来前将它一饮而尽。

我们坐在绿色长沙发的两头，这是个舒服的距离，但他一直在房间里左顾右盼：有什么东西让他心绪不定。

“这间屋子里有你自己的东西吗？”

“当然。”我四下看了看，“我的雕塑材料，还有几本书。”桌上有一本书，《单元一号》。卡塞尔刚刚把它出版，寄了一本给我。里面有一整章都在介绍我的作品。我排在威尔斯·蔻特斯[①]和柯林·卢

① 英国现代主义建筑师、设计师，代表作有位于伦敦汉普斯特的伊索康大楼。

卡斯[1]之间。

“这本书里写到我了，看。”我为自己感到羞耻。我其实是被他们连哄带骗编进书里的。但我想到，对于伊赫桑这样的人来说，他的家乡是石头砌的，他的家谱可以追溯回遥远的古代，把酒店当成家自然会令他焦虑，而我想分散他的注意。他打开书看见其中一张黑白的、画了插画的装饰盘。《家庭女教师》，1931年。室内装饰，作者：纳什[2]。伊赫桑念道：“‘单元一号’是英国艺术家创立的新社团，成员包括画家、雕塑家、建筑家……”

“对，”我说，“他们热衷于成立形形色色的社团。”我强迫他把书放下。“我还有一个衣箱和一个手提箱，里面装着一些七零八碎的东西，没什么值得看的。”

伊赫桑把手伸进他随身携带的黑色公文皮包。我这才意识到，能够在多年后再次看到这张脸是多么亲切。当然，也有一丝悲哀，毕竟，所有的面孔会都被时光雕蚀，抹去往日的光彩。然而，这种哀伤无须牵扯旁人，它自在自为。我对此心怀敬仰。

他在公文包里东翻西找。我真想抚摸他的脸颊，我有可能爱上伊赫桑吗？我是说，嫁给他？这个想法从未像今天这么清晰，多么奇怪！仿佛我打开投影仪，看到了另一种人生：与他在耶路撒冷的房子里同居，被栽种无花果和天竺葵的盆盆罐罐环绕。一种无耻的念头闪过脑中：难道这就是他来找我的目的？我对他满腔柔情，但又突然想起他一直对我有所隐瞒。不错，他在信里洒满热切的思念，但现实中，这些日子他又同谁一起度过？他在做些什么？我觉得他要掏出一本诗集，不禁脸颊泛红，呼吸急促，因为我想，这将是一份爱的告白，

① 英国现代主义建筑师。
② 保罗·纳什，20世纪英国绘画代表人物，作品以战争画、超现实主义绘画为主。

一定是这样。这就对了，伊赫桑。另一种截然不同的生活已经在隐隐向我招手，可惜他一心投入在手头的事情上。他拿出寻找的东西——一沓纸——把它们装进膝上的包裹里，双手交叠其上。

“普鲁，你知道，我在耶路撒冷德国领事馆做书记员，在新上任的领事手下工作，他叫海因里希·沃尔夫。”

我重整心情。“是的，我记得你在信里提到过这件事。”我对他微微一笑。我真傻，可不是吗？我难道还指望他向我求婚？我已嫁作他人妻。这可是伊赫桑啊。

“这份差事糟糕透了，它就不应该存在。”他跷起腿。

“它没你想的那么坏。”

“它真的一塌糊涂。”他把一张纸扔给我。“比方说，我需要把这一页复印出来，做好记录，确保它是一份复印件，确保它被记录在案，确保我清楚每一份收发件的内容，确保每份文件都摆放在正确的位置，贴上标签，标好日期。”

“比这更糟糕的工作还多呢，伊赫桑。假设你在工厂给军用靴打孔，那才叫可怕。一整天都要在靴子上给绑鞋带的地方钻小孔。”我认为这番话由我来说颇为可信，因为玛格丽特的一个朋友在战时就干类似的活，她磨坏了手指，眼睛也差点瞎了。所以我才会想到这种故事。

他探过身来。“这其中有许多蹊跷。”他皱眉，“事情很棘手。”

“你指什么？”

“新来的领事必须遵守柏林方面的指示。他需要盘查现在在耶路撒冷任职的德国学者究竟是纯犹太血统、半犹太血统、四分之一犹太血统，还是按他们的叫法，雅利安人。”

“好吧，这件事又为何让你困扰呢，伊赫桑？”

“因为我是书记员，这项清查由我执行。你不知道这有多疯狂，让我来告诉你。想象一下，朗夫人冲我大吼大叫，沃尔夫冈·朗告诉我他的妻子没有犹太血统。我说，我相信你，我相信你，但领事说需要证明，这是柏林方面的指示。”

“行，那要怎么证明？她是犹太人吗？”

“你是谁并不重要，关键在于你的祖辈是什么血统，海因里希·沃尔夫对此心知肚明。”

“那它又为什么会带来很多麻烦呢？”

“这个问题怎么会有确切的答案呢，普鲁？我是不知道。朗夫人和她的父母分别是斯洛文尼亚人、伊兹密尔人和法国人，同时还有不知从哪里传下来的罗马天主教血统。所以你现在知道我每天上午都要把时间花在哪儿了吧？”

“花在哪儿，伊赫桑？我有点理解你了，这份工作确实不怎么样。”

“我必须给每个朗夫人的祖父母有可能居住过的城市打电话，联系那里的行政长官。我得大费周章地从每个镇上搜集和这些祖父母相关的档案。我要给每个城市拍一封电报，再追加一封信，接着还要再打一通电话。”

“天啊，别再说了，伊赫桑。你让我头疼。”

“我的生活就是这么令人头疼。”

“可是为什么你要在德国人手下干活？”

“他们聘用我是因为我不信教，还会说好几种语言。”他的身子又往前伸了伸，压低声音，“我听说不久之后，所有住在耶路撒冷的德裔犹太人都必须把名字改成萨拉或伊萨克，到时候就犯不着找人来为他们一一规整档案了。”

伊赫桑所言简直是天马行空，我没法相信。“这不可能是真的。”

“这是真的。”他顿了顿。

“你知道吗，那个飞行员，威廉·哈林顿，他的德语说得很流利？”

这个名字简直是上个世纪的事了，可伊赫桑却觉得我还都记得。他以为我不会消失，不会像尘埃那样随风而逝。我希望他把我视作一个活生生的人，而不是一段丝绸，一道亮光。我听他讲述那些故事，可他说的话我一句也听不进去，它们如落叶般飘落，这是别人的人生、别人的问题，他们对我来说没有意义。我只想专心做艺术，不愿思考那些穿着纽扣锃亮的军大衣的男人们涉足的世界纷争。这些男人把人领进特殊的房间，再把他们带走，他们伤害孩子。每当我试图理解，思维都濒临崩溃，根本无法想象。

“今年，他回耶路撒冷来了。”伊赫桑说，“他为英国领馆做事。”伊赫桑放在包裹上的手攥紧、松开，仿佛是在欣赏自己干净无瑕的指甲。

“哦？他在做什么？”我努力回想。这是一个英国人，他深爱埃莉诺拉，那个摄影师的妻子。当然了，我没有把他忘了，我只是有好一阵都没有特意想起过这个人了。

“埃尔斯佩斯——鲍姆夫人——和我成了朋友。她在考古学院的工作完成得很出色，经常协助公使解决房屋问题。谁有权在一块地皮上盖房子，特定土地的产权又归谁所有？有时候很难界定。每个人都在争论产权问题，但她告诉了我，我现在也要告诉你，他究竟在做什么。他在为沃尔夫做事。”

“这是什么意思？”

“他已经得到伦敦方面许可，以法斯特酒店为基地，监视巴勒斯坦-盎格鲁银行转账的情报交易。换句话说，我亲爱的，英德两国就耶路撒冷问题已经达成收益颇丰的合作，受益人是现如今在柏林被我们称作纳粹的那群人。”

“哦。”一只鸽子在阳台栏杆上停留片刻，点头观察我，然后飞走了。伊赫桑的话在我耳边盘绕，但我只知道，他倾吐的并非爱恋之情。我为刚才的妄想感到尴尬又震惊，胸口一阵刺痛。他似乎对我有点失望，因为我没有对他所描述的情形做出任何反应，我努力集中注意力。

“我没太听懂你说的意思。”

“好吧。上个月，他联系了我。他想要和我见一面。”

他握住我的两只手，拉到自己身边。他的眼神扑朔迷离，充满了某种难以名状的感情，仿佛他心底有秘密，但同时，他内心的一切又显露无遗，这令他痛苦不堪。而我则羞愧难当，我什么都做不好——不称职的母亲、差劲的妻子、无用的艺术家——我是个无足轻重的小人物。真想把这些话统统倾诉给他。

“我们在一家阿拉伯咖啡馆里碰面。他情绪激动，整个人处于一种焦虑状态。”

我试着倾听，我真的在听。好几天没吃过东西，我的胃在翻搅、沉溺。这时，发生了件怪事。从拉塞尔广场射来一道光芒，地板上的眩目亮光晃着我的眼。我双手合十，想要平息手上的颤抖。

“他怎么了？”

“他提到了你，他还记得你。我没有告诉他我们有书信往来，还在保持联系。”这些年，我寄给伊赫桑的信一封接一封，将头脑中的思流付诸笔尖。一种可怕的冲动占据我的心房，让我不要动弹，不要说话，只要收回曾对伊赫桑倾吐的话语，抹去我们之间亲密的交际。有时我用施芙拉密码写作，那个时候的我毫无戒备，把想法一股脑全说出来。我的肚子里又是一阵抽动。当然，他本人是一位不折不扣的绅士，对于那些越界的言辞和哪怕最无足轻重的泄密，他必然会三缄其口。尽管这些泄露如今看来，都像是刀尖划过皮肤，鲜血从刀口溢出。他放在我手中的两只手像干巴巴的发脆的纸。

“有人告诉他，英国领馆的一个工作人员企图暗杀他。他疑神疑鬼，状态奇差。那次会面很不愉快。”

威廉·哈林顿在耶路撒冷：烧焦的气味，一只狗嗅着一只断脚。一旦打开了记忆的闸门，就很难再关上。过去一天天的回忆接踵而至。记忆不是连贯的摄影图像，它们轻盈缥缈，反复无常，如同鸟翼边缘的筋腱，如同鸟足的摇晃，和羽翼上的绒毛那非同寻常的触感。我又闻到了那阵焦臭。

“他提到有一天，你和你的父亲，还有他，一起造访了一个叫里佛塔的村庄。”

我站起来。我想起了一件事，那是很久之前的一件事。那时，父亲还没有回归我的生活，我还没有被送到耶路撒冷，变成作画的模特，受尽冷落。我提着水桶和铲子去海边玩耍，和一个我不喜欢的邻居家的小男孩度过了“一个有趣的夏日”。他的屁股坐在阴冷潮湿的沙地里，大海离我们还很远，远到根本不值得费力跋涉到这儿来。我和这个我不喜欢，也不怎么认识的男孩一起被送到这里。我穿着一件祖母绿的连衣裙，向地平线的尽头一路走去，走到岸边时，缩起脚趾，太冷了，男孩挠着头说：“头发里有蛋。”我转身回头看，但他们都消失了，妈妈们走了。我的妈妈也走了。她们没有回来接我们，直到落日西沉。

伊赫桑看着我：“不想让我说下去了吗？”

“当然不会，你说吧。”

“你还记得那一天吗？”

“我记得有狗，有什么东西烧焦了。可能是脚？”

伊赫桑点头。我想到了大海，浸泡在豪华酒店宽敞的游泳池中。离开耶路撒冷后，我和父亲入住的每一家酒店都设有泳池，屋顶上、花园里，有时甚至设在酒店最深处，这时，我便沿着漫长的酒店走廊一路前行，几乎一丝不挂地披上免费提供的酒店浴袍，它给我充分的安全感，又让我充分暴露。泳池从没有人，我滑进水池，池水将我包裹，我眨眼仰望天空或潮湿漏水的天花板，每当我像这样漂浮时，便会听见一个声音。那声音安详而宁静，与瓷砖上反射的点点光斑、波纹起伏的水声融为一体。下潜，它说，于是我追随它的指引，闭眼潜入水底，直到触碰到泳池边缘，我会想象这是鲨鱼的颚撞到船舷一侧。这时，一阵清晰甜美的嗓音把我吓了一跳。

“普鲁？那天发生了什么？当然，我当时不在场，但你和埃莉诺拉都在那儿？”

“是的。”时间仿佛一只手从我身下滑过。沙发上的靠垫上罩着一件狐皮大衣，我坐在上面。它是我最喜欢的衣服之一，也许是因为我有点自恋。它的颜色与我的发色相仿，是光泽熠熠、掺了杂色的红棕色，投在毛皮上的光线让它仿佛着了火一样。

伊赫桑咳了一声。他从褐色牛皮纸的包裹里抽出一封粉色信封，放到我的膝盖上。“我不想唤起你不愉快的回忆，普鲁，但请你务必保管好这些文件。他想得到它们，他说想暗杀他的人也想把它们拿到手。我觉得它们无论如何不该留在耶路撒冷。”

“这是什么？”

“是在埃莉诺拉的暗室里冲洗出来的拉苏尔的照片。”

我心里的某种东西正在苏醒，由于时隔已久而混沌的记忆重被激活。屋里的寂静被街上一阵自行车铃响打破了。

“埃莉诺拉？”我问，“她现在怎么样？”

他把脸靠得更近了：“亲爱的，我在信里和你说过，两年前，她在分娩时不幸丧生。”

“我从没收到过那封信。”

“是吗？”

“分娩？”

“是的。她那时已经是妊娠晚期。”

我曾将手放在她的手中，但她却抛弃了我。这不是她的错，她毕竟不是我的母亲。我接过信封，轻轻抚摸。

“为什么你要把它给我，伊赫桑？我觉得这么重要的东西不应该托付给我。”

“把信封留好。它可能会派上大用场，我也不知道。哈林顿很不对劲，他会惹上麻烦，我不信任他。这些照片……好吧，它们很可能是种指控。”

我现在明白了，馈赠的本质即诅咒。如果一个人送你一只老鼠，在你的口袋里塞了东西，或是半夜溜进你的房间留下些什么，那些与其说是礼物，不如说是污点。一块瑕疵，一道伤疤，以及一种提醒——无论你多么努力想要用日常生活中的琐事掩埋掉一件事，它都无时无刻不在提醒你这件事的存在。

“里面装了什么？”我轻轻敲打信封。

“是照片，普鲁，还有几封信。不过现在先不必为它们操心，你最好不要打开来看，只消把它收好。有一天你会用得上的。”

他表达得曲折隐晦，表情神秘莫测，我看着他这副样子，闻到粉信封上耶路撒冷的气息，心底暗自发笑。

“还有一些别的文件。”

我对自己没什么信心，我把信封放在我们面前的矮桌上。伊赫桑，你知道的，我病了一阵子，还去找过医生。我告诉医生我做的梦，梦里天象险恶，雪不停落下，正在将屋顶压塌。海潮涌上来卷走了房子，狂风把家吹得粉碎。医生说："这种恐惧是非理性的。"我回答说："哦，是的。"但我转念一想，怎么会有医生觉得房子被风卷走是种不理智的担心？它完全合情合理。孩子们之所以反抗成人，正是因为他们内心真实的恐惧被大人无视和否定。恐惧之一：妈妈不是妈妈，而是一只戴着面具的怪物。恐惧之二：衣帽架不是衣帽架，而是房间里站着的一个人。恐惧之三：房子会在你睡觉的时候轰然倒塌。

我希望我和伊赫桑不要像两个陌生人一样交谈，而能像知己般推心置腹。然而我很清楚，若我真的这样与他说话，恐怕这场谈话会进展太快，像被解下铰链、被拔了锚——不管怎样诗意地形容——都会失控，陷入混乱之中。将伊赫桑推入困境的现实纷扰，对我而言几乎不存在。我很少关注这些事情。耶路撒冷的萧条、无休无止的战争、过去认识的飞行员，这些事对我来说，并不比找到雕塑材料和关心展览的开放时间更重要。

我们笨拙地道别，不过我最后还是吻了他的脸颊，他捏着我的手，说他对于没能见到我的丈夫和儿子深表遗憾。他要出发去办自己的事，然后踏上回国的漫漫长路。

当然，伊赫桑一走，我就拆开了信封，里面装着一些摄于耶路撒冷的照片。我惊讶地发现有几张信件和字条上竟有我自己稚气的笔迹。这不是最近写就的，而是许多年前的旧信。我看到信上的日期：1920年。大部分笔迹都难以辨认。纸上有我画的奇形怪状的图形、线圈和信手涂鸦，其中混杂着阿拉伯语、希伯来语、法语、土耳其语，甚至还有俄语单词。我把它们翻过来。这些语言我真的都会说吗？纸上画着几只鸟，和一段名为《幸福青鸟》的法语电影简介。很多纸上写的都是密码，我这才想起自己当年在密码写作的学习上倾注了多少时间。能为秘密赋予相应的形式，并将它们锁藏在某个特定维度，这个想法令我振奋无比。一面放任隐蔽的思绪顺着黑色的墨水流淌而出，同时又将它们困在一个私密的空间，这是多么精巧的矛盾。

我站在酒店套间中间。伊赫桑走后，房间里静得出奇。我真应该开口问问他为什么神情如此悲伤，他接下来打算做什么。他应该留下来见见皮埃尔和斯奇普。又或者，我应该告诉他，我爱他。

一阵寒意笼罩着我。我冲出房门，想把他叫回来，好好聊一聊。我不会像刚才那样漫不经心，而会更努力地理解他想要传递给我的信息。可是，两面黄墙围出的走廊里空空荡荡，如往常一样，散发着一股刚蒸煮过的食物的味道。不知何处传来嗡嗡的响声。我没有认真听他说话。我没有敞开心扉地与他对谈。我的双耳通红、发烫，除此之外，整个身子都冷冰冰的。我坐回沙发里，真希望斯奇普在我身边。

手里的纸对我歌唱。我曾在这些信上，把听到的对话激昂地转述给我自己，把曾亲眼见证或暗中窥探到的情景一一记录，留作己用。老旧的纸页上，每一滴墨水渍和每一块涂涂抹抹都在我心中激起一丝失落或悔恨。最后，我将它们统统塞回信封，再也不想看了。我要把它们带到泰晤士河上，我要沿着巴特西桥边的堤岸斜坡逐级而下，走到泥泞的河床边，等到潮水退去，将这些纸撕成碎片，让苍鹭用它们填塞自己的鸟窝，让鱼鳍把它们当作啃咬的食物。

埃莉诺拉出现在我的睡梦里。我们在一起工作：这是一个宏大的项目，需要将我们拍摄的所有照片组合成一本巨大的家族相簿。这项工程需要整个团队相互配合，我们费了很长时间组装镜头，为相片配对。但是，我们的意见出现分歧，无法达成一致。我们在商量蒙太奇的剪辑时，需要做出选择——哪些画面需要保留，哪些片段应该删去。相簿上挂满照片，每一张照片都自成一段故事。然而，我的工作迟迟无法开始。我拉不住渐渐远离拍摄现场的埃莉诺拉。我们的工作台上，所有的照片顺序都被打乱了。这实际上不是一个梦，因为我一直醒着。皮埃尔蹑手蹑脚地溜进房间，打开我的房门。你醒着吗？我假装熟睡，没有作答。我听见窗外传来黎明前鸟儿费解的歌声。你来得太早了。我说。你回来得太快了。

二十二

肖勒姆，1937 年

三个男人站在机场入口处，他们的话语乘风飘来。“我不喜欢出伦敦城，”其中一人说，“去英格兰那些破破烂烂的地方。乡下商业街上的服装店里卖的全是些过时货，我没逛过比那更惨的地方了！”另一个人接过话茬：“这家店隔壁的百货商店竟然还专门照顾狗的衣食住行。”一阵大笑。比利咳了一声，他们转过身。其中两人是警察，他们穿着不同制服，大概是从伦敦派到这里来的，还有一个穿米色大衣的男人，他立即朝前跨了一步。他摘下帽子，伸出手，先和比利握手，然后是我，他说自己叫维克洛，在英国情报局工作，随后低头看向我手中的信封。

“这是他想要的东西吗？”

“是的。”我抓紧它，“我的儿子在哪里，你见过他吗？”

“我们认为他就在机场。”

“好，我们能过去吗？”我回头看了看，迪尔太太没有跟过来，她站在一辆警车旁边，表情犹疑。我感到舌头发胀，似乎上面长了绒毛，它在膨胀。

“我将不胜感激，”这名英国情报局的工作人员说道，“假如您能将手中的信封让我过目，以便核实内容。”

“不，我必须把它交给他，才能接回斯奇普。”我盯着他。

“我需要先看一下。”这个人，维克洛先生，虽然很瘦，却能在几乎不动的情况下挡住我的去路。他的意图明确。我的双耳发烫，舌头越肿越大，两手颤抖，左右看了看，又向机场望去，搜寻着斯奇普的踪影。比利把手放在我的肩头，我把他甩开，尽管内心是感激的。

一名警察打断我们的谈话。“三点了。他指定的时间是三点，对吗？”

“没错。”

“我们该走了。”

我留意到，在这个干瘦的男人自恃的威严之下，比利显得异常安静。我们一小群人朝着把手棱角分明的装饰艺术风格[①]大门走去，这时，维克洛先生突然说：“其实走那条路更好。”所以我们顺着大楼一边走向另一扇工业风格的大门。我望着停机坪边上零星的飞机，又向被狂风摧残的树丛围隔开的观测站眺望，然而哪里都没有斯奇普的身影。大楼这一侧的风要大得多。

“他们在哪儿？”

“在那儿，看。”比利在最远的一架飞机里看见了他们，“在那架布莱克本飞机[②]里。”

我们朝着飞机走去，我看见其中一人坐在驾驶舱里，另一个人在他身后，比他瘦小得多，正在费力地越过窗沿向外偷看。

“比利，”我说，“你留在这儿，不要过去。我不想让斯奇普看见你。”

---

① Art Deco，即“艺术装饰风格”，是20世纪30年代主要的流行风格。

② 20世纪初的英国军用飞机。

他很惊讶："为什么？"

"万一他跟着这个男人走的部分原因，是……我不知道。可能是你和沃尔特造成的。"

"我和沃尔特？"

我攥着信封准备跑过去，但维克洛先生制止了我，他拽着我的手臂意外强壮。他扭过我的身体，使我的脸正对着他，这时我才发现，原来我认识这个人。

"哦，"我说，"我记得你。"他变得苍老了、消瘦了，面色也暗淡许多，仿佛漫长的时光将他容光焕发的那面消磨掉了。"我们以前见过？"

他点头。"我们见过。"他眯起眼仰望天空，又转而望向坐落在起伏山峦间的蓝星学院，教堂的尖顶直入云霄。随后，他转身眺望大海。

"那是我的母校。"他说。

警察中的一人挺起胸膛："简讯里说得很明确：普鲁登斯·米勒务必带好事先要求提供的文件独自赴约。"

维克洛先生停下脚步。他似乎有点拿不定主意，在柏油马路上踢着那双拷花皮鞋。而我只想到斯奇普身边去。

我望向那架飞机，看着是我儿子的那团黑点。夏天结束前，我曾尝试教他游泳。我想，假如以后我们住在海边，他就必须学会游泳，虽然他以前从没见过海。肖勒姆的其他孩子一头扎进河流和大海，如同米诺鱼和海鳗一样轻捷，唯独斯奇普怕水。埃杜尔河口的涨潮时分，他站在岸边，浑身发抖。潮水退去时，他试探着把脚伸入海里，却不愿再继续向前走。直到九月份的一个大热天，我像海妖一样召唤他下水。我自己先趟进水中，伸出双臂，呼唤着他。他来了。我让他向后靠在我的肩上，我来托着他。他那小小的身躯十分紧张，他抗拒漂浮，徒劳地乱蹬腿。海水大都是冷冰冰的，只有少数水域的水温在阳光照射下升高。我找到了一处暖流，我们就在这里练习游泳。放松，你看，海水会托着你。海藻如舌头般缠住了我的腿，我在那一瞬松开了手。他惊恐万分，尖叫着沉入水中，一下、两下，双眼被海盐蜇得生疼。我将他拖回海滩上，他背对我坐着，不肯看我。从他的肩膀和紧绷的双臂，我知道他在偷偷地哭，以保全尊严，男孩子们喜欢用这种方式独自面对自己的软弱。哭完，他对我说："你松手了。"

我无视了身边的男人们，径直飞奔到飞机旁，它看起来像一只孩子空想中不可思议的大鸟。我听到有人跟在我身后，我猜那应该是维克洛先生。现在，我清晰地回忆起这个人曾出现在法斯特酒店的晚餐宴席上，在房间里四下打量，在座没有他不认识的人。在离飞机还有十米远时，我看见了他。驾驶座里坐着的是哈林顿，斯奇普坐在后座上，他们俩都看着我。

斯奇普是个快乐的小乘客。他一点也不紧张，甚至还在笑。他没怎么挥手，只是抬起一只手，我心一紧，也许他根本不想留在我身边，正想摆脱我在海滩上尽全力为二人开创的杂乱无章的新生活。也许哈林顿说他们会飞去找皮埃尔，或者只是图个乐子，飞到黑斯廷斯的费尔莱特来一趟短途旅行。更甚，哈林顿也许用钱或大把巧克力收买斯奇普，或是哄骗说要带他逃到墨西哥或中国，一个再也不会被我打扰的地方。也许这只半空中迟疑的手意味着一次道别。我放慢脚步，停了下来。接着举起信封，朝他挥舞。

"我找到它了。"我喊道。风吹乱我的头发，逼出了眼中的泪水。"就在这儿。"我对斯奇普大叫，挥手唤他过来，但斯奇普别过头，我猜他是在回应哈林顿对他说的某句话。当他再次转过头来看我时，脸上的笑容消失了。

机身剧烈地抖动起来，飞机发动了。引擎凶狠的轰鸣声淹没了周围的一切声音，机头上像两片船桨一样组合在一起的螺旋桨，也慢慢转动起来。

“我找到它了！”我像一个在地上捡到了围巾的老太婆。我找到了。我找到了。维克洛先生站在我身后，领子遮住了半张脸，他没有跑，但走得飞快。而我已经跑到飞机跟前，看到斯奇普正瞪大眼睛看我。

“斯奇普，宝贝！”我在叫喊的同时放慢了步子，因为我读不懂他脸上的表情，那是一种责备吗？我转身呵斥维克洛：“你在干吗？走开。”

但维克洛疾步冲到飞机前，大声喊道：“哈林顿，把发动机关上，放了这个男孩。”螺旋桨的巨响几乎完全盖过了他的声音。我已是满腔怒火，这个从“无所不知部”来的男人不让我直接交出一份我根本不在乎的文件，还在给事态煽风点火。

哈林顿低头看着维克洛，我看见他在摇头。

“斯奇普。”

我抓住维克洛的大衣袖口。“这些纸对你来说当真比我孩子的性命更重吗？”我冲他大喊，头发吹进我的鼻子和嘴里，但发动机的噪音吞没了我的话语。海上升起的雾已经不知不觉蔓延到整片机场，现在，它像天边拉起的一块帷幕。我又推了维克洛一把，他有点惊讶。我想，也许不常有女人碰他。飞机正在向前滑行，我尽我所能地跑近它。

斯奇普既没有戴护目镜，也没有戴飞行帽。

*斯奇普，小心肝。*他用他那双湛蓝的明眸望着我。我看到他在和哈林顿说话，语气坚决。发动机噼啪作响，螺旋桨还在飞转，狭小的空间里有大事发生。门开了。哈林顿从飞机上爬出来，他穿着一件深色外套，扯下脸上的护目镜。*起码他现在不在飞机里，不会带着斯奇*

普飞走了。我现在终于明白，我的儿子是玻璃做的，他是无价之宝，而我却为了那些石头雕塑一次又一次地将他砸碎，把他丢弃，留他孤身一人。此时，我的双手和每一寸肌肤都渴望拥抱他。哈林顿不紧不慢地向机尾踱去。我不想把斯奇普留在噼里啪啦的噪音里。我回过头，只见迪尔太太、比利和另外两个警察正在旁观这一切。哈林顿向我和维克洛迈进一步。

“你把我要的文件带来了吗？”他喊。

“是的，我带来了。”我挥了挥信封。可惜维克洛站在我身边。

“文件里的内容我们都一清二楚，威利。”他喊道，“就算你真的把它们拿到手销毁，也洗不清你的罪名。我们这几年一直在监视你。我们知道你越过了萨洛尼卡的边境线，和德国人搞些情报交易。”

哈林顿苦笑一声。“你们就打算这么抹黑我，是不是？”

发动机、螺旋桨和风的呼啸像折磨人的偏头痛般迟迟不退，他看着我。

“我没有把他带走。”他喊，“是他自己要来的。”

“是的。看得出，确实是这样。”

哈林顿对我做了个手势：来吗？海涌雾漫进我的眼里和嘴里，维克洛抓住我的手肘，他的手指紧紧掐进我的皮肤，似乎要把它捏碎。我甩开他，焦虑在我的全身扩散，我朝着哈林顿走去。斯奇普趴在舷窗边，贴在玻璃上的鼻子压得扁扁的，他招手叫我过去。整个机身都在颤抖。我觉得似乎有一张漂浮的大网将我罩住，但仍努力朝斯奇普身边走去。哈林顿抓住我的胳膊，拉着我绕过布莱克本的机尾，我被他托起来推进机舱。我把信封扔在地板上。飞机里只有一张座位，我挤到斯奇普身下，把他朝后拽到我的膝上。舱门猛地关上了。

“哦，妈咪。”斯奇普大叫，喜忧参半。我紧紧搂了搂他。我宁愿葬身天空，也不要再留你孤独一人，我本想这么说，但忍住了。机舱外，比利和维克洛并排站着，他们大声呼喊，双臂挥舞。哈林顿没有对我说一句话，他死死盯着前方，戴上护目镜，布莱克本动了起来。

“看啊！”斯奇普说。比利和维克洛站在飞机正前方，想挡住它的去路。

“我们这是去哪儿？”我问斯奇普。

“应该是去怀特岛。”

我想那两个男人应该还是躲开了，因为我们正沿跑道极速滑行，飞机离开地面时，斯奇普一点也不害怕，他对我说：“看啊，妈妈，我们一直在往上——飞上天去！”

飞机升空的感觉，令我想起在耶路撒冷和伦敦的儿时记忆。那时，我对飞翔怀有炽烈的渴望。我的本子里画满鸟儿的图画，我收集它们的羽毛，坠落是我梦境的主题。我将斯奇普的手握在手里，我们不再俯视大地，转而望向窗外的洁白与光明。

两只青蝇在房里打圈，我们找了间离怀特岛桑当机场最近的酒店住下。飞行途中，美景彻底征服了我的心灵。我和斯奇普将脸贴在舷窗上，俯瞰蜿蜒的陆地，陆地尽头露出白色带状的条纹，再渐变成海洋，这就是地球的面貌，我们走过的白垩岩地。这个男孩曾惹我生气，但此时此刻，我正握着他的手，他脏兮兮的手指搭在我的手上，他的汗味在我身边萦绕。

“我们飞到天上的时候，世界就变成了一张地图。”我说。

“我们就能从鸟的视角观测世界。”

“没错。”

我怀疑过哈林顿也许会置我们于死地，把我们撞死，或者让飞机自由落体，掉进大海，然而他没有这么做。他在桑当镇利索地着陆，机场的工作人员对我们笑脸相迎，点头示意，让我们在纸上签名，仿佛我们刚和艾米·约翰逊[①]一起兜风回来。

“我想和你谈谈。”哈林顿说。

“你费尽心力，就只是为了和我谈谈？”

“是的。我会把一切解释清楚。”

我们住在十七号房。疲惫不堪的斯奇普对于我们把他一个人留在房里表示不满。

“斯奇普，我得和哈林顿先生聊一聊。我希望你能在这里待一会儿。”他正在窗边俯视着桑当镇，小镇的倦怠感和栖居其中的海鸥，令它与肖勒姆有几分近似之处。

他重重地坐到床上。

“你再这样，我可要生气了。”我弯下腰握住他的胳膊，凝视他的脸庞，“我想拜托你乖乖留在房间，好吗？”

“好的，妈咪。”他说。他的眼角泛红，样子有些痛苦。我关上门，做了一件今天以前从没想过的事。我拧上了门锁。

哈林顿正在酒店里的酒吧等我，这地方荒凉又凋敝。店主钻进钻出，看看我们需要点什么，同时在忙活别的事，他脾气很差，不善交流。酒吧里有股潮气，地上铺着发黑的褐色地毯，轧光印花棉布上落满灰尘。我们挑了个靠窗的座位。

“维克洛很快就追到这儿来。”他确信地说道，向窗外眺望着远方渐暗的天空和灰色的海面。在这里，你听不见天气的变化，却能感知到它。

① 世界上第一位独自驾驶飞机从英国飞到澳大利亚的传奇女飞行员。

“你们的这一出闹剧，就是为了这个东西？”信封压在他的胳膊下面。他摇了摇头。

“不是。好吧，是的。”

他给我们各点了一小杯苦啤。我想打个趣：咱们两个老朋友又在酒桌边重逢了。这都快成为一种习俗。他清清嗓子。

“我知道这件事听起来难以置信，但维克洛已经下令要封我的口，所以我必须想办法把这件事公之于众，他一心想拿回拉苏尔遗留下来的照片。”

我不知道该如何接话，不过，他的声音低沉又疲倦，不像是在给我施压，也没有期待我的回应。我看他打开信封，取出照片。第一张是他之前给我看过的法斯特酒店的照片。画面上，带纳粹万字符和英国国徽的旗帜彼此相邻，像一对亲密的朋友。我想到比利的话：这儿的渔民里有一半都是希特勒的拥护者。还有我的父亲，他的双臂环住鲍姆夫人。战后，管制放宽。哈林顿在信封里摸索。

“就是这张照片。”

“什么？”

“维克洛想要的就是这张照片。”

我的注意力被壁炉上摆放的一排陶瓷女郎吸引过去，从厨房传来炒菜的气味，大概是白菜或豆芽。

照片里，四个男人站成一排。哈林顿是其中一员，他拿枪指着一名蹲伏在地上、遭了难的女性。他们身后，几具尸体绑在梯子上。我把照片翻过来，看到上面的印戳：哈立德·拉苏尔摄影。年轻的哈林顿、年轻的维克洛，以及我的父亲。

“然后，这张是底片。”

我把它拿起来。

“英国在巴勒斯坦的行为——尤其是宪兵队的所作所为——必须从历史中抹去。他们现在正在进行系统性的清查。巴勒斯坦现今的局势非常严峻，英国被视作头号敌人，这些细节也需要一并清洗。”

酒吧另一头传来一阵叮叮当当的响声，紧接着是一个男人的声音，“有人吗？我需要点单。”

“他希望把我们犯下的错误全部消抹，因为这些资料可能让他为下一场战争所做的准备功亏一篑。我们的中小学生将永远不会学到这一小段历史。”

他再次看向窗外。

“他们很快就会上这儿来了。一旦雷达探测到我们着陆的方位，他们无疑马上就会启程追捕我们。”

酒吧外，暗淡的天空仿佛蹙着眉头。他的表情变了，我突然想起一件事。

“我记得这天你进了别墅。”我说，摸了摸我俩面前桌子上的一张照片。台阶上杂草丛生，天空中雪花纷飞。我记得他站在那间房间，而我的心被碾得粉碎，比组成耶路撒冷石灰岩的沙砾还要细碎。然后，我又想起他透过窗户望着我，他的眼睛从别墅石墙上深陷的窗框后面露出来。他眨眨眼，低下了头。

“抱歉，普鲁，我没能保护好你。”

“那不是你能控制的。”

“即便如此，还是很抱歉。”

窗外的雨变成了冰雹，敲打在酒店的窗户上，这阵急促的叩击声把我们都吓了一跳。他从我手中拿过底片，站起来，环顾房间。一只陶瓷狗看守着没生火的壁炉，它的两爪上贴着“歌革和玛各”[①]的标签，

① Gog and Magog，《圣经》中预言受撒旦迷惑必将作乱的两个名族，见基督教《圣经·新约》的《启示录》。

壁炉边立着一个书柜。上面放满了假日爱情故事，还有几排《读者文摘》。他抽出一本书，把底片塞进书的封底，又放回书架上。

我的脑海中响起一首歌：小宝贝，快安睡，[①]妈妈膝上找安慰。

哈林顿坐下来。他的手指划过余下的照片，它们都出自拉苏尔之手，在所有照片下面，是一张埃莉诺拉·拉苏尔的肖像照，她一身红裙，坐在总督府二楼房间的窗台上。她扭过头看着窗外的城市，沉思的双眼向一侧斜视，光从她背后打过来，在她周身形成白莹莹的光圈。她好像坐在一团火焰中央，而她本人是跳动着的、灼热发红的焰心。

我们都端详着这张照片。我抚摸过这张扁平的脸，它是如此不真实。

“我以为我已经忘了她，”我说，“但我并没有。”

我在斯奇普的睡前故事里讲过许多人与人之间秘密沟通的方式，比如密码、简讯、肢体接触。隐形的言语能够在人们的思维中传递，这种交流曾切实地发生在我身上，斯奇普睁大眼睛，试着相信我的故事，但是，已经六岁的他凡事都要寻求确凿的科学依据，如同摸索皮层下的骨架，土壤中的根基。我在想，对面的这个男人是否也正通过思维与我对话，只是我听不到罢了。

“我要走了。”他说，清了清嗓子，“维克洛会来抓我。把这些照片给他，虽然我知道他不会就此罢休，但至少他永远不会知道有一张底片藏在了怀特岛上。这已经够让人欣慰了，你说呢？”

我耸耸肩。

“这些是给你的。”他说，把几封信推到我面前，上面是我稚气的笔迹。他再次站起来，我觉得，有一扇大门正在向我敞开，一道围

---

① Grah m ochre，原文为爱尔兰语。

栏搭建起来。

“有些事你有必要知道。”他说，“尽管政府不会公开承认这段历史。”

“什么事？”

“是维克洛，”他说，“是维克洛下令炸毁法斯特酒店，伊赫桑当时就在里面。”

伊赫桑让我联想到飞鸟和小狗：翅膀、鸟喙、喷气声，一只狗爪伸过来，乞求更多。威廉·哈林顿把酒杯拿走，放到吧台上，我真想问问他：你上次告诉我，他所做的一切都是在利用我截获情报，这是真的吗？可是，知道答案又能有什么益处？他拍拍裤子口袋，好像在回忆自己把东西放到哪儿去了。他身上没有一丝逃犯的仓皇，更像一个打算去逛市场的悠闲之人。

“是斯奇普主动要求和你一起来的？”他转身时，我问他。他回过头。

“是的，但我告诉他，除非你和我们一起过来。”

我想起自己差点把孩子送给一个爱尔兰女人。我们母子都曾试图把对方甩掉，可我们注定无法分离。

“还要对你说句对不起，”他说，“我在渔棚旁边打了那个男人。”

比利，他在机场凝望我的脸庞。螺旋桨刮起的旋风削弱了他平日里的高大和健壮。哈林顿最后一次冲我点点头，便永远离开了。我拾起面前那张纸。信是用施芙拉密码写的，可我未必还记得破译它的方法。不过，下一页上已经写好了答案。

我们要离开耶路撒冷了。我马上要被送回伦敦。父亲稍后会来伦敦找我，我们会在加利利海的一家德国招待所住上一天。我正在覆满九重葛的游廊上写信，这种植物全年都在此生长。天空中有白鸽飞过，这里不像是二月末，更像是夏天。虽然我从没亲口说过，但我不相信你已经死了，所以我还像过去那样继续给你写信。别的信都没寄出去，但也许有朝一日你会收到它们。我希望你能在格瑞林威尔得到良好的照顾，希望它的服务质量比它败坏的名声要好一些。他们都说你死了，但我不信。

我没有继续读下去，门被人撞开了。两个警察和维克洛闯了进来。

"飞行还算顺利吧？"我问。

维克洛带着坏脾气和一身雨水走进酒吧，他把公文包摔在桌上，抽出几张纸，坐了下来。

"你来了。"我说，"东西都在这儿。"两个警察在门边徘徊。"普鲁登斯·阿什顿，你以叛国罪的名义被捕了。"我起初只是笑笑，但随后把手放在膝盖上，开始消化这句话。酒保回来了，他头一回开始倾听我们的谈话，视线在我和几个警察之间游移，两颊发红。我真想回到斯奇普的身边。我把两只手搭在桌上，做了个深呼吸。

"你在耶路撒冷谈判的关键时期把情报泄露给了亲阿拉伯民族主义分子。"

我看着他的脸，长鼻子，像只鹦鹉。

"你是说我十一岁的时候？我不明白。什么情报？"

"英国托管时期，你把你父亲的耶路撒冷城市发展规划提前泄密了。"

我没有说话，一侧的腮帮子磨着牙。"所以，我要为我童年时代在一座城里的无所事事被送上法庭受审？这简直不可想象。"无稽之谈。

“你把全本城市建筑规划提案的大纲都交给了伊赫桑·塔梅利，所以穆塔迪组织才能够根据它来侦测我们的行动，从中进行阻挠。1922 年，你父亲离开耶路撒冷后，下一任管理机构仍然基本沿用这份规划案，导致其中的情报被恐怖分子利用。”

“什么规划方案？维克洛先生，我那时候只是个孩子。你很清楚，因为你见过我。你亲眼看到过我。”

“我知道酒店的员工都管你叫小眼线。这应该是个名副其实的称呼吧？”

“你不是认真的吧？”

维克洛从口袋里掏出香烟，也给我递了一根。他为我们两个都点上烟，不知为什么，看到他抽烟，我有点惊讶。这么死板的人竟会染上吸烟这样的不良嗜好。

“米勒太太，战争迫在眉睫。”他说着，吹出一缕烟，“虽然我们中有许多人拒绝接受这个事实。”

我是不是应该直接跑上楼，躲回房间，陪在斯奇普身边？但他一定会追上来砸门。我想咽口唾沫，可早已口干舌燥。

“维克洛先生，我就想去拿杯水。”

“我来帮你拿。”

他走到吧台旁边，弄出一阵响动，最后终于把一个脏兮兮的玻璃杯递给了我。在耶路撒冷玛米拉街区一角，伊赫桑被掩埋在酒店废墟的碎石之下。我想象着阳光投射在尘埃和残垣断壁上，下葬的尸首堆积成山。不过，如果他们都是在爆炸中丧生的，那么尸体早已血沫横飞，恐怕也不剩什么能用来下葬。所以，橄榄山的公墓里兴许也找不到刻着他们名字的坟冢。维克洛现在把手插进了口袋，想显得轻松一点。他的动作幅度很小，我不知道他想干什么。

“不过，也许咱们可以私下达成一个协议？”我深吸一口气，等他提议。

“你看到过一张照片，万字旗和米字旗曾经并排放在耶路撒冷的酒店里，你可以想个办法把它忘掉吗？该怎么说呢，政府的立场在某一时期会摇摆不定，尤其是涉外问题，显然，当时英国政府的态度不能代表现在的思维模式。”

“维克洛先生，你好像以为我是个喜欢干预政治的人，但我对这类事务不感兴趣。”

“没错，我觉得也是。”他靠墙看着我。很奇怪，我总觉得油布雨衣的气味似曾相识，维克洛先生的面部特征又让我回忆起另一些事。

他低头看向那张在广场上拍摄的照片，画面一角，一只狗正朝什么东西狂吠。我的两腿松了松，又再度交叉，我在椅子上坐得更直了，吸了口气，肩膀微微后展。

“而我也应该忘掉那段回忆。”

除此之外，他再没说话。看到他凸起的肩胛线条，我感觉他调整了坐姿，对我构成了一种更直接的威胁。

“维克洛先生，忘记过去不是件容易的事。”

“但是在这件事上，你必须努力忘记。”他把椅子拖过来，紧挨着我坐下。他把公文包放在腿上，再次在里面翻弄了一阵，然后啪的一声合上。

“米勒太太，针对我们希望沟通的对象身边的人展开全面调查也是我职责的一部分。所以前不久，我和你的资助人玛戈特·伊芙斯女士进行过一次简短的谈话。”

“啊？”他像章鱼般把触手伸进我生活的各个角落，与那些记者和皮埃尔没什么两样。

“她好心地和我解释了你下一次展览的主题。”

“维克洛先生，如果你想说什么，麻烦直说。”

他抽了抽鼻子：“从你现在的一些手稿和想法来看，你暂定的布展思路，将会围绕梯子和螺旋楼梯展开。”

“你对我的艺术作品有何高见？”

维克洛从他的魔法手提箱里变出一张我熟悉的速写图。那是我几个月前交给玛戈特的一幅画稿，这是展览第二部分的设计图，我打算让两个男人从楼梯井上悬吊下来。

“它怎么会落到你手上？”

他又抽出一张照片。它没有和信封里的那堆照片放在一起，但显然还是拉苏尔的作品。画面上，两个男人的脚踝被绳子绑住，从横梁上吊下来。

“这张照片和你打算展出的这幅作品几乎一模一样。”

“但我以前从没见过这张照片。”我的手心冒汗，在此之前始终相当镇定的维克洛的太阳穴上也开始渗出细小的汗珠。

“你必须把这些画以及类似的作品都从展览里撤出，不许和任何人透露你在耶路撒冷的所见所闻。如果你照做，我就把对你和亲阿拉伯分子、反英运动领导人伊赫桑·塔梅利之间不正当情报交易的指控从报告中撤回。”

我一动不动地坐着。“我根本不知道这张画是根据那时的情景创作的。”

“我可不信。”

对于这个刚从长期追捕行动中归来的家伙，我还有什么好解释？他想控制我的记忆。他想操纵我通过记忆渗透进创作的东西。

“我手头有充分的证据，”他继续说，“如果你不遵守这些条件，我随时可能以叛国罪的名义逮捕你，况且你的行为造成了长期后果，哪怕你当时只是个孩子也难辞其咎。孩子本身同样是道德主体。”

“好的，维克洛先生，我同意接受你的条件。”我把法斯特酒店的照片和里佛塔村的照片推到他面前。

“谢谢你。”

“我可以把小时候的笔记留下来吗？”

“抱歉，不行，你通过军方加密代码书写的一切内容现在均归英国政府所有。”

“好吧。”我说，把写给去世母亲的关于白鸽和九重葛的信交给他。

他收拾好东西，起身要走。这时，吧台后面输送苦啤的管道阀门抖了一下，吐出泡沫，像是在欢庆他的离开。我也跟着站起来，这才惊恐地想起自己竟然把孩子反锁在了酒店客房。

二十三

马耳他，1926 年

今天的地中海一反常态，风浪大作。几只船乘着波涛飘过，它们的船头都画了一只眼睛。普鲁的腿上放着一个士兵的《圣经》。她随便翻开一页——《创世记》第 19 章：*她几时躺下，几时起来，父亲都不知道。*[①] 她在这一页用她的黑色水笔将船上的眼睛描绘下来，在周围画上漩涡和短横线。

她的画不太像一张地图，更像是一栋房子的轮廓，这栋房子有朝一日会成为她的家：山墙、屋顶、大门、楼梯井。远处的圣保罗群岛朦胧成一片淡紫色阴影，再远些是西西里岛、黎凡特海岸、亚历山大港和耶路撒冷。她扯下这一页，把它卷成长长的香烟形状，插进她从厨房带来的没有木塞的玻璃瓶。这个瓶子里以前装的是法式酒醋。海岸上的海鸥将鸟喙啄进沙地。这座岛上的人都是些喜鹊式的收藏家，渔民们把蓝色珠子和一串串玻璃手镯作为护身符挂在船上，用来吓退

① 《圣经·创世记》第 19 章第 33 节，罗得的两个女儿令父亲喝醉酒后与他交合，好让他传宗接代。

那只邪眼。

她走到水边，天边才刚泛起黎明的鱼肚白。一名英国海军军官和他的女伴手挽手走过来，她拎着一双凉鞋。他们都向普鲁报以微笑，他们想必是整夜都在外寻欢，很可能去大港参加了一场派对。她经过时，那名军官转过身来冲她挤了挤眼。女伴开玩笑地推了他一下。嘿，眼睛往哪儿看呢。毕竟，普鲁今天光彩照人。十七岁的她，全身皮肤都焕发出年轻的光泽，她也很少有这样的感觉。

她将玻璃瓶放入水中，激起几缕波纹，溅起一小片水花。它沉了下去，又立刻浮上来，很快便卡在一块小石头上静止不动了。她听到叫喊声，是父亲在别墅的游廊上呼唤她。

“你在这儿啊，普鲁。快来，早餐准备好了。”

普鲁盖上水笔的笔盖，迎向阳光，但并没有踏上回家的路。她把《圣经》和笔埋在沙子里，沿着沙滩一路飞驰，海边溅起的水花打湿了裙摆。她的肺里灌满气体，一路跑到沙滩尽头，被崎岖的石灰岩半岛阻断了去路。她翻越过它们，从另一头跳下来，面前出现一汪浅浅的海湾，或者称之为海角更为合适。

这里一个人也没有，她脱下裙子，沐浴在阳光下。她走到水中，在海水漫过她时发出一声尖叫，但仍继续下潜。她的头发在脸颊边散开，肌肤得到了解放。

虽然在水下睁眼会感到刺痛，但试了两三次后，她成功睁开了眼。再往前几米，水便会到达可以游泳的深度，尽管她的脚趾仍抓在流沙的海底。轻盈刺痒的水草缠住她的脚踝，蜷在她的脚趾缝里，仿佛要把她拽到水底，但她没有将它们解开。她仰面扎进水中，憋了口气，让身体浮起来。阳光洒下点点光斑，她闭上眼，在水中浮沉，重新感受到埃莉诺拉当年在耶路撒冷为她拍照时的感觉。她在渐渐变小、消失，骨骼轻盈，身体失重。水草一路跟随她，在她身上碰撞，但她没有翻过身来。一如许多十七岁的姑娘，她在脑中幻想自己是默片中的演员，或是水手画片中的模特，一名为漫漫航程量身定制的娇俏丽人。快门咔嗒一声按下，这一天便成了幻梦，定格在一张照片里，悬停在似是而非的光线中。

她回到家的时候，海水从她身上滴到大理石地板上，父亲跷着腿坐在早餐桌前，显然是生气了。他的克罗地亚情妇安德莉亚看到普鲁，瞪了她一眼，好像很不满意，然后低头读起她的意大利报纸。

父亲放下手中的《泰晤士报》，对她怒目而视。“我们今天约好要拍照的，普鲁。”

“对，我知道。”

“我把地方都布置好了。”

“嗯。”

安德莉亚看着他们，皱起眉头。随后，她把身子倾到桌子另一头拿起一包烟，点上一根。她有一头棕发和一张匀称的方脸，只比普鲁大七岁。

“一定要用你的女儿当模特吗，查尔斯？”

他坐在椅子上转过来，摸着胡子，伸开五指。

“也不是非她不可吧？”安德莉亚说。

但他没有理会她。“只是拍几张照片而已，亲爱的。”普鲁跟随他来到正厅。他让她坐在从没生过火的白色大理石壁炉旁。他的面前既有相机，又有画具。她面朝他，一阵微风拂面而来，仿佛放在她脖颈上的一只手。

“这样吗？”她坐着。他用铅笔描画她时，仿佛水漫过她的身子，摇摆的光线犹如水将她托起，又微微放下。

“父亲，我想在夏天过完以后住到伦敦去。你觉得有可能吗？”

他的回答很轻，但很认真。

“不可能，”他说，“女孩子年纪轻轻，不该跑到伦敦去。”

耳畔只留下一声微弱的嗡鸣，普鲁听任包裹他们的海浪的低语声占据脑海。她曾听过一个传说，说在小岛西面的渔人海岸上有一栋房子。不久前，人们开始议论纷纷，说看到房子上闪烁着微弱的亮光。房子里住着一个想要逃跑的寡妇，而这亮光，据他们所说，是她顺水漂走的身体的一部分。灯光逐夜变暗，直到她彻底离开。普鲁想把这个故事讲给父亲听，但终究没说出口。

她站起来。

“我还没画完。”他说。

“你去画安德莉亚吧。”

那一晚，查尔斯·阿什顿在沙发上睡着了，普鲁只好和那个年轻女人——他的情人独处。她们像猫一样围坐在一起。普鲁以为安德莉亚会像往常那样自己溜走，但她没有，仿佛在做出某种声明。

“你很想离开吗？”安德莉亚问，从阳台上朝她走来。普鲁不想和她产生任何互动或交流。继鲍姆夫人之后，不断有女人来来去去，先是克莱拉，再是安德莉亚。她不想在她们身上寻找依靠。安德莉亚是个脆弱的女人，她的脖子长而纤细。她常常提到坠落，还患一种神秘的怪病：总在不合时宜的时候突然入眠。普鲁认为安德莉亚不会在父亲的生命中长期停留。

“我是指这座岛。你想离开这座岛吗？”

“是的。”她们都沉默了。

“我看了一些你母亲的照片。”安德莉亚说，“她和你很相像。”

“唔。”普鲁绝不屈服。她不会放低姿态问她：哪张照片？我长得像她吗？真的像吗？

“你想出去吃晚饭吗？”安德莉亚说，“你爸爸今晚肯定醒不过来了。”

普鲁的心沉了下去，她耸耸肩，答应了。安德莉亚开了她那辆农用小货车，她常开着它到小岛另一头的海湾去。她们在石头码头尽头的一家餐厅吃了晚饭，海浪拍打的声音贯穿了整顿章鱼晚餐。十七岁的普鲁如今清楚地认识到自己的无知，可是，她仍旧傻傻期盼这个世界能够给她想要的一切。这个女人不比她年长多少，眉毛又浓又黑，正用一只稳健的手拿起餐巾，擦拭诱人的双唇。

“你母亲死得太惨了，我听完很难过。”她说。

是啊，所以普鲁才会被带到这里来。在她们身旁的小型海港上，几艘小船时浮时沉。一只蛾子在普鲁的指关节上稍停一下，旋即飞向别处的一盏灯光，自取灭亡。

“被面包噎死的。”普鲁说。她看着她们面前的一篮子面包，几乎在拿这个巧合、这种象征主义的手法开一个玩笑。

安德莉亚的双眼又睁大了一些。“不。”她说，“你父亲告诉我，是因为医院强行把喂食管插进了她的身体。”

“这才是她的死因？”

“对，没错。是喂食管刺破肺部致死的。”

普鲁没有继续听这个眼神阴郁的女人的讲述，她的耳中响起砰砰的爆裂声。她闭上眼，将身体里的一切知觉、声音和思绪全部放空，她只是一束光，和被阳光烤干的鸟骨一样纤细又空洞。她的母亲曾一度绝食，会把面包从桌上拿起来，将它撕成碎块，说：“拿它喂鸟吧，普鲁。它们比我更需要这片面包。”

次日早晨，父亲邀请普鲁同他一起散步。那不是一次愉快的经历，他说了些打趣的话，她假装没听到，接着他们一起陷入忧郁中。他们从一间小房子门前走过，白垩和沙土落得满地都是，榔头叮当作响。雕塑家卡斯滕·阿泽帕蒂正在创作。和其他马耳他的雕塑家一样，他是在意大利接受的艺术训练，但他是为数不多的回来的几个人之一。艺术家亲自走到门口，看到他们，他露出微笑。

“晨起散步？”他用意大利语问。

她的父亲对各种语言都略知一二，但除了英语，没有一门精通，他说：“是啊，神清气爽。”

“进屋坐坐吧。”

“可以吗？”

“当然。”

她可以随便触碰任何东西，锤子、秤、水桶以及戈佐岛小岛上的一座教堂委托他雕刻的一尊圣像，不过他才刚开始在石头上轻轻勾勒出轮廓。圣徒长袍上的腰带、袍子的垂感和她下巴的线条已清晰可见，但脸和手还只是初具雏形。普鲁摸着石头，它栩栩如生的触感令她惊讶不已。他告诉她，这种石头叫阿尔坦卡。粉褐色的石块上点缀着赤褐色的斑点。

他们沿尘土飞扬的小路走回别墅，对于英国人而言，这样的天气未免过于炎热。普鲁说：“爸爸，被面包噎死，和在疗养院被强行塞入的管子刺死可不是一码事吧。”

他转过来看着她。又是这张脸，长胡须，蓝眼珠，眼白上的红点像是一盏飞行信号灯。看着这张脸，她想：一旦拿到一片土地的详细信息，你就以为它成了你的囊中之物——比如在这里，在马耳他，你会以英国总督的身份在瓦莱塔港绕上一圈——测量岩石、桥梁、各个点之间的距离，然后走下台阶来到港口水边，悉数教堂，心里尽在盘算怎么把这些东西重新规划，然后通过你的鸟瞰图运筹帷幄。你把一座城玩弄于股掌之中。只需要在提比利亚走上一圈，再派你那支武装雄厚的警卫队拿下这片地，帮你的计划铺路——开垦瓦合甫[1]用地，在产权模糊的土地上建立定居点——她知晓一切内幕，因为她曾经溜进他的书房。她读过他刚刚动笔的回忆录，他暂时将它定名为《星图与星宿》。

“你根本不知道自己在说什么。”他说，仿佛能读懂她的心。

记忆闪回：母亲在做针线活。不知她在缝餐巾、手帕，还是亚麻布，总之，入住一周以来，她一次也没从阁楼上下来。普鲁整天跑上跑下，去找女佣和地下室的女房东，后者对这里的供暖和通风抱怨连连。普鲁把早饭和晚饭带上楼，但母亲几乎什么也不吃。有一天傍晚，母亲在坐着的地方睡着了，头垂到胸前，脸上不带一丝表情。她的双手优雅地放在手帕上，她的脊柱保持完美的直线，睡着时既不向前倒，也不往后跌，她坐得笔直，却在安睡。普鲁拿起一条手帕，上面绣着一个恶字。下面一条，又是恶。每条都绣了这个字。普鲁低头看着篮子，里面堆了不计其数的手帕。她觉得里面大概有上百条手帕，但她年纪还小，也许那里面刚好堆了整一百条。

孰为恶？何为恶？

后来，她问母亲这个字眼有何深意。针线上下穿梭，红色的长棉线扎出一个个小洞。母亲没有停下手上的活，甚至没有一丝惊讶，她

---

① waqf，瓦合甫，是伊斯兰教义中不可剥夺的宗教捐款，通常是指为穆斯林宗教或公益目的而捐款的建筑物或田地。

回答道："我发现，唯有这个词能够减轻我的痛苦。"

"哦？"

母亲把作品举到灯光下。"活下去[①]。"她说。

"可不是吗。"普鲁说。她总会把词看反，有时在书写时，也会把单词前后颠倒，或把首尾字母漏掉。那天，她很可能是把这个词听错了，也许母亲说的是"活着"，又或许是"活过"。

---

① 手帕上绣着的是"LIVE"，亦即生活，活下去，但普鲁将它们看成了倒过来的"EVIL"，即邪恶。

二十四

耶路撒冷，1920 年

耶路撒冷是一片静谧的银装素裹。几场断断续续的暴雪过后，积雪铺成厚厚的毯子，白得晃眼。它连续地铺洒在万物之上——树上、自行车上、栅栏上。行人步履缓慢，在陡峭的山丘上如履薄冰。耶路撒冷的穹顶、角楼、尖塔都悄然遁形，改变了城市的氛围，一扫宗教圣地所赋予它的沉重和疲惫。也许是因为这场雪，整座城市看起来一派祥和。街上的雪刚落下不久，威利踩在雪上，还会发出吱呀的响声。

锡安剧院里没有一丝暖意，简直要把人冻僵。威利挑了个中间的位子坐下。几对男女坐得很分散，一些孩子坐在前排。他只想尽可能地远离他们。但对于那些幸运的人……他们找到了“幸福青鸟”。《幸福青鸟》这部电影已经上映很久了，耶路撒冷的每个人都看了四五遍。所以，威利对剧院里竟然还有人感到惊讶。他没有在意屏幕上的画面，点上一支烟。

在蓝星学院念书的时候，他经常爬上学校的围墙。大片盐田和成排的丘陵在他眼中宛如一名侧卧的女子，不是体态婀娜的女子，而是臀部窄小、抖动腰肢的假小子。他首次飞行时，开的是皮菲德发明的一架七拼八凑的新奇玩意儿。那是他第一次见到脚下的大地，头一回从空中俯视那女子的臀，它们不再是流畅的曲线，更像是凹凸不平的疤痕。

锡安剧院的门开了，他听出了埃莉诺拉的脚步声。细碎、轻盈、坚决。只凭一阵脚步，看一眼手臂的轮廓，我们就能立刻在茫茫人海中找到心爱的人。他回过头，只见她穿了一身裘皮大衣，颜色比他见她穿过的几件赤褐色狐皮大衣都要深，这件是接近黑色的熊皮。

威利已经辞去了阿什顿团队的职务。在里佛塔事件发生后不久，阿什顿又邀请他加入。我们确实需要重新思考城市发展的方方面面，他说，但现在的当务之急是进行地籍测绘。需要借助航拍照片对巴勒斯坦南部地形进行精密勘察，继而调整旧有地图。他会和一个埃及团队合作，这个团队编绘过西奈和加利波利的地图。我们美化城市、拆除钟楼、打磨城墙，都只是浮于表面的工作，它们在本质上是为了重新划定土地产权而服务，这项工程是经过深思熟虑的。阿什顿的话题越扯越远。威利只想和埃莉诺拉再次遨游天际，去捕捉某种东西：什么东西？如果他们能够遵循自然的秩序，抚平脚下地球上的累累伤痕该多好！可是，阿什顿热衷于制造新的创伤，它们比威利胸口那几道伤疤要血淋淋得多。威利喝干了手中的酒，放下玻璃杯。抱歉，查尔斯，我可能要退出。

埃莉诺拉的香味传了过来。茶香？青草？还是刚摘的树叶？它们和土耳其烟草的气味混在一起。她在他身后徘徊，但他没有抬头，指甲掐进掌心。他想起在肖勒姆训练时，曾去布莱顿海滨散过一次步，那大概是上辈子的事了。灰蒙蒙的海边，被他领走的女孩突然改了主意，把手抽回来，扭过身去。她叫弗洛伦斯，不知为何，他记得这个细节，她涂着红指甲的纤纤玉手松开了他的手。她看着他，好像他是个素不相识的陌生人（他也的确与陌生人无二）。她的脸上掠过一丝惊恐，没有多做解释，那双鸟一样的小脚便踩着舞会上的碎步逃跑了。他独自一人被遗弃在忧愁灰暗的海边，越发确信自己是这世上最丑陋的怪物。他又想起一个瞬间：床上的美女转过身，她开始感到厌倦，甚至恶心。然后，她拒绝了他。往你的脸旁扔拖鞋，在你的脚趾上踩一脚，用含糊的理由和虚情假意的解释搪塞，最后只是为了表达一个意思：我不需要你。

一而再，再而三的拒绝，终究让他变了主意（变心，他的母亲过去常说：亲爱的，你变心了吗？这是常有的事，相信我，人都会变心）。

埃莉诺拉在他身边坐下，一身裘皮成了她的庇护。他眼睛盯着屏幕，身上的剧烈反应却让他始料未及。他感到似乎有无数针头刺着皮肤，身上的每种官能都在复苏。起初，他只用余光偷瞄她，最后终于缴械，转过头看她。他发现，她的举手投足间永远带着端庄的戏谑，她的本质完全表现在外。换句话说，不可触碰。

埃莉诺拉在家休养了三个礼拜，他没有探病的勇气。他让阿什顿的女儿替他捎了一封简讯，十天之后，普鲁就要被送回英格兰去，在那里待到来年，等阿什顿被调任至塞浦路斯或马耳他后去和他会合。她是阿什顿土地清查计划中的绊脚石，总是缠在他的脚边，在桌子底下乱爬，净让人操心。至少威利这么认为。这个孩子对那天在石头别墅里和村落广场上发生的事只字未提，他甚至怀疑她是否还记得他在现场。每每想起这件事，他总会难过，觉得于心有愧。埃莉诺拉跷起腿。埃莉诺拉，她是真实的吗？又或许只是一种希望的寄托，一份初心的象征？也许她实际上是一个地方，和这座剧场、这座棚屋、这座被城墙包围的城市一样。

“你来了。”

“是的。”

“你康复了吗？”他本想温柔地说出这番话，可惜事与愿违。他们一起抬头盯着银幕，只见无数未出生的孩子围绕在坐在王位中的母亲边漂浮，他起了一身鸡皮疙瘩。

“你真不该看到这个。我们走吧？”

“没关系。”她低声说，“我没在看。”

话虽如此，她的视线却停留在电影胶片上蓝色、黑色、灰色的光点上，他看见它们在她的眼里跳动。

“我把一切都向哈立德坦白了。”

“什么？”他转头看她，“埃莉……他怎么说？”

“他又失踪了一周。”

“这是他的拿手好戏。”

她冷峻而又平静地看着他，将熊皮大衣稍稍解开。里面的那条裙子上，排扣沿着脖子一直系到下巴，仿佛在昭示她的难以打动和遥不可及。

“你把……你让我做的事告诉了他？”

她在电影院的椅子上坐下来，转过身。“天啊，怎么会呢？没有。”她对屏幕眨了眨眼，“他永远也不会知道。”

威利不知说什么好。她到底向哈立德坦白了什么？

“你知道吗？”她从口袋里掏出土耳其烟，他笨手笨脚地为她点上火。“我以前从没把我的婚姻理解成建筑场所：它是一座陈列珍品的城堡、一个城市、一栋房子。里面不过是一圈房间，几许回忆，还有无数脆弱的时间片段。而你的到来动摇了这栋房子的地基。”

一派胡言。

老朋友，你确定吗？他正式递交辞职信的时候，阿什顿将信将疑地问他。你懂的，老爸老妈喊我回去，他们已经等得不耐烦了。回到客房，屋里火光摇曳，像极了有一夜在尼罗河岸见过的夜空中迸裂的烟花。他原本心存一线希望，兴许她还是会跟着他走。然而，当她开口说出这番尴尬的、事先准备过的演讲，谈到房间和避难所，他只觉得那一线希望在逐渐熄灭，直到彻底消失，幻灭。

她只会一直拒绝他，他从她的话里听出这个意思。于是他不再听她高谈阔论，只有零星的词句渗入他的耳朵：我很迷茫，不知如何是好。

她是血肉之躯，她的身子被一道黏稠的血丝玷污了，弄脏了，她也是骨架造的。她有小巧的双乳，纤细的脚踝。与其答应她做那些事，他当时干吗不直接把她拽到床上？掀起她的丝绸裙，脱下她的连裤袜。用扎人的胡子抵住她的下巴，吮吸烟草的香气，将他心底无穷无尽的爱意交付给她。他抬头望着锡安剧院屋顶的椽架，它们快要断了。

“你从我的过去里突然出现，把我耍得团团转。你明知道我已经结婚了。”

“没错，我的确知道。”

他早已备受折磨，因为他再也无权知晓她生活中的每个细节。比方说，他想知道她抽完烟的嘴里是何许味道。她会在早餐时吃很多吗（他觉得不会）？她属于那一种人，她渴望被人爱慕，甘之如饴，恨不得别人对她朝思暮想，可最终却嫁给了一个经常消失的人，而且，哪怕哈立德回来了，也不会在她身边逗留。哈立德能够占有她的全部，这让威利觉得屈辱。他知道她最不堪的那一面，可这能带来什么安慰吗？

恐怕不行。

他们周围，圣城在积雪的重压下发出呻吟。他又看向电影院的银幕。

若想向她敞开心扉，他必须将这一番话向她表白：

没有人比我更懂你，也没有人会比我更爱你，这份爱会持续一生，你是我的女孩。但这话不对，拉苏尔已经夺走了她的身心。

“请不要觉得我没有为此付出代价。”她说，她的手在颤抖，冰凉的手指碰到他的手，“没有选择和你在一起。”

他没有回应这句话。

“我的丈夫给了我持久稳定的力量。假如没有他，我活不下去。”

这句轻描淡写的评价却足以将人彻底淹没。他一句话也没说，也许正是这场婚姻把她变得冷酷。他突然渴望将她刺穿，这种欲望占据了他的身体：这是一种雄性的本能，如同在脆弱的蝴蝶正中插上一根针。无数扇门在他心里永远地合上。他们都有一阵子没吭声。

“为什么这里只放这一部电影？”他问。

“因为要从开罗引进一部新电影实在太花时间了。”

他想象自己漫步在潘特罗霍滨宫交错的走廊、平台和楼梯井间。他竟完全把自己当成了童年时的小男孩，穿梭在回声幽幽、阴冷空旷的大宅子里。他飞也似的跑上楼梯。窗外肆意生长的树杈撞在玻璃窗上。不管他做了什么，不论他的愿望多强烈，都永远无法在这栋房子里扎根。那间房间不再是他的，屋里到处是堆满烟头的烟灰缸，靠垫上的脑袋印子还未褪去，东方罩毯铺在旧皮椅上，壁炉旁的书堆得像小山，浩海千帆的巨幅油画在墙上铺展。对他而言，她的拒绝就是诅咒他永无止境地走下去，他的位置将永久地被人替代，而她本人却毫不知情。

“我的内心其实很扭曲，亲爱的。我不是个完整的人，更像个模糊不清的幻影。哪怕没有嫁给哈立德，我也无法将自己托付给你。我不需要你。我的心里没有你的位置，从未有过。而你一直想得到的我，那个我，恐怕根本不存在。”

他们头顶的横梁又断了一根，这一次是在更靠后的位置，紧接着响起更严重的开裂声。他拉起她的手。

“快走。”他把她拽了起来。离银幕最近的天花板塌了下来，瓦楞屋顶掉在地上的雪堆里，发出震耳欲聋的巨响。银幕倒在地上，但还能听见小型放映机齿轮转动的声音。突如其来的冷空气如同一场洗礼，夜空中闪烁的星光在黑暗的底色上尤为刺目。

“埃莉诺拉。”他拉着她来到门口，走到大街上。他们驻足，有些诧异地看着头顶突然出现的耶路撒冷夜空和指指点点的人群，他们在围观前一秒还在室内如今却暴露在外的地方。她拂去大衣上的雪，面容苍白而美丽。除她以外，没有什么东西值得他献出忠心。每一次背叛都等同于离死亡更近一步。他幡然醒悟，她是战前无忧无虑的日子，那些明媚的夏日，和大宅子里数不清的房间。换言之，她代表了他的整个过去，而这才是他最想得到，却永远无法拥有的东西。

她像雪地里一只受伤的鸟，他说：“我不明白为什么你安排我上那儿去，在里佛塔遇到哈立德。”

她转过身，擦去眼皮上的落雪。“是哈立德主动要求的。”

“可是原因何在？他知道我们的事了？”

“他没说，但他特意强调必须要把你拍进画面。他想把这些照片发给一些首脑，我也不知道具体要寄给谁。”

威利从她身上移开视线，只见一只黑狗鬼鬼祟祟地贴墙走来，爪子陷在雪地里，耳朵扁平。他这才发现，狗在耶路撒冷并不常见。这里的猫更多一些，还有数不尽的飞鸟。

“你以为我故意要伤害你？”她温柔地问。他看到狗在两个路人走过时伏下身，接着又继续小心翼翼地将爪子伸进雪中。

“我不知道。”他说。从这一刻开始，无论生或死，我们将仅仅活在彼此的记忆里，活在我们共存过的故事里。这句话是她说的，抑或仅仅是他的想法？他也给不出确切的回答。

二十五

伦敦新运动艺术展

兰开斯特宫美术馆，1942 年

玛戈特·伊芙斯还是改不掉乱发牢骚的老毛病，但看到那发亮的双眼和绯红的两颊，就知道她有多激动了。像很多女人一样，她喜欢把头发盘成大圈，再用束发网和亮晶晶的发胶将它固定，让自己看起来活像个装饰品。在局势突变的非常时期，能够促成这种性质的展览顺利举行实属不易。光是为了让每一步按部就班，争取布展许可、划定使用权限、和兰开斯特宫交涉就已经大费周章。

房间里人头攒动，觥筹交错，但斯奇普和小女孩贝蒂却不想留在这里。斯奇普从玛戈特的怀抱中挣脱出来，从加博[①]的螺旋雕塑和赫普沃斯[②]的作品旁仓皇跑过。普鲁登斯·米勒创作的《圣海伦娜》位于展馆正中，在他眼里，雕塑扭曲的弧线震撼夺目。作为展厅中的主要展品，光线完全按照作者的意图投射在雕塑上，可惜斯奇普已经看

① 诺姆·加博，俄罗斯构成主义艺术家、动态艺术先行者。

② 芭芭拉·赫普沃斯，英国现代主义雕塑家、艺术家。

腻了。在它刚从朴次茅斯运来，还是块发霉的大石头时就见过，妈妈又费了大把时间在上面敲敲打打，以至于他现在都懒得远远看上一眼。为了这次展览，她已经筹备了许多年。

一个涂着虾仁色口红的老妇人将脱了皮的手伸进他的头发：你为妈妈感到骄傲吗？他连忙躲开，拔腿就跑，钻到了桌子下面。如他所料，他在桌下撞见了贝蒂，她正盘腿坐在地上，安静地吮着大拇指。

“跟我来。”他说。他们一同从长桌下爬到气派的大门跟前。从桌底探出头时，斯奇普拉起贝蒂的手，帮她钻出来。一般情况下，他不会同意和女孩拉手，但考虑到她才六岁，也许还不适应这里的环境，毕竟，自从被分配到他们家以来，她还是第一次回伦敦。肖勒姆的每户家庭必须收容一位难民。她是柏蒙德西人，用她的话来说，比肖勒姆离伦敦近得多，离这儿——位于西南腹地的兰开斯特宫只有一百六十千米。他推着她赶紧离开这间令人窒息的房间，但一只手在门边抓住他的脖子，把他拖了回来。

“爸爸。”他说。皮埃尔大笑。

“等一下，”皮埃尔说，“你们两个小家伙要上哪儿去？”

“我们只是想出去逛逛，不会有事的。”父亲微笑地低头看着他俩，从不和大人说话的贝蒂把拇指塞进嘴里，假装自己是个隐形人。皮埃尔身边的女人涂了绿色的眼影，看起来像只美人鱼，前提是美人鱼会在盛夏时节的伦敦市中心现身。有那么一瞬间，她本人和她像牛仔套索般揽住父亲腰的姿势让斯奇普看得入了迷。

皮埃尔叫住在房间另一头的普鲁，对她打着手势：能让他们走吗？斯奇普转过头来看母亲。她被一群人团团围住，身穿那件被她称为“靛青色号”的鲜艳蓝裙。她看上去不算太坏。她对父亲做了个口型：没问题，望着他们的眼里满含笑意。

贝蒂跟在斯奇普身后。她很崇拜斯奇普，所以他不必费神发号施令。他们从兰开斯特宫的大长廊里跑了出去，远离大人们。他们跑到街上，斯奇普才想起他忘了带他的防毒面具，不过应该也不要紧。贝蒂故作老成地说："你知道，我以前来过这儿。好像是参加一个庆典之类的活动。"话音刚落，她的笑脸就罩上了一层阴云。斯奇普知道，这令她回忆起心酸的往事，为了让她从中解脱，他推了她一把，他们跑下台阶。

对面的整片街角都围上了隔离栏。一颗炸弹在大楼里爆炸，但墙体安然无恙，因此事发地看上去像一座露天剧院。他们继续穿过一条窄巷，巷子通向一片盖了顶棚的区域，斯奇普将各种招牌悉数过来：理发店、裁缝店、马具商、裁缝店、书店、酿酒厂。这块地方到处都乱糟糟的，毫无秩序可言，斯奇普却对此地情有独钟，这里让他有种家的感觉。他找到一块称心的石头，形状不是很圆，但很有分量，他把它精准地投进一个坑里。

尘土落得到处都是。人们走得很慢，抬脚跨过大石块和放错了地方的东西：马路正中的混凝土块、坍塌的墙体。贝蒂从一堵墙的夹缝里摘下一朵蓝色野花，把它纤弱的花茎缠在手指上。斯奇普在一扇铁门前停下脚步，他们听见门内传来无线电的噼啪响声。贝蒂瞪大了眼睛，斯奇普踩在墙底蒙了灰的凸檐上，踮起脚，越过门顶朝里观察，然后他跳了下来。

"咱们到里面去吧。"他说。

"好的。"贝蒂是他忠实的追随者，"咱们进去吧。"她把他妈妈的娃娃露露带在身边。他们一起跑进狭小的入口，踢起一阵尘土，一条小路在他们眼前展开。这又是另一片废墟，水管贴在碎石外面，一只猫如同芭蕾舞演员一般踮脚走在上面。这条小路钻过一道拱门，伸进一片院子。斯奇普和贝蒂脚底仿佛生了根，在他们面前耸立着一座教堂，恢宏的气势犹在。几个曾经用来镶嵌彩色玻璃的门拱依然完好，但教堂的主立面毁坏殆尽，屋顶也不见了，只剩下几面墙围成的空壳。他们走了进去，靠近时，惊起一阵鸟儿的喧哗——原来是鸽子。墙顶上的几百只鸽子拍打翅膀，咕咕叫着，还有一些鸽子摇头晃脑地在地板上跳来跳去。斯奇普赶走了它们，牵起贝蒂的手。

无顶的教堂美妙至极，像极了上下颠倒的世界。斯奇普跑到建筑的残骸中央，《圣经》的残页散落一地，封面被撕碎了，单薄的纸片瑟瑟发抖。贝蒂心中升起一丝敬畏，她站在教堂入口，不敢再踏入一步。斯奇普回头，才发现她已变成了远处的一个小点，于是又走回来，轻轻挽起她的胳膊，带领她前进。一辆自行车靠在祭坛上，临时搭建的火炉里全是烟灰，种种迹象表明，有人曾在这里住过。

他们一起在祭坛的台阶上坐下，贝蒂双脚并拢，用手指把脚裹住。然后来了个男人，朝他们点点头，但一句话也没说。他从口袋里掏出一个包裹，将种子撒向天空，它们如雨点般噼里啪啦地落在地上。鸽子们应声飞落，好大一群鸟儿扑着翅膀低头啄食，发出鸽子特有的咕咕声。*咕咕咕，咕咕咕*。在这群凄惨年迈的鸽子旁边，还混进几只伦敦小雀。

斯奇普听见有人在呼唤他的名字，站了起来。

“我们在这儿。”他喊。迪尔太太从小路上拐了进来。她今天看起来很漂亮，头发梳得柔顺，身穿一件精致的夏季夹克，比她平时喜欢在家穿的没有版型的连衣裙好看得多。只不过，她坚持要戴一顶明黄色的帽子，让她看起来像一朵朝阳的向日葵，但斯奇普没有把这件事告诉她。

“贝蒂和你在一起吗？”

“是的，她在这里。”通过迪尔太太脸上的微笑，他知道自己没有闯祸。

“我们得回展览现场去。”她说，“他们要开始祝酒庆功了。我想你妈妈会希望你在场。”她打量了一圈被摧毁的教堂和地上碎裂的雕像。

“我的天哪，你看，这多美啊。”迪尔太太感慨道。

“我还以为你不喜欢见到废墟和塌了的楼呢，迪尔太太。”斯奇普回应道。

“我正在学着欣赏它们，我的孩子。”

父亲和美人鱼女郎站在兰开斯特宫的台阶上等候他们。

“快来吧，”他说，“赶快，致辞开始了。”

斯奇普看着自己的母亲从一群西装革履、礼裙熠熠的男男女女身边被领上舞台。演讲开始的时候，他看了看周围的作品，有几件他很喜欢，但大部分都不合他胃口。他把贝蒂留在迪尔太太身边，自己则偷偷溜走了。这里是展览的主展厅，但还有一间小一点的房间，里面展出了几件“附属作品”，母亲的第二件作品就在那里。总的来说，那些展品标题对他来说毫无意义：《抽象》《工作室》《轮子》。只有一件名叫《滨海路》的展品还不错。他将它视作拆分开的海滨景象：码头、乐队演奏台、沙滩。但其他作品又该如何理解？《双圈》《构成》。说实在的，这些名字大部分都挺蠢的。

所有人都被叫到外面去听致辞了，所以这间屋子里空空荡荡。最远的角落里放着母亲曾用作工作室的海滩渔棚，她决定把这间茅屋本身也改造成一件艺术品。它被拆开来运送至此，再重新搭建，他也被允许搭把手。没有了海鸥和狂风，被搬入城市、移进室内的小屋看上去竟如此不同。他得承认，它有些怪诞。他的手划过厚厚的木板。门上有一个小洞，他有时会透过它偷看母亲工作。

她把这座小屋放在火车铁路的两根枕木上，把它运到这里来经历了一些波折，因为它实在太重了。玛戈特常常紧紧搂着他，戳弄他的鼻子和头发，抱怨木屋容易生蛀虫，也容易被腐蚀，但母亲最终还是占了上风，所以他们才能在这里重建小屋。屋外的一块牌子是他亲手为她绘制的。*欢迎您在海滩小屋周边自由探索，也可以进屋参观*。他不得不把这句话重写一遍，因为在第一块牌子上，他把“探索”写成了“深索”。在这座海滩小屋里，藏着一个只有斯奇普知道的秘密。只有他和母亲才知道的秘密。贝蒂不知道。迪尔太太和玛戈特都不知道。

“小屋里有一个隐藏的隔间。”她说，“你是世界上唯一一个知道它的人。”

另一个房间掌声雷动。斯奇普爬上摇晃的台阶，爬进屋里。小屋里缠着蛛网，潮湿如旧，虽然屋外挂了标志，但他总觉得没有多少人会愿意进来“探索”。小屋背后有一道墙是假的，他敲击木板，想找出松动的那块。它在这儿。他把它抽了下来。里面藏着一个与《潘趣和朱迪》傀儡剧场差不多大的小空间，在漆黑一片的壁龛里，在一根木棒上挂着两个倒吊的人，它们摇摇晃晃地吊在绳子上。他轻轻在它们身上敲了一下，于是它们开始晃动，相撞。它们的小脑袋颤抖着，如同树丛上的醋栗。

“可是，妈妈，如果你想把它藏起来，又为什么要把它放在这里呢？”

“因为有人不许我把它拿给别人看，偏偏我不是个听话的人。”

她朝他神秘一笑。"这是一份礼物。"她说，"是我送给你的一个秘密。"

"它们为什么被吊死在上面？"

"我不知道，"她说，"但请你记住，我们还活着。"

二十六

肖勒姆海岸，1942 年

维多利亚火车站的回程火车延误了十五分钟，当我们终于坐进车厢时，贝蒂已经筋疲力尽，迪尔太太在包里摸索，希望能找出一条毯子，让她盖在身上睡一觉。火车上尽是些穿灰色西装、拎公文包的男人，而我已经灌了太多香槟下肚。《圣海伦娜》被人以高价买下，庆功正是为此举行。

斯奇普坐立难安，他既不愿坐下，也不想老老实实地站在窗边，而是在座位和窗户之间东蹿西跳。他在两扇窗户间来回奔跑，一会儿从这扇窗遥望切尔西，然后又跑回来看看那扇窗外的巴特西。但是过了一会儿，他就安静下来，在我身边坐下，头靠在我肩上，奇怪地学大人的样子拍打我的手腕。

“能从城里出来真是种解脱，”迪尔太太说，“我们终于能回去呼吸海边的空气了。”

“是的。”我说，望着巴特西公园的河流和树木逐渐消失，窗外的景象变成一望无际的房子和光秃秃的屋顶。

*

抵达肖勒姆令我们精神一振，没有人再昏昏欲睡。现在是晚上九点，时间已晚，但在这样的盛夏时节，太阳还没落山，我们一致决定在回家前爬上火车站背后的小山坡看一眼大海。一艘大型战舰停靠在海岸边，整片海滩都铺上了铁丝网。

“从某种角度看，”我对迪尔太太说，“这儿还挺漂亮。”

听到我这么说，她在我手上猛敲了一下。

“我又要问了，‘塞西莉亚’在哪里呢？”斯奇普问，迪尔太太朝下指。*在那儿*，她说，*在那儿*。斯奇普这个敏感的小家伙捏了捏她的手，因为他知道她俯瞰肖勒姆沙嘴时总会难过。军队在一夜之间拆毁了那些平房和小屋，先是把它们拆掉，再用推土机铲平。那一晚在迪尔太太心中留下了挥之不去的阴影。“袋鼠”“穿靴子的猫”，都不复存在。在它们的残址上建起了一排丑陋的水泥屏障，沿着海滩一路建到布莱顿，然后继续往远方伸展。

“迪尔太太，你又露出了这种忧郁的表情。”我说，她听完后大笑。一大群蚊蠓飞了过来，笼罩在我们头顶。斯奇普和贝蒂在火车上睡饱了觉，他们精神百倍地上蹿下跳，挥舞双臂，野蛮地将虫子赶走。

“你们两个小傻瓜。”迪尔太太慈祥地说，推了推鼻梁上的眼睛。

海滩上埋了地雷，所以孩子们不能在那里玩耍，不过像今天这样的大热天，去海滩也只会让他们觉得不舒服。所有人中，最怀念微风拂面和狂风呼啸，想念鹅卵石滩的人是我。我望着斯奇普离我们远去，攀上杂草丛生的小山岗，那里能更清楚地看到飞机场。那是一个能够让他短暂回归，再重新抽身的地方。比利告诉他，英国国民自卫军接到命令，要把机场改造成农田的样子，在上面放上假树篱，这样，纳粹德国空军部队在上空巡逻拍照时就不会将它作为袭击的目标。如今，他可以一整天都坐在这儿仰望天空，搜寻是否有飞机搭载相机飞过。

我们慢慢走回肖勒姆新区的新房子，迪尔太太住底楼，我住在楼上，孩子们睡在厨房后面房间里的双层床上。我们依然和潜在的“交火区”挨得很近，比利总说，一旦希特勒真的打进英国，我们就是第一批和他正面交锋的人。望着窗外辽阔的天空，我想起了威廉·哈林顿。比利固执地穷追不舍，一路穿越海峡，终于通过政府追查到他：他被德军拘禁在泽西岛上。我不知道那里的天空是否和这里不同，他是否后悔被困在德军一方？不过，无论如何，我想，失去埃莉诺拉·拉苏尔的他将永远迷惘。也许他身在何方早已无足轻重。

“你不觉得自己应该留在伦敦吗？那么多人都想采访你，和你交流。”迪尔太太问。她为我俩摆好茶杯。我们今晚不想折腾着把孩子们抱到床上，任由他们在睡着的地方酣眠。斯奇普平躺在毯子上，脸歪向一边，头枕在他的图画纸上。贝蒂蜷缩在壁炉旁的安乐椅上，娃娃夹在她的两膝之间。

“也许吧。”我说，但我已经把我的《圣海伦娜》卖给了别人。在我心中，构成它的那些沉重的螺旋和曲线险些将我压垮，我再也提不起谈论它的兴致。我希望小屋也能尽快卖出去，那是我为纪念父亲而作的挽歌——至今为止，还没有一篇夸夸其谈、自以为是的评论提到过这一点。而现在，我想在我的下一幅作品中尝试些新鲜、轻盈的东西。一幅影像片段的巨幅拼贴画激发了我的创作灵感，上面是些航拍景象，但我需要将它们转化成我自己的创造。我打算用白垩做雕刻，皮埃尔当然大为惊愕。它易碎、易变形，没有什么材料能比这更荒谬。

我咬了一口苹果，把果核吞了下去。可笑的是，小时候害怕肚子里长苹果树的恐惧并没有彻底消失。厨房窗边的壁架上放着一排斯奇普收集的颅骨，大部分是鸟的头骨，它们已经泛黄，我怀疑其中一个奇形怪状的头骨原本是只老鼠。在它们旁边，是斯奇普做的一架木制飞机的残骸，它没能逃过一劫。机尾和机翼都摔断了，机头也凹陷下去，然而斯奇普太喜欢这架飞机，舍不得把它扔掉。

我们已经在这栋房子住了三年，但还是习惯性地称它为新家。这栋房子里看不到海。如果皮埃尔从他那神秘的军事任务中休假回国，他会来探望我们，斯奇普对他爱得不得了，也逐渐接受了这种生活模式。比利从军队休假时，我也会见他，我们达成了约定。每当来了兴致，就去喝上一杯，谈谈心事，睡一觉。我告诉他我的困扰，但他却对自己的麻烦闭口不谈。和迪尔太太一样，失去平房镇让他心情沉重，甚至比我想象中更难接受。我不知道他的驻地在哪，也不知道他在军队里担任什么职务，但我瞒着他在自己的窗台上做了一个小小的神龛。那是一圈护身符，一根羽毛，一块石头，都是些幼稚的小玩意儿。我希望这座神龛能保佑他活着回来。

他返乡时，会回埃杜尔的船屋上住，出于一些原因，军队没有殃及它。我有时在那里过夜，我们花上很久用不透光的材料遮住那些缝隙，然后听鸭子和鹅在漆黑一片的水面上嘎嘎叫。有时，想到比利会和别人在别的地方共度时光，我隐隐觉得不安——我是指那些拳击手，当然应该还有女人。我不会过问，但总怀疑当我不在他身边时，他会像变了个人一样。不过，无论如何，只有在彼此身边时，我们才能成为特别的存在。

我把斯奇普抱起来，他已经长大了——变得很沉，尤其是他睡着以后，四肢耷拉下来——但我还能抱得动他。有一道粉笔印子从他的地图印到他的脸上，一根河道，陆地边界，以及他在自己想去和想盖房子的地方涂的阴影。我用手指把它擦掉，把他送到床上。他的枕头上放着我以前用的那台老式伊士曼柯达相机。前不久，我把相机和说明书一起交给了他。你喜欢怎么拍，就怎么拍，我说。没有所谓的规则，把说明书扔掉吧！但他还是挨个把那些模式研究过来，风景、肖像、快照、特写。

回到起居室时，迪尔太太也已经躺在椅子里睡着了，我为她盖上一条毯子，站在窗边，听着风声，等待防空警报拉响。我们现在住在砖房里了，可是，通过斯奇普今天找到的教堂废墟，通过那些不复存在的酒店中——法斯特酒店，甚至连瓦尔内斯酒店上周都遭到严重破坏——通过我们头顶盘旋的纳粹飞机，它随时可能投下一枚致命的炸弹，我明白了一个道理：即便是砖块，也和卵石滩上老旧的木板、会被日光腐蚀的石灰石一样不堪一击。所以，我不再尝试抵抗，因此便也不再畏惧狂风。

迪尔太太今天说："这仗要是再这么打下去，我们怕是不得不从这里撤离了。"

"但是他们既然把贝蒂送到我们家来，"我说，"为什么还会让我们搬走？我们要往哪儿去呢？"我们会被转移到城市里，还是去一个更安全的地方？比如一个小岛。哦，的确有那么一座岛，它在地图的另一头，被围墙和尖塔环绕。哦，不。连那里也已经硝烟四起，甚至比我们这里境况更遭，我想起他们都已经离我而去，头发里夹着茉莉花的埃莉诺拉，还有伊赫桑。斯奇普发出一声动静，他叫了一声，每每有噩梦来临，他都会这样。我走到他身边，把手贴上他的脸颊。

"怎么了？"他问。

"我就是来看看你。"

"看什么？"

“看看你是不是还好。”

“你是不是过来看我有没有死掉？”

“当然不是。”

“我看上去像死了吗？”

“不，你活着。特别茁壮地活着。”

他笑了起来，指指床下的地板。我看了一眼。那里放着一只盛着水的桶，里面有一只孤零零的海星，一根触角顺从地上下舞动。

“可怜的海星。”我说。

“你觉得它不高兴吗？”

“我不知道。”

“你不觉得它很安全吗？”

“我觉得它认为自己会有危险。”

斯奇普皱起眉。我拉住他的手，把它贴在自己脸上。热乎乎的手掌，弯弯的手指。

“它只是不知道，其实有你一直照顾它，不是吗？”

听到这话，斯奇普喜笑颜开。“睡吧，”我说，“睡吧。”等他翻过身，我许了一个愿望——愿你做一个翱翔天际的美梦——我走下楼，捡起贝蒂和斯奇普收集的海鸥羽毛，聆听片刻涛声。

版权合同登记号：图字：11-2017-37 号

图书在版编目（CIP）数据

摄影师的妻子 /［英］苏珊·乔伊森著；骆佳圆译．—杭州：浙江文艺出版社，2018.10

ISBN 978-7-5339-5383-6

Ⅰ. ①摄…　Ⅱ. ①苏…　②骆…　Ⅲ. ①长篇小说—英国—现代　Ⅳ. ①I561.45

中国版本图书馆 CIP 数据核字（2018）第 199803 号

策划统筹：曹元勇
责任编辑：王丽荣
文字编辑：周灵逸
封面设计：裴峰南
责任印制：吴春娟

摄影师的妻子
［英］苏珊·乔伊森　著
骆佳圆　译

出版：浙江文艺出版社
地址：杭州市体育场路 347 号　邮编：310006
网址：www.zjwycbs.cn
经销：浙江省新华书店集团有限公司
印刷：杭州富春印务有限公司
开本：880 毫米 ×1230 毫米　1/32
字数：234 千字
印张：10
插页：1
版次：2018 年 10 月第 1 版　2018 年 10 月第 1 次印刷
书号：ISBN 978-7-5339-5383-6
定价：42.00 元